ハヤカワ文庫 JA

〈JA1390〉

ハイウイング・ストロール

小川一水

JN151284

早川書房

8389

目次

N
サンブリニク
ジェンヤン
アンギ礁
オルベッキア
オルベッキア潟
0
500
1000
カイリ

多島界
ハイウェン礁
ツェンデル
ガズン礁
グンツァート礁
トリンピア
タウリ潟
タウリ
ハラルファ
ハラル潟
アリフ礁

ハイウイング・ストロール

プロローグ

どことも知れぬ下方から、ごぉん、と重い轟《とどろ》きが昇ってきた。

機体《シップ》を削る烈風の中で、操縦席のジェンカはぼそりとつぶやいた。

「言い伝え通りね」

「封印の門の？」

背中合わせに座っている後席のレッソーラが、伝声管で返事をした。

「ガズン礁《リーフ》の底には巨大な門があって、それが開くときには前世界の怪物が這《は》い出してくる。――信じてたの？」

「言ってみただけよ。あれは別に門が開く音じゃない。今まで何度も聞いたわ」

顔にかけたゴーグルと、機首で唸《うな》りを上げるプロペラ越しに前方をにらみながら、ジェンカはいまいましそうに言った。

「……聞いてて楽しくなるような音でもないけどね」

「ええ、ここは気味が悪いわ」

レッソーラが答え、立ち上がる気配がした。振り返らずにジェンカは聞く。

「もう『あいつ』をまいた？」

「ひとまずは。速度は落とさないでね」

「あたりまえ」

ジェンカは左手で目いっぱい押し込んでいるスロットルを、確かめるように握り直した。それと、顔に当たる風圧と速度計の三つが、このシップが全力を振り絞って突進していることを示していた。

百十八ノット、アルタウス多島界のどんなシップにも出せない素晴らしい快速。

シップは空を翔ける翼だ。人の乗る胴体に、広げた両腕のような主翼を高く掲げ、先端のプロペラで進み、尾につけた縦横の羽根で向きを変える。いくつかの機種があり、中でももっとも速度と直進性に優れるのが、二人の乗るキアナ型のシップである。

その形態をひと言で表すならば、流麗だ。

主翼は生物的な厚みをもっていて、やや後ろに、上に反《そ》り、中央よりいくぶん細い翼端で、丸く終わっている。

胴は鋭いスピンナーで始まり、三枚羽根のプロペラを駆動するエンジンが細い機首に収められ、二人が直列に乗る翼下でもいささかも膨らまず、長めの尾部へと伸びやかに続き、優美な曲線で縁取られた垂直・水平尾翼に広がって、八ヤード半の長い全長を締めくくる。腹の下の二脚の車輪ですら滑らかにカウリングされて、武骨さはかけらもない。

機体色は、プロペラの先に至るまでまったく隙のない、漆黒。威嚇的なその色彩を、尾翼に描かれた真紅のエンブレムがさらに引き締めている。三本の矢を番《つが》えた長弓の意匠だ。ある特定の戦い方――遠距離狙撃のために徹底された造形、それがキアナ型の外見である。

ジェンカはそれに、さらに様々な改造を施していた。プロペラ、エンジン、翼、操縦系統など、すべて高性能の注文部品で固めてある。かかった費用は二千万デルを超えた。

自慢のシップなのである。それなのに――

「どう？　レッソーラ」

右手の舵《かじ》を細かく動かしてジェンカは聞いた。立ち上がって頭上の翼に身を乗り出していたレッソーラが、沈んだ声で答える。

「だめ、右の転舵《エルロン》が死んでるわ。操縦索ごと翼を撃ち抜かれてる」

「だと思った。さっきから左手ばっかり引っかかる」

故障による機体の不自然な動きを、ジェンカはそう表現した。

シップは左右の翼の後縁にある小さな動翼、エルロンを使って傾く。作動しているのが左側だけならば、そちらの空気抵抗だけが増え、機体は左に首を振る。——そうやって大気に従わされるシップという乗り物の動きを、自分の肉体の延長のように感じることができるジェンカは、優れた操縦者だった。

後席に戻って腰を下ろしたレッソーラが、心配そうに尋ねる。

「大丈夫?」

「もちろんよ、まっすぐ走る分には問題ないもの。私たちの売りは小回りじゃないでしょ」

「そうじゃなくて……」

ガチャリ、と重い音がした。レッソーラが後方銃に新しい弾を込めている。

「『あいつ』が相手でも、いけるの?」

「……」

「あなたも私も見たことがない。ガズンにあんな浮獣《ふじゅう》がいるなんて聞いたこともない。名前もわからないあいつを?」

それが最大の問題だった。

なまじな獲物の反撃などかすらせもしないジェンカのシップが、つい先ほど直撃を食らったのだ。離れたところから翼に一発、敵の正体も攻撃方法もよくわからない。だが、恐るべき相手であることは確かだった。

だから二人は、いったん逃げ出した。町に帰るためではなく、戦いを仕切り直すために。

二人はしばらく無言で周囲を見回す。

そこは森だ。あるいは洞窟か。無数の濃緑色の帯のようなものが垂直に立ち並び、ゆらゆらとはためいている。帯の幅はシップの翼よりも広く、長さは千ヤード近く、つまりシップのはるか下方の海面から、はるか頭上の大空まで達している。シップはその間を縫って進んでいる。

森のように生い茂り、洞窟のような緑の闇をもたらす帯。ケルプと呼ばれるその植物が密生し、数多くの浮獣たちが棲息するこの不気味な空間が、「礁《リーフ》」だ。

アルタウス多島界にはいくつかの礁が存在する。人々の住む島とはまるで別世界のような場所だが、狩りの獲物である浮獣は数多い。それを求めて、多くの者がシップを礁に入れるのである。

二人もまた狩りのために、ここガズン礁へやって来た。ガズン礁は主島トリンピアから北東にわずか九十カイリの位置にある、差し渡し三十カイリあまりの小さな礁だ。浮獣の種類は多彩だが、大群を組むほどの数はいない。無難な狩りになるはずだった。

あいつが現れるまでは。

前と後ろ、分担した視界を注意深く見回す二人を乗せて、シップはじりじりと進む。風を切る快速も、礁の深い暗がりを渡るには心細い。長大なケルプがじれったくなるほどゆっくりと近づき、翼に近づいたときだけざわっと勢いよく流れて、後方に遠ざかる。

ふわふわと漂うひと抱えほどの白い綿毛のようなプチフェザーや、水たまりの微生物をそのまま人間ほどの大きさに拡大したようなスピンカップ、様々な浮獣たちが、右舷を左舷を通り過ぎていく。

普段ならばただちに狙い撃つそれらの浮獣たちには目もくれず、二人はケルプの間の闇に視線を向けていた。

ごぉん……

また、巨岩がぶつかり合うようなあの音が聞こえた。

その響きも消えやらぬうちに、レッソーラが銃架を回して叫んだ。

「出たわ！　四時方向、同高度、東進！」

「東ね!?」

打てば響くように答えて、ジェンカは操縦桿《かん》を倒す。シップがぐうっと翼を傾け、ほとんど横倒しの状態になり、さらに引き起こしに入った。ジェンカは真横に向かって機首を持ち上げ、急旋回する。

レッソーラの後方銃は単発で、あくまでも標識用と自衛用だ。キアナ型は機首に固定された機銃で獲物を仕留める。それも遠距離から最少の弾数で。何よりもまず顔を敵に向けなければいけない。

ジェンカは今までそうやって勝ってきた。多くの狩人たちと同じように、自分のやり方が最良だと信じていた。だからレッソーラの頼みを拒んだ。

「ジェンカ、まず追い抜いて！　私がやるから！」

「馬鹿言わないで、そっちは単発でしょう？　あいつを二度も撃てると思う？」

そして、レッソーラに言われた方向へと突進した。

二本のケルプの間隔が迫る。ジェンカは引き金にかけた指にぎりぎりの力を込める。あいつは素早い。発見し、変針し、射撃する動作にわずかでも遅滞があれば逃げられる。ゆるんではいけない、一つになるのだ。翼と機銃と自分が。

その時、もし前方にあいつが現れたならば、ジェンカは確実に撃ち抜いていただろう。

だが敵は、思いもかけない行動を取っていた。他のあらゆる浮獣たちとは違って。

「ジェンカ、機首を下げて！」

悲鳴のようなレッソーラの声とともに、ブン！　と唸りを上げて何かがすぐ横を落ちていった。背筋も凍るような驚愕とともにジェンカは知る。

上だ！

首を伸ばして振り仰いだ頭上に、ケルプの狭間から覗く青空を裂いて、きらりと白銀の翼が旋回した。前方ではない。敵はケルプに隠れて上昇していたのだ。まるで人間並みの知恵があるかのように！

「機首を下げて、撃てない！」

レッソーラが後方銃を限界まで立てて叫ぶ。操縦席のジェンカは、頭上の翼に遮《さえぎ》られて七十度ほど上までしか見られないが、後席の頭上では翼が半円に切り欠かれている。だからレッソーラは敵を見つけられたのだし、それが彼女の担当なのだ。

ジェンカのするべきことは、機首を下げ、架台に固定された後方銃を真上に向けてやることだった。しかし彼女は、とっさに正反対の行動を取ってしまった。

キアナ型の操縦者の本能。力いっぱい操縦桿を引き、敵に正対しようとしたのだ。

シップが伸び上がるように上を向く。その途中でジェンカは気づいた。下がるよりも上がるほうが手間取る。これでは——攻撃が間に合わない！

もう遅かった。

そいつは少女の姿をしていた。銀の寛衣《かんい》をまとい、銀の翼を背負った少女が銀の髪をなびかせて、弓なりに背筋を反らせた。ほっそりした両腕を伸ばし、太陽の光を受け止めるように高く掲げて止めると、次の瞬間、全身をばねにして、すさまじい勢いで腕を振り下ろした。

輝く球が弾丸そのものの速度で襲いかかり、ジェンカの頭をかすめるようにして通過した。シップのいくつかのものが壊れる音が、一つに重なって響いた。

ジェンカは操縦を忘れて振り返った。

「レッソーラ！」

レッソーラの金髪の頭が、がくりと後方銃の銃把《じゅうは》にのめりかかっていた。後席の枠を越えて機外に投げ出された右腕は、かろうじて形を保っていたものの、それが骨格を持っていたことが信じられないほど、不気味にねじ曲がっていた。

「レッソーラ、しっかりして、レッソーラ！」

ほぼシップの胴に沿う形で駆け抜けた光の球が、レッソーラの右腕の他にも、冷却器、翼の支柱の一本、それに左の尾翼をへし折っていた。シップにとって致命的な打撃だった。

直進性を失った機体がゆっくりと傾き、やがてゆるい坂道を下るように降下し始めた。

しかしジェンカは、機体を立て直すことも忘れて、ただ叱られた子供のように泣き叫んでいた。

「ごめんレッソーラ、私のミスだった、返事をして、ねえ！」

後席に身を乗り出してレッソーラの頭を抱きしめていたジェンカは、分厚い布団に機体を受け止められたような衝撃で、顔を上げた。

シップの周りに、濃密な灰色の霧がたゆたっていた。一度はその上で跳ねたシップは、再び霧につかると、ゆっくりと沈み始めた。

霧は重素《じゅうそ》と呼ばれる半気体だった。この世界には水をたたえた海はなく、代わりに重素海が島以外の場所を覆い尽くしている。その海面は墜落したシップを破壊するほど堅くはない。しかしシップを浮かべるほどの浮力もない。

獲物は空にいる。それを狩るのはシップの仕事だが、倒した獲物の回収は気嚢船《バージ》の仕事だった。どこの礁にもいる、飛べもしないが沈みもしないその回収役の人々が、墜落した狩人の救助も担っていた。

この周囲にも必ず彼らがいるだろう。ジェンカはなけなしの理性を取り戻し、沈みつつあるシップの席の下から小さな袋を取り出して、膨張タグを引いた。浮獣の体の一部から作られた道具の一つであるそれは、シップよりも大きな円形の浮き袋となる。ジェンカはレッソーラを後席から引きずり出してそれに乗り移った。

救急箱でレッソーラに応急手当を施す。出血はたいしたことがなく、命の危険はなさそうだったが、骨のあちこちがやられていた。治っても再び銃を扱うのは難しいだろう。

「やられたか……」

いくぶん落ち着いて――というよりは放心して、ジェンカは雲間に消えていくシップの尾翼を見つめた。しばらくすると、か細い声がかけられた。

「ジェンカ」

レッソーラが薄く目を開けていた。ジェンカはほっと息を吐き、彼女の左手を握った。

「ごめんね」

「いいわよ……まだまだあなたの性格が読めてなかったわ。パートナー失格ね」

「そんなことない。悪いのは私よ」

「だったら、もう一度組んでくれる？　今度は私があいつを撃ち落としてやるから」

レッソーラに微笑まれて、ジェンカは言葉に詰まる。その表情を読まれたらしかった。

レッソーラが顔を曇らせた。

「だめなの？」

「だめじゃない。だめじゃないけど……あなたの手」

「手……そっか」

レッソーラは目を閉じたが、涙は落とさなかった。ただ、左手にぎゅっと力を込めて、はっきりと言った。

「じゃあ、かたき討ちを頼むわ。やめるなんて言わないでよ」

「でも……」

「それが私たち、翔窩《ショーカ》でしょ」

「……ええ」

ジェンカはうなずいた。

その時になってようやく、もう一つの作業を思い出した。救急箱の底から発信器を出して作動させる。一定間隔で電波信号を出すだけの簡単なものだが、付近にいるバージに助けを求めるには十分なものだ。

そう、帰ることができる。シップは失ったが、二人とも生きている。生きて戻り、新しいシップを手に入れて、再び狩りへ――

それが自分たち、ショーカなのだから。

頭上を見上げる。高く高く伸び上がるケルプのかなたに、ちらりと銀色の翼が見えたような気がした。それとともに、またどこからか、ごぉんと腹に響く轟きが聞こえた。

第一章　空翔《あまか》ける狩人

　左手で握ったスリングの向こうに、リオはきっぱりと開けた両目の視線を射ていた。

　スリングはY字の棒の股にゴムをかけただけの簡単なおもちゃだ。左手で柄を握り、右手でゴムを引いて球《たま》を撃つ。武器というほどのものではない。だがケンカには便利だ。射程はせいぜい十五ヤードというところか。

　遊技場の端から端まで、三十ヤードはあった。

　校区や住区から離れた、港区のごみごみした一画にある溜まり場だ。元は倉庫だった建物に、玉積み台やいかがわしい幻灯機などの遊具が所狭しと詰め込んである。その間を、練《れん》学校の落ちこぼれや工場をサボっている見習い職人の少年少女たちが、薄汚れた格好でぶらぶらと歩き回っている。

　そうした人間だの機械だのの向こうにあるスリング台を、こっちの端からリオが狙うという寸法だった。

安いプチフェザー地の垢じみたシャツを着た、小柄な少年である。ズボンもあちこち擦り切れていて、寸法がふた回りは余っている。髪は明るい茶色、その色だけは自前らしいが、髪型は三日ばかり逆さ吊りにされたのではないかと思われるほど、天を突いて跳ね上がっている。

濃い青の瞳に、他の子供たちと同じ――いやそれ以上に強い、野良犬じみた光が浮かんでいた。

リオの背中にぶら下がっているティラルが、からかうように聞く。

「ね、当たる？」

「黙ってろ。いや、離れてろ」

「やぁだ♪」

甘えるようにささやいて、うりうりー、とくしゃくしゃの金髪をこすりつけてくる。リオは顔をしかめる。――不快だからではなく、無駄にムラムラさせられてしまうからだ。ティラルは甘酸っぱくていい匂いがするし、さっきから短いスカートの下のお尻をちらちら見せつけているみたいだし、十五歳にしてはやけに大きいおっぱいを背中に当ててくる。

それにとても可愛い。大きな明るい瞳で見つめられると目が離せなくなる。

だから目を合わせずに、前方を注視した。

スリング台はルーレットになっている。カバーの中に回転する十枚羽根のプロペラがあり、一番上に来た一枚だけがスリットから覗《のぞ》く仕組みだ。そのそばに立っている仲間のガリアスが、百デル棒貨を台に突っ込んで、親指を立てた。

ルーレットが回り出し、スリットを縁取る明かりがぴかぴかと点滅した。リオは深呼吸し、右手でゴムを引いた。

店中に呼びかけるようなことはしていない。大半の客はリオに気づかず前を横切っている。気づいた者も他人に知らせるような野暮《やぼ》はしない。球が誰かに当たってケンカ沙汰になっても構わない、むしろそっちのほうが大歓迎といった顔で、にやにやとリオを眺めている。

リオは呼吸を整えて、的を見つめる。普通は五ヤードの距離から撃つ台だ。それでも十枚羽根の狙った一枚に当てられる者は多くない。リオはそれができる数少ない常連の一人で、今日はそれ以上の戦果を狙っているのだった。

別にスリング台の景品が目当てではない。これ見よがしに背中に胸を押しつけているティラルが真の標的だ。

「ティラル……あれ、ほんとだな？　当てたらやらせてくれるって」

「んんー、本気？　そんなにあたしとえっちしたい？」

「言ったよな？」

「言ったかもだけどさあ、あたし——」

「よし！」

ティラルにはぐらかされる前にけりをつけようと、リオは精神を集中した。悪友のガリアスが台の横腹をばんばん叩いて、早く撃てとせかしている。

「見てろよ……」

すっ、と音が聞こえなくなった。前を横切る客も見えなくなった。ティラルの感触さえも。ぐるぐる回る的がストロボ仕掛けのように一つずつ見分けられる。

球をつまんだ右手の指を、動かすのではなくするりと溶かした。

勢いよく放たれた石の球が、しゅうっ、と鋭い風切り音を上げてゆるい放物線の軌道を走り、奇跡的にすべての客の肩と背中と首と鼻先をかすめて通過し、回転する的を直撃——しかけたのに、ガリアスがルーレット台をグィと押して傾けた。

石の玉が台枠に当たった。カン！　と跳ね返って天井の梁に食いこむ。

「なっ、何しやが——」

客がなにごとかと振り返る中、リオがカッとなって怒鳴りかけると、うひゃひゃひゃひゃ、とティラルがおなかを抱えて笑い崩れた。

「サイテー、ガリアスサイテー！　土壇場でそういうことするぅ？」

「せぇな、おまえもっとちゃんとやれよ。耳噛むとか」

「おっぱいめっちゃ当ててたって！　それでこれなんだもん、リオはマジうまいよ」

渋い顔のガリアスに、ティラルが言い返す。リオは二人を見比べる。

「え……ティラル、ガリアス、おまえら……」

「んふー？」

にやにやと目を細めて色っぽく微笑んだティラルは、その顔のままひらひらと踊るように歩いて行って、ガリアスの腕に抱きついた。

「ごっめん、リオ♪　こゆこと」

「てっめえ！」

「あんためっちゃ可愛かった、背中きゅってくっついただけで、ガッチガチになっちゃって。ふふ」

「やめとけティラル、煽るな」

そういうガリアスの顔にも優越感が丸出しだ。ごめーんとティラルが舌を出す。思わずリオはスリングを向けようとしたが、思いとどまった。これでも一応、女に手をかけないケンカ師で通っているのだ。

気がついた周りの連中が失笑している。リオは真っ赤な顔で怒鳴り散らした。

「てめーらなに笑ってやがんだ！　さっさと散れよ、ぶっ飛ばすぞ！」

床を踏み鳴らしてわめいていると、背後から場違いな落ち着いた声をかけられた。

「君がエメリオル・エッダ？」

「だったらなんだ！　つうか本名で呼ぶんじゃねー！」

叫んで振り向いたリオは、目の前に相手の顔がなかったので、ぎょっとした。

それは頭一つ分上にあった。背の高い女だった。

夜の川のような黒髪を肩に流していた。瞳も同じ黒で、静かにこちらを見下ろしている。口笛を吹くのも気後れしてしまいそうな美しい顔立ちだ。しかし表情は硬い。

ごわごわした素材のポケットの多い黒いジャケットの中から、やはり黒いシャツの豊かなふくらみが覗いている。パンツもジャケットと同じ厚手の素材だが、手入れのオイルがつややかに光り、動きやすそうだった。

全体の印象は、年上の格好いい美人だ。しかしただし書きがつく。「手強《てごわ》そうな」女である。そういう場合の常で——勝てないようなら逃げなければいけないから——女の足元を見たリオは、意外に思った。走りやすい、あるいは蹴りやすいブーツではなく、薄手のカンバス地の靴を履いていた。

正体が読めない。警戒した声になった。

「……なんだよ、あんた」

「ジェンカ。君を見に来たの。目はいいようね」

「ふん、見てたのか。だから？」

「何も才能がないよりはまし。まあ使えなくもないわ。いらっしゃい」

「はあ？　どこへ？　なんで？　いや、あんた誰なんだよ」

「仕事よ――聞いてないの？　ったく、協会《ギルド》はいつもいい加減なんだから……それとも練学校のミスかしら、ご両親かしら」

「学校？　ははあ、おれを連れ戻しにきたのな。行くかよバカ、誰があんな窒息しそうなところに」

「学校なんかじゃないわよ。全部説明しなきゃいけないのね。面倒くさいなあ、もう……」

ジェンカがため息をついて頭をかく。リオが野良犬ならぬ野良猫のように警戒して身構えていると、横から大柄な少年が首を突っ込んで来た。

「リオ、誰それ」

ガリアスだった。腕にティラルをぶら下げ、取り巻きの少年たちを三、四人連れている。

彼のとぼけた顔を見たリオは、即座に沸騰する。

「誰それじゃねえだろ、てめえに関係あるかよ、すっこんでろ！」

「関係なくはねえだろ、おれとおまえの仲で。練学校入学以来の付き合いじゃねえか」

「その前の遊《ゆう》学校からだよ忘れんな馬鹿」

「そうだっけ、まあ要するに親友だろ？」

「五分前にそうじゃなくなったから忘れろよボケ」

「いちいち突っかかんなって。まあな、ほら、おれが言いたいのは、おまえ仕事すんの？ってことだよ」

「仕事？　なんのことだ」

「いまこの美人さんが言ったじゃねえか。おまえを仕事につれて行くって」

「そうだっけ？　学校へ連れていくつもりかと……」

「言ってねえよそんなこと。おまえを仕事につれていくってさ」

「そうか」

「それでな、思ったんだが」

「なんだよ」

「おれたちももうすぐ十五歳で卒業だ。卒業したら鍛《たん》学校に行くか仕事に就くか。どっちがいいかはわからんが、早いとこはっきりさせなきゃいけない——おれたちはそう話し合ったよな？　先月」

「まあそうだな」

「そのあとで、ティラルから聞いたんだよ。進学するおれのほうがいいって。やっぱ女ってしっかりしてるよなあ、ははは——おぶっ！」

横っ面《つら》を張り飛ばされたガリアスが、派手に吹っ飛んだ。

話に釣りこまれてなんとなくうなずいてしまっていたリオが、再沸騰してわめき散らす。

「黙って聞いてりゃ何がはははだこのクソ野郎、結局おれを笑いたいだけかよ！」

「たりめーじゃねーかバカ、これが笑わずにいられるか」

起き上がったガリアスが嘲笑う。

「おれの知らねえあいだにティラルを口説いてたおまえが、調子に乗って振られた挙句にどっかへ連れて行かれるんだ。おめでとうのひとつも言いたくなるだろうが」

「てっ……めえ、なんだそれ！　ティラルってもともとお前の彼女だったか？　違うだろ？　別に誰の女でもなかったのに口説いて何が悪い！」

「ごめんねー、それあたしが言ってなかったからだ」

「ティラルてめえ、くっそお！」

今度こそリオは女に殴りかかり、そして当然ガリアスに殴り返され、そのガリアスを体当たりで吹っ飛ばして、ガリアスの取り巻きに襲いかかられた。

「やれーガリアス！　ぶっとばせー！」「負けんなリオやり返せ！」

あっというまに大乱闘になった。リオとガリアスとそれぞれの仲間が殴り合う。ティラルが無責任にはやしたて、周りの連中も応援し、目端の利《き》くやつが賭けの胴元など始めて、大にぎわいになった中で、一人唖然と見ていたのが、ジェンカと名乗った黒髪の女だった。

「何よこれは……あああもう、これだからお子様たちってのは！」

言うなり、ポケットから何かを取り出すと勢いよく振った。シャッと音を立てて一フィートほどに伸びる。先端と底にレンズをはめこんだ、鈍く輝く硬質の筒だ。そう、それはここトリンピア島ではめったに見られない代物——金属製の振り出し望遠鏡《スィングスコープ》だった。

「こらーお子様たち、やめなさーい！」

スコープ片手に割って入ったジェンカが、ごん！　がん！　とリオとガリアスの頭を殴りつけた。いってえ、と二人が脳天を押さえてうずくまる。

「何しやがんだ！」

「こっちの台詞よ！　わたしとこの子、エメリオルだっけ？　その二人で話してたのよ！横から割り込んでこないでよ！」

「おれはまだこいつらと話してたよ」

涙を浮かべてリオが言い返すと、ジェンカは醒めた目で見下ろして言い放った。

「話なんか終わってたじゃないの。君、ここから仲直りできる流れだった？」

その言葉は妙に説得力があって、それもそうか、とリオはうなずいてしまった。

「さーさー、行くわよ。あたしは時間を無駄にしたくないし、あんたたちもこれ以上ケガを増やしたって無駄なだけよ。エメリオル、立って。大丈夫？　どこか折れたり切ったりしてない？　してないわね、よし。じゃあ表へ出て——」

「待ちなよ姉さん」「今みんなが楽しんでたんだけど？　わかんねえかな」

ポン、と二人の少年がジェンカの左右から肩をつかんだ。放して、とジェンカが目をやるが、薄笑いで無視する。乱闘を傍観していた連中だ。——嫌なのが絡んできやがったな、とリオは舌打ちする。

それに気づいたのか、ジェンカがリオを見下ろした。

「友達？」

「知らねえよ。でもおれより強いぜ、そいつら」

言ってからひとこと付け加えたのは、傷の具合を心配されたからかもしれない。この界隈では珍しいことだった。

「ふうん？」

小首をかしげたジェンカが、何を思ったのか振り出し望遠鏡《スイングスコープ》をポケットに戻して、右手を差し出した。

「手」

「はあ？」

「手。ほら」

ぽかんと見つめたチンピラが、いっせいに笑い崩れ、なんだよもう降参かたいしたことねえなと言いながらジェンカの手をつかんだとたん、顔色を変えた。

「お、おい」

「……」

「ちょ、ちょっと待っ」

「……」

「待て、待てって！　やめろ、おっいぐあああ！」

悲鳴を上げたチンピラの手が、握りしめたジェンカの手の中で、安物の陶器の皿が割れるようなぱきぱきっという音を立てるのを、誰もが聞いた。

ぽいと投げ出すようにジェンカが手を離した。チンピラは手先をかばってへたり込む。慄然《りつぜん》とした眼差しに囲まれたまま、女はぐるりとその場を見回して、「楽しんでもらえた？」と軽く顎を上げた。

誰も何も言わないでいると、一転して疲れたようにため息をついた。

「ごめん、大人げなかった。そこの子、こいつを医者に連れてってあげて。——さ、行きましょう、エメリオル」

「おい、こらっ、放せよ！」

わめき立てるばかりで抵抗できない、腰の引けたリオの襟首をつかんで、ジェンカは本当にずるずると引きずっていってしまった。

残された一同の中で、ティラルがぽかんとつぶやく。

「なにあのひと……」

「くっそ、ショーカかよ」

「え？」

ガリオスが、血交じりのつばをぺっと吐いて言った。

「ショーカだ、あのスコープ。こんなところに来るなよ……」

「ショーカって、あれ？　シップとかの？」「あんなやつなのかよ」

心配しつつも半ば他人事のように皆がざわめいた。何人かは表へ出ていく。それについていこうとしたティラルの背に、ガリアスの声が飛んできた。

「ティラル、何か拭くもの。くそっ、いてえ……」

「あ、うん。待ってて」

――リオ、生きて帰ってくるのかな？

ハンカチを握って手洗いに走りながら、ティラルは頭を振った。今日のところは、いなくなった少年よりも、そばにいることにした少年のことを考えねばならなかった。

路面動車に無理やり乗せられ、半時間ほど走って無理やり降ろされたのは、リオがまだ来たことのない地区だった。

「なんだよ、ここ……」

ごとごとと戻っていく動車を背に、リオは気抜けしたようにつぶやいた。低く垂れ込めた重ったるい雲の下、左手の山地から右手の浜辺まで、均《なら》したように平坦な野っぱらが広がっている。

少し先には、一本の高い塔と、規模ばかり大きい倉庫に似た十以上の建物。なにやら不満な動物が唸るような音がひっきりなしに聞こえてくる。

「航区も初めてとはね」

あきれたように言って、ジェンカが先を歩く。逃げようとしたらどうなるかは、動車の中でよく思い知らされた。頭にできた二つ目のたんこぶを、逆立てた髪ごとわしゃわしゃ撫でて、リオはしぶしぶついていく。

「航区ってシップの港か。別に知らなくてもいいだろ、それでも生きていけるんだし」

「今日からはそうじゃないわ。君はシップに乗るんだから」

「なんでおれが」

「なんでなんでってうるさいから、とにかく乗せる。それが終わったらね」

そう言うジェンカは、とてもリオにそれを命じて嬉しがっているようには見えない。いやいややっているという感じが丸出しである。

倉庫の手前に、紺のワンピースに白いエプロンをつけ、金髪を髪留めで押さえた女性が立っていた。柔和な笑顔だが、どことなく苦笑しているように見えた。

「お帰り、ジェンカ。その子がそうなの?」

「ただいま、レッソーラ。あいにくその通りよ」

「ふうん？」

レッソーラが面白そうに見つめる。表情は穏やかだったが、視線は妙に強かった。なんだよ、と言いかけて言えず、リオはうつむく。彼女の袖から覗く、腕全体を覆っているらしい包帯に気づく。

よく見ると、エプロンは何度も洗いざらしたもののようだった。無数の黒っぽい染みが重なるようにつき、そのつど染み抜きされて薄い輪を残していた。腰には背中側をぐるりと巡るパウチの列。

リオは、まだ自分の知らない人種がいることを、おぼろげに感じ取る。

「これから授業？」

「いえ、一度揺さぶってみる。それで適性を見てからね」

「学校も協会《ギルド》も認めてるんでしょ？」

「そんなの信用できるわけないでしょ。第一、この子は港区の遊技場にいたのよ。学校の評価表だと学業優秀、性格温和な優等生ってことになってたのに。捜すのにてこずったのなんの」

「あは、それじゃ無理もないわね」

ジェンカが倉庫の扉を開ける。レッソーラがついてきながら、がんばって、とリオの肩を押した。

中に入り、顔を上げたリオは、息を呑んだ。

そこはうら寂しい外とはまったく違う世界だった。高い天井の白熱灯に照らし出された学校の講堂より広い空間を、大勢の人間がめまぐるしく動き回っていた。ジェンカと同じ、厚手の動きやすそうな服装の男女と、レッソーラと同じスカート姿の女性が、三十人以上もいるだろうか。

そして彼らの間に、十機以上のシップが横一線に並んでいた。

人を乗せる翼！　それが町の上空を飛ぶことはほとんどなく、ましてや降りてくることは皆無だ。これほど近くでシップを見るのは、リオは初めてだった。

思わず見入ってしまったのは、それらがてんで好き勝手な色彩に塗りたくられていたからだ。白、赤、青、緑、それらの縞《しま》や斑点《はんてん》。全身真っ黒なものもある。その無秩序さは、理屈抜きでリオをひきつけた。学校では、制服の肩帯の色までこと細かに決められているのだ。つい声が漏れた。

「……いろいろあるな」

「あら、もう見抜いたの？」

「え？　色が――」

「ああ色。そりゃそうか、初めてで機種や装備の違いなんかわかるわけないか……」

言われてリオは、シップの群れを見直した。だが、色以外にどんな違いがあるのか、皆目わからない。どのシップも高く掲げた翼と二つの座席がある。ありていに言って、みんな同じに見える。

「なあ、これ、好きなのを選べるのか？」

そう言ってもう一度ジェンカを振り返ったリオは、戸惑った。そばに二人はいない。見回すと、ジェンカは近くの大柄な男のところへ、レッソーラは建物の奥へと、別々に歩いていくところだった。あわててジェンカを追いかける。

ジェンカはちょうど男と話を始めたところだった。

「忙しいわね、ウォーゼン。塔が発制出してるんじゃないの？　表、ガラガラだったわ」

「出てるが、空象が遅出に向いてきそうなんでな。一番庫の音、聞こえてなかったか？　連中、制限明け待たずに出るつもりだぜ」

ウォーゼンと呼ばれた男は、ジェンカよりさらに頭一つ分背の高い、武骨な大男だった。眉は太く、鼻の下のひげが勢いよく左右に跳ねていて、顔立ちも濃い。頭をすっぽり覆う甲材のヘルメットをかぶりながら、ずんずん歩いていく。それを追いつつジェンカが言う。

「特情は入ってない？　朝イチで来たきりなの。バージン乗せても吐かないかしら？」

「ん？　ああ、そっちのガキか。入ってないよ。しかし吐くのは間違いないな。なにしろおまえさんの腕だ」

「バトラ乗りのあなたに言われたくないわ。吐くどころか殺しかねないじゃない」

「はっはっは、そうかもな。なにしろ今日はこれからグンツァートだ」

「あそこへ？　じゃあコンテス夜行ね。ちぇ、うらやましい」

「早く装備を固めるんだな」

リオは、めったにないことだが、心細くなった。二人の会話がまったくわからないのだ。教えてもくれない。

そこへ天井の伝声管から割れた声がわんわん反響して降ってきた。

『あーあー、トリンピア南地上より各待機へ。風は十五ノット南南東に、雲は三百に上がりました。一四三〇をもちまして発航制限を解除します。皆さんあわてず、順序よく並んでお出かけになってください。よい狩りを～』

声は少女のような女性のものだったが、内容はやはり理解できない。

「そら来なすった！　おい、ウォーゼン・ウォルバート出るぞ！」

それを聞いたウォーゼンが白いシップへ走り出した。

ジェンカも駆け出し、建物の隅に向かう。

建物内の全員が、殺気立った様子で動き出した。靴音と叫び声が飛び交い、ババババッ！とエンジンの唸りが轟いた。正面の大扉がごろごろと開かれ、日が差し込む。何かが始まろうとしている。

もう我慢できなかった。リオはジェンカに追いついて、袖《そで》を引っぱった。

「なあ、教えてくれよ！　おれ、何をやらされるんだ？」

「向いてなかったら教えても無駄になる。逆に君のことを聞いておくわ。エメリオル、君は練学校を卒業した後のあてが何もないのよね？」

走りながら振り返りもせずにジェンカが言う。リオはふてくされて答える。

「さっき聞いてただろ。そんなの考えてなかったよ」

「だから君のご両親と学校の先生が困り果てて、うちのギルドに相談を持ち込んだ。ギルドはそれを受けて、君に仕事先を世話してやることにした。——君にやる気はある？」

「やる気もクソも、何をやるのかわかんねえんだってば！」

「でもやりたいことはあると見た」

「何をだよ？」

「戦うこと。友達にケンカ売ってた血の気の多さ。それの使い道があるとしたら、試してみたくない？」

走りながらリオは驚いて口を開けた。今までケンカを売るのはやめろと言われたことはあったが、使い道があるなどと言われたことはなかった。それなら負けない。というよりそれしか誇示できるものがない。

「ケ、ケンカだったらいくらでもやってやるさ！」

「けっこう、とりあえずそれでいいわ。じゃあ乗って」

気がつくと、倉庫の一番奥にあった黒いシップの前に来ていた。レッソーラが機体の横に脚立を置き、ジェンカがそれを指差す。

「ほら」

「わ、わかったよ！」

売り言葉に買い言葉だった。ジェンカの勝手な物言いにはいい加減腹が立っていた。逃げ出して縁を切るよりも、どんなことであれ彼女に一矢《いっし》報いてやりたくなっていた。

おっかなびっくり後ろの席に乗り込むリオの背後から、追い立てるようにジェンカが登ってきて、前席に飛び込んだ。さらにその後ろからレッソーラが顔を出して、リオにゴーグルと上着を押しつけた。

「はい、プレゼント。私のなんだから、なくさないでね」

「あ、ああ……」

「レッソーラ、誘導お願い！」

「任せて！」

親指を立てたレッソーラが素早くシップの前に回り込み、手を振って合図した。

「進路開放、おーらーい！」

「始動、行くよ！」

どどどっ！　と機体が震え始めた。それを皮切りに、生まれて初めての印象の洪水が、どっとリオを包み込んだ。

　シップの席は後ろ向きで狭かった。肘《ひじ》を持ち上げたら左右がつかえてしまうほどだ。目の前には一つも読めない計器の数々があり、その上の架台にこれもやはり初めての、本物の銃がどんと乗っていた。銃の向こうで小さな尾羽根がぴこぴこと上下する。

　それを眺めていると、首の後ろの伝声管からジェンカの声が飛び出した。

「そこらのものに触らない、上着とゴーグルつける、ベルト締める！」

「触らないでどうやって締めるんだよ！」

「トリンピア南地上へ、こちら登録番号九九、三連弓のジェンカ。発航移動許可お願い！」

　リオの叫びなど無視してジェンカがどこかに呼びかける。打てば響くように答えが返ってくる。

「九九番ジェンカ、発航移動許可しまーす。発航進路は一七〇へ、前に十八機いるので気をつけてくださいね。直前は三五〇番、吹雪《ふぶき》のウォーゼン。ついてってください」

「了解」

　ごとん、とシップが動き出した。リオはつんのめる。必死に着ようとしていた上着をあきらめて、体をひねって前方を見た。

「うわ……」

建物の外は、先ほどまでとはうって変わってにぎやかになっていた。

広い野原を、左から右へ、ひっきりなしにシップが駆けていく。「トリンピア南地上」の言った通り、何十ものシップが先を争うようにして飛び立っていくのだ。それらのプロペラの騒音が、耳が痛くなるほど立ち込めている。

建物を出たジェンカのシップは左に向きを変えて走り、野原の北の端でくるりと南を向いた。すぐ前に、小羽根に雪の結晶を描いた白いシップが止まっている。その操縦者が軽く片手を振るとともに、シップが走り出した。見る間に小さくなっていき、やがてしずしずと浮かんで、切れ始めた雲の間へと消えた。

ジェンカが言う。

「トリンピア南地上、九九番発航するわ」

「九九番、発航を許可します。いってらっしゃーい」

ぐらっ、とリオは機体の後方へ吹き飛ばされそうになった。

エンジンの音も一段とやかましく、シップが疾走し始めた。風が顔を叩き、リオはあわててゴーグルをかけたが、着ようとした上着は軽く吹き飛ばされてしまった。仕方なくシャツをばたばたさせて前をにらむ。シップは激しく揺れながら際限なく加速していく。そのまま壊れてしまいそうだ。恐ろしさに鳥肌が立つ。

地平線が持ち上がった。シップの尻が上がって機首が下がったのだ。と思うと再び地平線がプロペラの下へ消えた。ひどい振動がふっと収まり、胸の悪くなるような重さがリオを席に沈ませた。押さえられている？　いや、違った。機体が下からリオを持ち上げているのだった。

首根っこを押さえつけられるような重さに耐えて、リオが席から身を乗り出すと、世界は彼の下にあった。

「お……おー、飛んでる……」

塔が、建物が、野原が、それにトリンピア島の白い海岸線が、平たい景色となって眼下に広がっていく。魂を抜かれたようにリオはそれを見下ろしていた。

ジェンカがいきなり毒づいた。

「あーったくもう、速度は出ないわ縦舵《たてかじ》利かないわ横舵ふらつくわ、これだから出来合いのギルドものは！」

「な、なんだって？」

「トリンピア南対空！　こちら九九番ジェンカ！」

相変わらずリオを無視してジェンカは叫ぶ。先ほどとは別人の、しかしやはり能天気な口調の声が答える。

「はい、トリンピア南対空。九九番見えてますよー」

「今日はタウリ潟《ラグーン》で肩慣らし、着航予定は一七〇〇！」

「あれ、珍しくお散歩ですか、ジェンカ」

「仕方ないでしょ、シップはぼろいし後ろはバージンなんだから！」

「ああ、なるほどね。着航予定一七〇〇了解しました。お気をつけてー」

「以上っ」

ジェンカは黙り、シップは上昇を続けた。落ち着いたか、と思ってリオは話しかけてみる。

「あのさ、それでこれからどこに……」

「ベルトはしたの？」

していなかった。あわててつけようとしたが、すぐに止められた。

「いえ、いいわ。前を見ていたいのよね。それじゃベルトはいいから、右下を見て。――違う外じゃなくて、席の中！」

まるでこちらが見えているようだった。リオはおろおろと右膝のあたりを見下ろす。箱があり、中に色分けされた親指ほどの円筒がぎっしりと入っていた。

「青いのを一つ出して。銃に込めて」

「……なんだって？」

「弾を込めるのよ」

「じゅ、銃に？」

「他にどこに込めるっていうのよ、君のうるさい口の中？　さっさとやって！」

あわてて円筒、つまり銃弾を取り出して、銃にしがみつく。込めろと言われてもどこに込めたらいいのか。触ったことがないのだからわかるわけがない。しかし、聞けば必ずのしられる。自力で解明するしかない。

動きそうな部分をかたっぱしからガチャガチャやって、ようやく銃身から生えたレバーに気づいた。それを引くと弾丸が入りそうな隙間が開き、入れてみるときれいに収まった。

「できたぞ」

「撃って。どこでもいいから、空のほうを」

「え……ああ、わかったよ！」

もうやけだった。リオは握り方もわからない銃を握って、たぶん引き金だと思われる部品をぎゅっと引いた。

ドン！　と轟音が響くとともに銃床に胸を突き飛ばされて、息がつまった。

「うっく……」

「できたみたいね。それが君の武器よ。青は標識弾、赤が炸裂弾、黒が徹甲弾。今日はとりあえず青だけでいい。一発撃ったら何はさておき次を込めること。——ああ、それと、雑誌に載ってるおもちゃなんかとは口径が違うから、反動はうまく逃がしてね。下手《へた》に受けるとあばらを折るわ」

「もう受けちまったよ……」

「次は込めた？」

いたわりの言葉などかけらもなかった。リオは涙を浮かべつつ、しぶしぶレバーを引いて、からっぽの弾の殻を機内に落とし、新しい弾を込めた。

ふと気づくと、体を押さえていた力が消えていた。シップが水平に進み始めたのだろう。これ幸いと立ち上がって振り返る。前席はすぐそばで、黒髪を収めたジェンカのゴーグルがある。その頭を叩く。

「おい」

「あいたっ。何よ？」

「ここまで言う通りにしてやったぞ。そろそろ話せよ」

「ふうん……ま、いいか。次にすることぐらいはね」

ジェンカは前を向いたまま言った。

「浮獣は知ってるわね？」

「浮獣？　プチフェザーのことだろ。町にもたまに飛んでくる」

「それしか知らないのね」

「それしかって……他にいるのか？」

「町に来るのははぐれよ。やつらの大半は島の外にいるわ。プチフェザー、エアカット、スピンカップ。そいつらが、この近所だとタウリ潟に群れてるわね」

「それで？」

「それを狩るのよ。これで」

ジェンカが操縦席の右側に突き出している黒いものを叩いた。よく見るとそれも銃だった。前方を向いている。

リオはまだわからない。

「狩ってどうするんだ？」

「狩ると落ちる。下にはギルドと契約しているバージがいて、回収してくれる。それが私たちの戦利品になるのよ」

「回収って……横取りされないか？」

「そのために君がいるんじゃない」

「え？」

その時、ジェンカが右前方に首を突き出した。ゴーグルを額に持ち上げて、遠くの一点をにらむ。

「いた……まだ潟に入ってないけど、今日は群れが広いのかな」

「いた？　何が？」

「噂の獲物。プチフェザーよ」

リオはそちらに目をやった。

雲はすでになかった。島の上だけにかかっていたらしい。抜けるように晴れた青空の下、真っ白な重素海が雪原のように広がり、遠くに青くかすんだ島影が見える。トリンピアのすぐ隣にあるタウリ島だろう。太陽は正面上方だ。

リオがいくら目を凝《こ》らしても、プチフェザーは見えなかった。町の上を時おりふわふわと横切っていくそれは、二フィートほどの綿毛の球だった。見えればわかるはずなのだが。

いや、見えた。はるか遠くの青空を背景に、針の先ほどの点がきらきらと輝いていた。

「あれか？　なんか砂粒みたいなものが十個ぐらい……」

「数まで見えるの？」

ジェンカが初めて、感心したような声を上げた。

「ハッタリじゃなきゃたいしたものだわ。まだ三カイリはあるのに」

「馬鹿にするなよ、スリングの腕は見ただろ？」

言ってから、ジェンカが距離まで測っていたことに気づく。勝ったわけではないのだ。

舌打ちしていると、ジェンカが言った。

「さあ、いよいよ。……いい、私が獲物を撃つから、通り過ぎてから君も撃って」

「おれが？　とどめを刺すのか？」

「いえ、死んだやつをよ。青い弾には私の標識が入ってるの。それを当てれば、私の獲物だと確定するわけ」

「なんでそっちの銃に青いのを込めないんだ？」

「こっちは殺すためだもの。そんなヤワい弾頭は入れられない」

「ヤワいって、プチフェザーなんかふわふわした生き物だろ？」

「プチフェザーはそうだけどね。……ま、そのうちわかるわ」

含み笑いのように言うと、ジェンカは改まった口調になった。

「私が殺して、君が印をつける。それが私たちの役割分担よ。できる？」

「簡単じゃないか」

「いい返事だわ。じゃあベルトを伸ばして腰に巻いておいてね。ちょっと振り回すから」

言われた通りにしながら、リオは高をくくっていた。何をやらされるのかと思ったら、死体を撃てだなんて。スリング台のほうがよっぽど気が利いているじゃないか。

「前を見ないで、後ろを見ていて。私は撃ってから獲物の下を抜ける。直下航過よ、あなたの目の前に獲物が来るようにしてあげる」

その表現の意味も、まったくわかっていなかった。

「さあ……行くわよ」

ジェンカがつぶやき、前方の点が近づいてきた。リオは席に収まり、銃を構えて空をにらむ。

次に起こったことが、リオは理解できなかった。

ぐるりと空が回り、重素海が頭上に来た。

「え……？」

逆さまになっている、ということが頭でわかっても体で感じられなかった。現に、椅子に押しつけられているのだ。これは、つまり？

つまりシップが背面で急降下している、ということを理解する前に、その動きのもたらす異常な加速度が、リオの平衡《へいこう》感覚を強烈に揺さぶった。耳の奥がぼうんと鳴り、胸の底から何かが込み上げてきた。

胃の中身と、悲鳴だ。

「う、うわあああ！」

悲鳴さえ振り落とすような勢いで、シップがまた半回転し、上下正常に戻る。戻るが、もう水平飛行などしていない。低い位置から天空を貫くようにして急上昇。その正面にプチフェザーの群れがいたが、もはやリオは見ていない。

ガガガッ！　と機銃の音がして硝煙が流れてきた。必死で吐き気をこらえるリオの頭上に、すっと白いものが現れ、瞬《また》く間に流れ去った。ジェンカが叫ぶ。

「ほら何してるの、撃って！」

「あ、あんな一瞬でどうやって……」

「垂直尾翼の真上に流したわよ？　機銃の三秒後！」

「三秒後だな？」

「次！」

ぐらっとシップが傾いた。今度は水平線が頭上に来る。同時に、飛び上がったときとは比べ物にならない重さがリオの首をギシリと押さえつける。垂直横転だ。リオは顔も上げられない。

「ぐ・う・う……」

「行くわよ、ほらっ！」

機体が水平に戻るとともに、再び短い機銃音。十発も撃っていないようにリオには思える。三つ数えて闇雲に引き金を引いたが、ドン！　という響きの後の光の弾は、流れた獲物の二十度も横を走っていった。ジェンカが叫ぶ。

「だめじゃない、よく狙って！　垂尾に当てるつもりでいいわよ、実際はそこのところだけ銃が下がらないから！」

その声の響きに、リオは慄然とした。

「こいつ……楽しんでる？」

「まだまだ、この群れ全部もらうわよ！」

そこから先は、拷問以外の何物でもなかった。

ジェンカは、抵抗ということを知らずにのんびりと漂うプチフェザーの群れに、東西南北から貫通を繰り返した。もし上空から見下ろす者がいたら、その軌跡が正確な四葉《クローバーリーフ》型を描いていることに気づいただろう。完璧なまでに美しい一撃離脱攻撃だった。

しかし、めちゃくちゃに振り回されているリオにとって、そんなことは想像の外だった。口元を力いっぱい押さえ、目尻をあふれる涙でぐしゃぐしゃにして、正気を保つのが精いっぱいだった。

脳みそが壊れて耳から流れ出すのではないかと思えてきたころ、ジェンカが惜しそうに言った。

「八匹撃って戦果ゼロか……エメリオル、最後行くわよ。今度は私が言うから！」

機体が水平になり、地上に止まっているように安定した。だが、それまでの振り回しの余韻《よいん》があって、リオは頭をふらふらさせている。かろうじて次弾を込めたが、まともに狙うどころではない。

機銃音があがり、ジェンカが鋭く叫んだ。

「二、一、撃って！」

反射的にリオは引き金を絞った。何も考えず、どこにも向けず——芸もなく真ん中に固定して撃っただけだった。

轟音を残して放物線を描いた弾のところへ、獲物が向こうから突っ込んできた、ように見えた。

ぱん！　と青い飛沫《しぶき》が散り、白い綿毛がくるくる回りながら落下していった。

「当たったじゃない！」

ジェンカが小娘のように嬉々として叫んだ。

「はー……はー……そうかよ……」

リオはそれだけつぶやくと、やにわに機体の外に顔を突き出し、胃袋ごと吐き出すような勢いで嘔吐した。

発着場に帰るころには、日が傾いていた。夕焼けの中をジェンカのシップは着航した。出発した十番庫に戻ると、レッソーラがなにやらぼろぼろの塊《かたまり》を抱えて、恨めしげな顔で立っていた。停止したシップに登ってきて、それを突き出す。

「だめになっちゃった……」

「何それ」

「私のシップジャケット。この子が放り出した後、みんなに踏まれまくって」

「あー、出るときにね……」

ジェンカはゴーグルを外して頭をかいたが、後席を見て、肩をすくめた。

「勘弁してあげて。彼、地獄の一丁目を見てきたところだから」

リオは人の形をしたぐだぐだの何かに成り果てていた。

ジェンカとレッソーラの二人で機首を引っ張り、シップを元の位置に戻してから、リオが引きずり出された。そのまま床にうずくまるリオの片腕を、ジェンカが抱え上げる。

「ほら、立って。もう出すものないでしょ」

「なんだよ……まだ何かやらせるのか……」

「これからがお楽しみなんじゃない。君、何しに行ったの」

あと頼むわ、とレッソーラにシップを任せて、ジェンカが歩き出した。リオは仕方なく、亡霊のような足取りで彼女を追った。

行き先は発着場の外だった。路面動車に乗って小半時。街区を下って港区へと向かう。場違いな存在であるジェンカに、学校帰りの学生や仕事が退《ひ》けた工員たちから、なんだこいつはという視線が集まるが、ちっとも気にせず彼女が言う。

「遠場の狩りは収穫も後日なんだけどね、タウリ潟ぐらい近場だと、すぐにバージが戻ってくるから」

リオはすぐにその言葉の意味を知ることになった。

重素の打ち寄せる港区で動車を降り、太い気嚢《きのう》をくくりつけた気嚢船《バージ》が何十隻も係留されている波止場を通って、こうこうと明かりの灯された建物に入った。中では、発着場の人々とはまた様子の違った、浮き袋と空気缶をくくりつけた服装の男たちが、大きな荷車を引いて騒々しく動き回っていた。

入り口の詰め所で話をしたジェンカは、荷車の一台に向かう。とぼとぼついていったリオは、ぐいと腕を引かれて、荷車の中を見せつけられた。

「君の獲物よ」

「おれの？」

そこには、ひと抱えほどの毛玉がひらべったく広がって載っていた。一部に文字の書かれた青い細いテープが巻きついている。ジェンカがそれを破って差し出す。

「ほら、この食い込んでるのが、君が撃った標識弾」

「これが……」

リオはぼんやりと、テープと毛玉を見比べた。

「これ……どうするんだ？」

「どうって、食べるに決まってるじゃない」

「食べる!?」

リオは悲鳴のような声を上げたが、ジェンカと荷車の主の女は笑顔で言った。

「何言ってるの、君が毎日食べてるものはなんなの？　ぜんぶ浮獣の肉や幹でしょ。服や道具だって羽根材や甲材から作られてる。町暮らしだと知らないかもしれないけど、人間の生活に必要なものは、ぜんぶ私たち『翔窩《ショーカ》』がこうやって狩ってくるのよ」

「ショーカと、このイグジナさんみたいな回収師《レトリバー》がね」

そう言って親指で自分の胸を指した、三十歳かそこらの快活な雰囲気の女は、ジェンカを横目で見てからかうように言った。

「ジェンカ、今日の狩りはあんまりよろしくなかったみたいねえ」

「そうなのよ、なにしろ後席のこの子がバージンだったから。他にも八匹落としたんだけど、イグジナ拾ってない？」

「もちろん拾ったよ、一匹残らずね」

「それ、くれないかしら」

「ううん、ごめんなさいだねえ。標識入ってなきゃ、まるまるあたしらのものだね。なにしろショーカギルドの規則だからねえ」

「だ、だったらこの獲物にちょっと色つけてくれない？　ほら、この辺の肉づきなんかほんとにいい感じで」

「つけてもプチフェザーじゃね。駆け出しのバトラ型がダース単位で取ってくるものに、そんな高い値段はねえ」

「そう言わないで！」

二人のやり取りは、半ば自分に聞かせるためのものだった、とリオが気づくのは後日のことだ。今の彼は獲物に気を引かれ、手で触れていた。

毛玉といってもそれは外側だけで、体は弾力があった。生き物の肉がみっちりと詰まっていた。中央の二つの焦げた穴はジェンカが撃った痕《あと》だろう。それはつい三時間ほど前まで大空を自由に漂っていたが、死んで人間の食べ物になった。

これが「やる気の使い道」か。

なんてわかりやすいケンカなんだ、とリオは思う。食べるために殺す。どこにも文句のつけようがないほど単純だ。いや、ケンカじゃない。ケンカなら相手が反撃してくるけれど――

「手で触っちゃだめだよ」

そっと腕を引かれた。イグジナが後ろで首を振っていた。

「ショーカの心得だ、獲物に触っちゃいけない。そいつはまだ雑魚《ざこ》だけどね、強い浮獣は、市場に揚げられてもまだ生きていて、襲ってくることがある」

「……噛みつくのか？」

「それどころか。ハイウェン礁《リーフ》のレイジィは爆発するし、アリフ礁のエンベラーなんか、市場でいきなり跳び始めて、五人も死人が出たことがあるからね」

「それ、浮獣の名前？」

「そうさ。多島界にはたくさんの浮獣がいる。トリンピア島の周りにいるのは雑魚ばっかりだけど、よその浮獣は手強いよ。西のグンツァート礁なんかだと、ショーカ十機がかりでもバタバタ落とされるようなのもいる。あんたもショーカになるなら、覚悟決めないとね」

「そっか……互角なんだな」

リオは拳《こぶし》を握り締めた。それが震えていた。以前にも一度だけ経験がある。去年、仲間をだまし討ちにした隣の校区のボスを、一人でやっつけに行ったときに、そんな武者震いが出た。

面白いじゃないか。食うか食われるかなんて。

「どうやらやる気になってるみたいだけど、忘れちゃいけないことが一つ」

リオの心の中を読んだように、ジェンカが言った。

「私たちは趣味で行くんじゃないんだからね。生きるために狩るの。生きるのに必要なものは？」

「勇気とか、根性か？」

「馬鹿、これよ」

ジェンカが差し出したのは、一枚の千デル紙幣だった。きょとんとしているリオの胸に、それが押しつけられる。

「はい、日当」

「日当って……おれ、一匹しか」

「一匹分よ。私と君が三分の一ずつ、レッソーラやイグジナの分も払う協会への上納が三分の一。まあその額じゃロストバージンのご祝儀みたいなものだけど」

「おめでと、少年」

イグジナに片目を閉じられて、リオはなぜか赤くなった。乙女じゃあるまいし、なんて恥ずかしい呼び方――とも思ったが、それよりも、乙女扱いされても仕方ないような、空での自分の醜態を思い出したのだ。

「あ、ありがとう……」

おずおずと紙幣をポケットにねじ込む。それは店で夕食を一度食べたらなくなるほどの額だったが、あれだけ失敗してもなお、仕留めた分を確かにもらえるというのは、嬉しかった。

するとと、突然ジェンカがわめいた。

「あのね、感動なんてしないでね。そんなのはした金よ、はした金」

「はした金はわかってるよ。別に感動なんか」

「してるでしょ、私もそうだったもの。初めて稼いだお金って、そりゃ嬉しいものよ。でもね、シップを一回飛ばすのにいくらかかると思ってるの？　動力のビブリウム代に弾代に整備代に、なんだかんだで五万はかかるのよ。今回は完全に赤字なんだからね！」

「五万？」

リオは唖然とする。六日も飛ばせばリオの家族のひと月分が吹っ飛んでしまう。ジェンカは、意地汚いと言ってもいいほどの形相で並べ立てる。

「ショーカの仕事は、入るものも大きいけど出るものも凄いのよ。プチフェザー一匹三千デルなんかで満足してたらやってられないのよ。もっともっと強いのをばしばし落として、希少品を回収して百万単位で稼がないと、シップの強化もできないのよ！」

「あんたは単に食べてくことより、それが目当てだからね」

イグジナがくつくつ笑ってリオを見る。

「知ってる？　こいつ口ではお金お金って言うけど、ほんとは金なんかどうでもいいの、強い浮獣と戦いたいだけなの。自分のシップに家が建つぐらいの金をつぎ込んでるからね」

「ああ……なんか、わかるよ。今日そうだった」

「ショーカはみんなそうなのよ」

憮然として言うと、ジェンカはリオを見下ろした。

「さあ、これで大体わかったでしょ。続けるなら明日の朝五時にまた十番庫へ来て。来なかったら知らないわ。それじゃ」

必要なことだけ言うと、遊技場に現れたときと同じように、ジェンカは挨拶もなく去っていった。

後に残されたリオの肩を、イグジナがぽんと叩く。

「おばさんから忠告。あいつは面白いよ。でもきっついよ」

高笑いする。

リオは市場を出ていくジェンカの背を見つめ、ポケットを押さえた。

第二章　雲の上の掟《おきて》

十番庫の通用扉を恐る恐る開けようとすると、背後から怒鳴られた。

「こらっ、そこは部外者立ち入り禁止よ！」

びくっと手を引っ込めて振り返ると、明け方の薄闇の中に金髪の女が立っていた。リオは胸を撫でおろした。

「おどかすなよ。レッソーラ……だっけ？」

「覚えててくれた？　レッソーラ・レパルスよ。待ってたわ、エメリオル」

「リオだよ」

「おはよう、リオ。こっちにいらっしゃい」

レッソーラはにっこりと笑って歩き出した。

「ここへ来いって言われたんだけど？」

「そこは格納庫よ。朝はまずパイロットハウスに顔を出さなきゃね。ジェンカもそっちにいるわ」

言われて、リオは自転車を引いてついていった。

大きな格納庫をいくつも通り過ぎる。その一つ一つが十機以上のシップを収めている。

リオは聞く。

「なあ、シップは何機ぐらいあるんだ？」

「基本は操縦者一人につき一機よ」

「そうじゃなくて、全部で何機か。……つまりショーカは何人いるのか」

「登録だけなら一万人を超えるんじゃないかしら」

「ここ、そんなにいるのか？」

リオが驚くと、レッソーラはちらりと視線を寄こして笑った。

「多島界全部で、よ」

「……ああ」

「トリンピア島にしかいないと思った？　多島界は各島に一つずつとトリンピア島の南北に二つ、合計八つの航区に分かれている。そのどこにもショーカがいるわ。ショーカがいなければ人は暮らせない」

「ここには何人？」

「このトリンピア南航区だけなら、現役が六百人、登録が千五百人ってとこかしら。飛べるシップは百機強ね」

「数が合わないな」

リオは首を傾《かし》げる。

「二人乗りだから、二百人は乗ってるわけだろ。残り四百人は？」

「落とされるもの、片っぱしから。一日三機はやられるわ。やられてもまだ続ける気がある人は、次のシップが手に入るのを待つ。その間は飛べない」

「へえ……」

「それに、狩りに出る人間ばかりがショーカじゃない。私もそうよ」

「あんたが？」

「シップの整備《パッチワーク》をしてる。この服装を見たら整備師《パッチワーカー》だと思って」

レッソーラが厚手のエプロンスカートをつまむ。

「その数が飛ぶ人と同じぐらい。望んでやっている人もいれば、シップを降りてなった人もいる。私みたいに」

「シップを降りて……」

リオは、彼女の右腕に視線を向けた。手の甲まで覆う包帯。ふと思い当たる。

「まさか、浮獣にやられたのか？」

答えはかすかな笑い声だった。すべてを教えるつもりはないらしい。

話しているうちに一番庫を過ぎた。やや小さな平屋の建物と、高さ二十ヤードほどの塔が建っている。それらを指差してレッソーラが言った。

「シップの交通整理はタワーがやってくれるわ。あっちがハウス、みんなが溜まってる。シャワー、食堂、仮眠室とひと通りあるから、住む気なら住めるわよ」

「ショーカギルドのおかげか」

「協会《ギルド》のことを聞いたのね。ええ、発着場はギルドのものだし、他にもいろいろな世話をしてくれる。その一つが、新しいショーカの募集」

レッソーラが振り返り、片手を差し出した。

「あなたみたいな、ね。リオ、来てくれて嬉しいわ」

「いや、おれは……」

リオはうつむき、歯切れ悪く言った。

「まだ決めてねーよ。でも、知っといても損にはならないなって思って……」

「あら、そうなの」

レッソーラは残念そうに手を引っ込めた。

「まあいいわ、興味を持ってくれただけでも大歓迎。町の人は、トイレの水の行き先を知りたがらないように、ショーカを敬遠しているからね」

「興味じゃねえよ、無理やり引き込まれたんだよ」

「どっちでも。さ、ここよ」

くすりと笑うと、レッソーラはパイロットハウスのほうに足を向けた。

ハウスの前には、個人の所有物らしいたくさんの動車が止めてあった。昨日、連れてこられたとき寂しい場所に見えたのは、乗り物があらかたここに集められていたせいらしかった。リオはそこに自転車を停め、レッソーラに導かれてハウスに入った。

喧騒と煙管《きせる》の紫煙が身を包んだ。まだ夜明け前だというのに、テーブルの並ぶ室内にはすでにたくさんの人間がいて、食事をとったり図面を見ながら話し合ったりしていた。一方の壁には無数の紙片が貼ってあり、人だかりができていた。

「あれは?」

「共闘の募集。きつい狩場は単機じゃ無理だから、仲間を集めて出かけるの。あなたにはまだ関係ないわね。彼女、ソロが好きだから」

レッソーラの指差す先に、ジェンカがいた。隅のテーブルにぽつんと座って、粉粥《こながゆ》などすすっている。確かにひとりが好きな女のようだった。

リオがテーブルの向かいに立つと、意外そうに顔を上げた。

「あら……来たの」

「来たよ」

「やる気になった?」

「まだわからない。もう少し知りに来たんだ。いいだろ?」

「進展には違いないわね。ああ、それと大事なことを忘れてた」

スプーンをリオに向けて、ジェンカはまじめな顔で言った。

「お父さんお母さんには話した？　たぶん、ショーカのことなんか何も知らずに君をギルドに紹介したと思うんだけど」

「……あー、話したよ。一応な」

「なんて？」

「別に。あんたは気にしなくていいよ。それより、おれも朝飯まだなんだけど、なんか食わしてくれない？」

「……そう、いいの」

ジェンカがじっと見つめる。気づかれたかな、とリオは内心うろたえたが、彼女は何も言わず、レッソーラに目を向けた。

「この子のもお願い」

「いいわよ」

レッソーラはうなずいてカウンターへ行く。リオは椅子に腰を下ろして、昨夜のことを思い返した。

長屋の自宅に帰ったリオは、珍しく上機嫌で母親に千デル紙幣を見せた。初めての稼ぎを見せれば喜ぶと思ったのだ。

しかし母親は悲しそうに顔を背《そむ》けて、今度は盗みまで、と言った。

むかっ腹を立ててリオは説明しようとしたが、逆に昼間のことを問い詰められてしまった。遊技場でガリアスと殴り合いをした件だ。あれが治安団と学校にばれて、家に連絡が来たらしい。三日にあげず学校をさぼって、盛り場でケンカするような息子の何を信じろっていうのよと言われては、返す言葉もなかった。

五人の赤ん坊がいっせいに泣き出し、母親は苛立った様子であやし始めた。自分の子供ではなく、近所から預かって子守をしているのだ。父さんは、と聞くとまた残業だという返事だった。リオの父親は工場で家具作りの工員をしている。あまり裕福な家ではないのだ。

母親は赤ん坊のおむつを替えながらリオの金を横目で見て、それっぽっちなの、と落胆した顔を見せた。リオは、それで母親に何かを買ってやろうなどという気も失せて、さっさと奥へ行って寝た。

いま思い返しても腹が立つ。うだつの上がらない貧乏人の親にあんなことを言われる筋合いはない。千デルがそれっぽっちなら、一万でも十万でも稼いで見返してやろう、と布団をかぶって考えた。それが親に押しつけられた仕事だというのはしゃくだったが、他に大金を稼げそうな仕事など思いつかなかったから、我慢することにした。

そういうわけで再び航区にやって来たのだった。

実は考えが一つあった。どうせやるなら大きなことをしたい。人に使われてこせこせと仕事をするなど、ごめんだ。

戻ってきたレッソーラが、粉粥の皿をリオの前に置いて隣に座る。彼女に小声で聞いてみた。

「あのさ、レッソーラ。操縦者になるにはどうしたらいいんだ？」

「ん？　シップを動かしてみたいの？」

「まあね」

そうではなかったが、リオは話を合わせた。しかし、レッソーラの答えはつまらないものだった。

「あなたは後席をやるんだから動かす必要はないわよ。ジェンカの動きを呑み込んで呼吸を合わせる必要はあるけど」

「そうじゃなくてさ。ジェンカみたいな操縦者になるには――そうだ、ジェンカはどうやって操縦者になったんだ？」

「もちろん、前席の操縦者に操縦を教わってよ。それまでに四年ほど後席をやっていたわね」

「……じゃあ、誰かの下につかなけりゃ、操縦者にはなれないのか？」

「でなくてどうやって操縦法を知るの？　それに、後席でもやって稼がなければシップは買えないわ」

言われてみればもっともだった。昨日、乗るときにちらりと見たシップの操縦席には、読めない計器の数々に加えて、両手と両足を使うらしい何本もの棒とペダルがひしめき合っていた。あれは確かに教えてもらわないと動かせないだろう。

一人で狩ればもうけも独り占め、という目論見は断たれたわけだった。リオはがっかりする。

食事を終えたジェンカが、獣乳の入ったカップ片手に、値踏みするようにリオを見つめる。

「どうやら本気でやる気になってるみたいだけど……『やります』っていうはっきりした返事を、早いうちにもらいたいわね」

「だから、もうちょっと詳しく聞いてから」

「聞いてからやめられると時間が無駄になってしまうわ。それにギルドに叱られる」

ジェンカは面倒くさそうに言う。リオは首を傾げた。

「そのへんが今一つよくわからないんだけど……あのさ、ジェンカはなんでおれを選んだわけ？　おれ、あんたに気に入られてないってことぐらいはわかるぜ」

二人の女が顔を見合わせた。レッソーラが面白がっているような顔で言う。

「そろそろ話せば。フェアじゃないわよ」

「そうね……」

ため息を一つつくと、ジェンカは言った。

「ショーカギルドとの交換条件なのよ」

「交換条件？」

「そう。ギルドは学校から紹介された君を一人前にしたい。私は新しいシップが欲しい」

「シップって……あるじゃないか、あの黒いの」

「あれはまだ正式に私のものになったわけじゃないの。ギルドから借りてるだけ。その条件として、ひよっこの教育を頼まれた。それが君」

「それじゃ、あんたは別におれでなくってもいいのか！」

「ミもフタもなく言えば、そういうことね」

ジェンカは冷たく言った。リオはまた落胆する。別に気に入られたいわけではないが、才能を認められたのではないというのは残念だった。

あることに気づく。

「待てよ……新しいシップが欲しいってことは、前のはどうしたんだ？　市場のイグジナが言ってた、家が建つぐらいの金をかけたシップは」

「前のは――」

「そうか、落とされたんだな？　あんた狩りに失敗したんだ。それで首が回らなくなって、仕方なく借りを作ってやり直してるんだろう!」

「……その通りよ」

ジェンカが悔しそうに両手を挙げた。レッソーラが笑って言い添える。

「黙っててごめんね、教えたらあなたが怖がると思ったから。でも昨日わかったでしょう? ジェンカは腕は悪くないのよ」

「じゃあなんで落とされたんだ?」

今度は二人とも口をつぐんだ。困ったように天井や壁のほうを見る。

「言えないのか?」

「言っても信じないわよ……いえ、君は信じても、君の話を誰も信じなくなる」

「はあ?」

「とにかく、私はへっぽこじゃないの!」

なんだか子供じみた言い方をして、ジェンカはそっぽを向いた。こいつ意外とガキっぽいのかも、とリオは思った。

少し考えて、ジェンカの話が別の選択肢を示していることに気づく。

「他にもシップを借りてるショーカはいるのか?」

「いるわよ、ショーカになった以上、落とされるのがあたりまえなんだから。みんなはむしろ、落とされて一人前ぐらいに思ってるわ」

レッソーラが言う。リオは身を乗り出す。

「じゃあ、おれは他の人のシップに乗せてもらうこともできるんじゃないか？」

「できるけど、それは困る」

ジェンカがしかめ面のまま言った。

「単にやる気がないんじゃなくて他の人のところに行かれると、私にマイナスの点がついてしまう」

「そりゃあんたの事情だろ。こっちとしては、どうせ乗るなら腕のいい人のシップに乗りたいよ。あんただって本音は、嫌いなおれを乗せたくないんだろ？」

「私は君が嫌いなわけじゃないの。ひよっこが嫌いなの」

ジェンカはリオにじっと視線を注いで言った。

「私が一番望むのは、君が掘り出し物で、とんでもない名手に化けてくれることよ」

リオは少し戸惑った。この言葉は期待ではない。リオのことをよくわかって言ったわけではないから。だが軽蔑でもない。リオが使い物にならないと決めつけているわけではないから。

先入観のない柔軟なひと言だった。リオはこれまでそんなことを言われた経験がなかった。

自分の気持ちがよくわからないままうつむく。

天井から少女の声が降ってきた。

「ショーカの皆さん、おはようございますー。本日の風は東南東八ノット、雲量は二で、いいお天気です。間もなく〇五四〇をもちまして払暁《ふつぎょう》となりますので、発航誘導を開始しますー」

ラウンジの男女がいっせいに動き始めた。ジェンカとレッソーラも立ち上がる。

「さあて、出発よ。来るでしょ？」

「あ……うん」

流されるようにして、リオは立ち上がった。

シップに乗って上空に上がるまでは、昨日とたいして変わらなかった。

違うのは、やたら寒いことだった。まだ太陽に温められていない空気は身を切るように冷たく、リオはうっかり昨日と同じぶかぶかのシャツ姿で来ていて、むき出しの腕一面に鳥肌が立ってしまった。

「ううう、さぶさぶ……」

「ごめん、服のこと言うの忘れてたわ。とりあえず足元から毛布でも出してかぶってて」

その通りにしたが、毛布をかぶっていては銃など扱えない。狩りのときには脱ぐしかなさそうだった。

東の水平線にまぶしい太陽が顔を出している。重素海面に細かな影が揺らめいていて、波立ちの様子がよくわかった。西の空はと見ればまだ星が残り、天頂は紺《こん》から青へと色彩を移していく。翼の後ろにある後席からは、それらすべてが一望に見渡せる。

いっときだけだが、寒さを忘れるほど美しかった。

昨日のように待たされていなかったためか、今朝は発着路から上がったシップがてんでに突っ走っていくようなことはなかった。島の南のタウリ潟《ラグーン》に向かうシップの群れが、リオたちの右にも左にもたくさん並走していた。

リオは昨日格納庫で言われたことを思い出した。

「ジェンカ、シップの種類ってどれぐらいあるんだ」

「千差万別」

ジェンカが簡潔に答える。

「型式は大きく分けて五つだけど、みんな細かい改造をしてるから、同じシップは一機もないわ。初心者が見分けるには……そうね、まず速度を見て」

リオの後頭部を叩いて、ジェンカが右下を飛んでいる緑のシップを指差した。じわじわとだが、リオたちを追い抜いていく。

「あれが九十ノットぐらいで飛んでるわね。基本的に速度を出すことは防御力との取引になるわ。速いシップは装甲が薄い。遅いシップは打たれ強い」

「じゃあ、このシップは頑丈なのか」

「これは単にぼろいの」

いまいましそうな声。

「ギルドが回してくれるのは、見習い建造師《クラフトマン》が造ったみたいな安いシップよ。オルベッキアのフェイキーよりも遅いわ。君が来ようが来まいが、どっちみち私は、しばらくタウリ潟の雑魚を狩って稼がなきゃいけない」

オルベッキアは島の名前だが、フェイキーというのは聞いたことがない。彼女が狩ったことのある浮獣の名前なのだろう。リオが目を回したこのシップをぼろ呼ばわりすることといい、腕を自慢されているようで気に障った。つい皮肉が出る。

「いっそおれを降ろせば、フェイキーってやつに追いつけるんじゃないか？」

「自慢にもならないわ、あんなのに追いついても」

軽くいなされてしまった。

まだ狩りは始まらないようなので、身をひねって前方を見つめる。徐々に明るくなっていく空の一画に、薄明の闇が取り残されているような紺色の点がちらほらと見えた。だいぶ先へ進んでいた先ほどの緑のシップが、勢いよくそちらへ上昇していった。リオはジェンカの頭を叩く。

「おい、あれ獲物だろ？　早く行かなきゃ」

「痛いわね、いちいち叩かないでよ。……エアカットね。植物性の浮獣で、まっすぐにひらひら飛ぶだけ。食べられないけど、体は幹材になる」

言っている間にエアカットの群れが近づいてきた。シップの翼の部分だけがはばたいて飛んでいるような浮獣だ。大きさは一ヤードほどか。

ジェンカはペダルを踏み、群れを避けた。緑のシップが機敏な動きでそれを撃ち落としていく。リオは肩を落とす。

「ああ、取られちまった……」

「他人が狙いをつけた群れには手を出さないのがルールよ。さもなければ同士討ちになってしまう。——もしもし、グノーシュ？　ジェンカよ。一番乗りおめでと」

「ああ、いただいた。ありがとう」

ジェンカが左手で無線機を操作していた。男の声が流れ出てくる。それとともに緑のシップがちかちかと尾翼に光を瞬《また》かせた。それの操縦者がグノーシュなのだろう。

ジェンカが振り向いて言った。

「本来なら無線も君の担当よ。共通、対機、群内、三系統あるわ。早く慣れて」

「そんなすぐにできるかよ」

リオは毒づいた。

色とりどりのシップが次々に追い抜いていく。二人のシップはかなり性能が低いようだった。行く手の空にいくつもの浮獣の群れが現れるが、どれも他のシップに取られてしまう。リオは歯嚙みする。

「何やってんだよ、こんなんじゃいつまでたっても狩りができないぞ」

「仕方ないわ、潟は危険が少ないから、いつも混んでるもの。それとも礁《リーフ》に行く？」

妙に低い声でジェンカが言った。リオはぎょっとする。

「礁って……立ち入り禁止区域だろ」

「ええ、潟のようなただの浅瀬じゃない。ケルプの茂る森、浮獣の巣窟《そうくつ》よ」

「ショーカはあんなところにも行くのか？」

「行くもなにも、ショーカの狩りは礁が本場よ。イグジナが言ってたでしょ。ここだとトリンピア島の北のガズンが近いわね」

リオは黙り込む。町暮らしの彼や彼の周りの人間にとって、礁とは魔界と同義だった。行くことはおろか、その実在すら信じていない者がいるという意味で。

ジェンカが不自然に明るい声で言った。

「冗談よ、こんなシップで行ったら十分もたたないうちに落とされてしまうわ。我慢して潟で狩りましょ」

「それでいいよ」

さすがに強がる気にはなれなかった。

そのうちに日が高く昇り、昼になる。五十カイリ離れたトリンピア島とタウリ島の中間あたりまで来てしまった。眼下には、重素の波間に黒々と岩場が見え隠れしている。すでにタウリ潟のど真ん中だ。ジェンカがひとり言のように言う。

「島は人間の世界。礁は彼らの世界。潟はその中間で、岩場に生まれた浮獣たちが昇ってきては落とされる。……彼らにとって一番不幸な住処《すみか》かもね」

「おれたちも不幸だよ。手ぶらで帰る気か？」

「そうね、あれなんかいいかなっと！」

何の前置きもなくジェンカが機体を倒した。あわててリオは背もたれにしがみつく。

「ばっきゃろ、行くなら行くと言えよ！」

「行くわよ！　プチフェザー、十ないし十二！」

はっと側方向を見ると、綿毛の群れがちかちかと輝いていた。

シップは急旋回して群れへ向かう。リオはベルトを締めながら叫ぶ。

「また振り回すのか？」

「それが私の流儀だもの」

「勘弁してくれよ、あんなにぐるぐるやられたら首がすっぽ抜けちまう！」

「振り回さなければ落とせないのよ、機銃は前にしかついてないんだから！」

「いくら落としたって、標識を当てられなきゃゼロと一緒だろ？　なあ、取引してくれ」

「取引？　何よ」

また吐かされてはたまらない。リオは必死で言った。

「昨日の半分のスピードでやってくれ。その代わりおれは昨日の倍うまくやる。それなら同じことだろ！」

「ひよっこのくせに大きく出たわね。やれなかったらどうするつもりよ！」

ジェンカが苛立たしげに言う。リオは言葉に詰まる。どうもこうも失敗したら謝るしかない。

しかし、謝ってすむようなことではないと、もうわかっていた。なにしろリオの腕が稼ぎに直結しているのだ。

まず認められないだろうと思った。だがジェンカの答えは違った。

「……いいわ、手加減してあげる。その代わり、二匹は絶対に落とすのよ」

「ああ、わかったよ！」

怒鳴り返して、リオは銃に弾を込めた。

左右に首をひねって前方の様子をうかがう。上方を見上げたとき、あるものが目に入った。やや高いところを自分たちと同じ群れに向かって進んでいく、大型のシップだ。前後に翼がある妙な形をしている。

それは足はそれほど速くなかったが、翼の下に別の小さなシップをぶら下げていた。その小型機が不意に大型機から離れ、勢いをつけて降下してきた。リオは前席を振り返り、ジェンカからはそれが見えていないことに気づく。

「ジェンカ、真上から何か降りてきた！」

「なんですって？」

首を伸ばして翼の前から上空を仰いだジェンカが、舌打ちした。

「ウォーゼンだ。グンツァートからの帰り道ね。とっとと発着場に帰ればいいのに」

「群れはおれたちのなんだろう？」

「まだ初弾を撃ってない。このタイミングだとカブるわ、ほら一匹目！」

ジェンカが機首をわずかに振り、発砲した。わずかに遅れて頭上の白い小型機からも機銃音が降ってきた。

二機のシップは競い合うようにして一つの群れに飛び込んだ。リオは上下左右に揺さぶられながら必死に獲物を狙う。確かに加重が少ないような気がしたが、それも昨日と比べればの話だ。落ち着いて撃てるというにはほど遠い。

攻撃を繰り返しながら、ジェンカが無線機にわめく。

「ウォーゼン、私が初弾よ！　さっさとどいて！」

「悪いな、こっちも新米を預かったんだ。腕試しに食わせてもらうぞ」

「ぶち抜くわよ！」

「やりゃあいい。おれのシップは硬いぜ」

振り回されながらウォーゼンのシップをうかがっていたリオは、彼の狩り方がジェンカとまったく違うことに気づいた。

ウォーゼンはほとんど機体を倒さない。悠然と回りながら、シップの左右の獲物に銃火を浴びせている。よく見れば操縦席の機銃が旋回式なのだ。あれなら無理に機首を敵に向ける必要もない。

必要がないというより、動きが鈍くて向けられないのだと気づいたのは、獲物の一匹がウォーゼンに体当たりしたときだった。ひ弱なプチフェザーにも闘争心のかけらぐらいはあるらしい。横を向いて発砲しているウォーゼンの反対側にふらふらと突っ込んだ。

しかしウォーゼンはまるであわてず、機体に当たって跳ね返った獲物に、雨のような銃弾を浴びせた。くるりと逆さまに落ちていく綿毛に、後席がへっぴり腰で発砲する。運がよかったのか、青い標識弾が見事に食い込んだ。

「エメリオル、何してるの！」

怒鳴られてリオは我に返った。頭上を白いものが流れていく。しまった、見逃した。いや、よそ見をしている間にも見逃していたかもしれない。

「ほとんどあいつに取られてしまったわ、次、最後行くわよ！」

シップがまた旋回し、機銃が吠える。ジェンカのカウントの声。

「やった、四秒後！　二、一、はい！」

すっと流れてきた獲物に、リオは引き金を引いた。しかし弾丸はすれすれのところで外れ、宙に消えていった。

「当てた？」

リオは呆然とする。なんということだ、あんな大見得を切ったのに、一発も当てられなかった。

このままではとても顔向けできない。まだ残っている獲物がないかと、リオは懸命に周りを見回した。

そいつを見つけられたのは、視力のおかげというよりは気合のおかげだったろう。

やや離れた空にぽつんと浮かんでいる水色の点に、リオは目を止めた。

「最後じゃないぞ、まだ一匹！　左のほう！」

「十二方位で言いなさい十二方位で。左ね？」

機首を巡らせたジェンカはしばらく相手を見つけられないようだったが、やがてつぶやいた。

「……プチフェザーと違う」

「なんだって？　形は一緒――」

「色が違うし大きいでしょ！　あれはダッシュよ、よく見つけたわ！」

ジェンカは大きな円を描いてそいつの後ろに回り込む。限界まで首をひねって前を向いていたリオは、そいつが名前通り急に足を速めて逃げ出したのを見た。こちらより速いようだ、間に合うか？

「もう遅い、行けっ！」

ジェンカが叫んで発砲した。閃光の向こうで敵がぶるっと痙攣《けいれん》した。

リオは素早く後ろを向き、しっかりと銃をつかんで頭上を見上げた。カウントを待つまでもなかった。何度か見たのと同じタイミングで獲物が頭上に流れてきた。十分にではないが、多少落ち着いてリオは引き金を引いた。

標識弾は獲物の端すれすれに命中した。

「やったぞ！」

叫んで拳を握り締める。言われるままに引き金を引いただけの昨日とは違う。狙って当てたという確かな手ごたえがあった。背筋が震えるような心地よさがあった。

が、ジェンカの声は、予想外に冷たかった。

「結局、一つか……」

「なんだよ」

リオは振り返る。

「あれ、珍しいやつなんだろ？　一匹でもいいじゃないか！」

「それは私が考えることよ。君は自分でやるといったことをやれなかった。誇れると思うの?」

「……くそっ」

ゴーグルを引きむしって足元に叩きつけた。帰るわ、とジェンカがシップを回す。

「ちょっとは誉めろよ、冷血女」

膝を抱えてリオは文句を言った。


トリンピア島は雨に閉ざされていた。発着路にずらりと並んだ電灯の明かりを頼りにシップは舞い降りた。

十番庫に戻るとレッソーラが迎えに出た。シップの横に上がって言う。

「お帰りなさい。戦果は聞いてるわよ、ダッシュを落としたんですって?」

「バージはもう港に戻ってる?」

「夜になるわね。ちょっと遠かったから」

「そう」

シップを定位置に戻すと、ひと眠りするわ、とぶっきらぼうに言ってジェンカは去っていった。リオはそれを追うでもなく、ぶらぶらとシップの周りを回る。レッソーラが心配そうに声をかけてきた。

「どうしたの、つまらなそうな顔して」

「別に」

「ははん、ジェンカと揉めたわね。まあ無理もないか、あの性格じゃ」

「……レッソーラ、あいつのこと詳しいのか？」

「つき合いは二年になるかな。お互い十八のときから」

「二十歳なんだ。それで、あいつの後席だったんだろ」

「まあね。だからあなたの思ってることも見当がつく。無茶ばっかり言いやがって、でしょ？」

「……そうだよ」

リオは機首の機銃を覗き込む。

「ついていけねえよ、あんな勝手な女。おれ、別のショーカを探してみる。そうだな、あのウォーゼンみたいな人がいいかもしれない。あいつのシップは機銃が回るから振り回されないですみそうだし」

そう言ってしばらく機銃を見つめていると、レッソーラが静かに言った。

「それもいいわね」

「いいのか？　評価下がるんだろ」

意外な言葉にリオは振り向く。レッソーラは笑っていなかった。今までとは別人のように冷めた眼差しでリオを見つめている。

「今はまだ遊びみたいなもの。でもこの先は危険が増える。前席は後席に、後席は前席に命を預けることになるのよ。そのとき頼りになるのはただ一つ、チームワークだけ。あなたがジェンカと絆を築けないようなら……私としてはあの子を任せられないわ」

「へ、それならさっさとやめるかな」

リオはわざと投げやりな口調で言った。レッソーラは何も言わない。

外に目をやる。弱い雨がさらさらと続いている。時おり、狩りに出ていたシップが舞い降りてくる。手持ち無沙汰にぶらついていたリオは、もう一度レッソーラを見た。

「おれ、帰っていいの？」

「ご自由に。さっきも言ったけど精算はバージが戻ってからよ。明日また来てもいいわ」

「じゃあ、他のショーカのところに行ってくる」

「それならラウンジね」

リオは格納庫を出た。レッソーラは来なかった。

裏の道を歩いてラウンジに入ると、朝と同じように多くの人間でごった返していた。煙管の目に染みる匂いに混ざって、こうばしい香りが漂っている。時計を見ると昼過ぎで、食事中の者も大勢いた。急に腹が減って、リオも何か食べようと辺りを見回した。が、どうすれば食べ物にありつけるのかわからない。

うろうろしていると、黄色い声が耳に突き刺さった。

「あーっ、ジェンカのとこの新米さんだ！　一緒にご飯しませんか？」

小柄なリオとたいして変わらない背丈の娘が、ぱたぱたと走ってきて腕をつかんだ。レッソーラに似た紺のワンピース姿だが、エプロンはしておらず、代わりに首に無線環をぶら下げている。

金髪を短く切り揃えた子供子供した少女だ。自分を振ったティラルにどことなく似ている。リオは顔をしかめて振り払おうとした。

「ほっとけよ、用があるんだ。大体なんであんたみたいな子供がいるんだ」

「子供じゃないです、ソーリャっていう名前があります！　ここの管制嬢をしてるんですからねっ！」

きんきん声が鼓膜に響く。耳を押さえたリオはその声に聞き覚えがあることに気づいた。

「管制嬢って、タワーの？　にしてもすげー声」

「そうです、無線でシップの案内をするんです。すげーってなんですか、こういう可愛い声じゃないと電波が悪いときに届かないんですっ！」

「わかったからちょっと絞ってくれよ」

「絞ったら来てくれますね？」

うんともいやだとも言わないうちに、ずるずると引きずられてしまった。壁際のテーブルで、例のひげ面のウォーゼンと、隣にもう一人若い男がいた。それなら拒むどころか都合がいい。リオは向かいの席について、ウォーゼンに声をかけた。

「ウォーゼン、おれはリオだ。あんたに話があるんだけど、いいかな」

「話だ？　おう、なんでも聞くぞ、しかしまずはこいつだ！」

どん！　と目の前に置かれたのは、酒精六十度のラベルもまがまがしいボンブ酒の瓶だ。リオにグラスを押しつけてその真紅の酒を注ぎ、自分もグラスをつかむ。ソーリャはリオの隣に腰を下ろして獣乳のコップを掲げる。

「それじゃヘイルとリオのお仕事と、ウォーゼンの大もうけにかんぱーい！」

「おう、乾杯！」

ウォーゼンはグラス一杯をひと息で飲み干す。

「くっはあ、うめえ！　やっぱり希少体狩った日の酒は格別だな！」

「希少体って？」

「ウォーゼンね、グンツァートで発情期のハイフットを落としたんですって。はい、これ」

枝煮の皿をリオに勧めてソーリャが言った。ありがたくスプーンを突っ込みつつ、リオは聞く。

「ハイフット？　それに発情期って」

「空を走る四本足の浮獣。真っ白でとてもきれいなんですよ。でもすごく強くて、気性も荒いの」

「発情期は特に気が荒い。目に入るものすべてに襲いかかってくるな。おれも危うく落とされるところだった。右の翼に蹴りを食らって一回転したときなんざ、死ぬかと思った」

「なんでそんな危ないことを」

「ばぁか、危ないから価値があるんだよ」

ウォーゼンは真っ赤な顔で酒臭い息を吐く。

「発情期のハイフットの背びれは、誘引色っていうのか、そりゃあきれいな桃色になってなあ、しかもとてつもない硬さの革材になるんだ。これで作ったシップの舵は絶対に折れないってぐらいだ。だから高く売れる」

「どれぐらい？」

「そうさな、一頭で三ヤード四方の背びれが切り出せるから……百二十万デルってとこか」

「百二十万！」

リオは目を丸くした。ウォーゼンが上機嫌なわけだ。

彼の隣の男に目を向ける。それほどの収穫があったなら、彼の分け前もかなりのものになるだろう。ねたみ半分で言ってみる。

「よかったな、あんた。大もうけできて」

「ああ、おれは違うんだ。コンテス型の人間だよ」

「コンテス型？」

「コンテス型は四枚羽根の大きなシップですよ。ヘイルはそこの見習いなの」

ソーリャが説明した。グンツァート礁は遠いので、狩りをするシップは大型のシップに運んでもらう。今回はその見返りにウォーゼンが、駆け出しのヘイルを安全なタウリ潟でちょっとだけ乗せてやったということだった。

「じゃあ、ハイフットの分け前はなしってことか」

「その通りだね」

「でも、ウォーゼンとあんたで、プチフェザーは十四近く落としただろ？　おれたちの獲物だったはずのやつ。あれだけでも相当な実入りなんじゃないのか」

「おれが前席ならね。ねえウォーゼン、おれはけっこううまくやったと思うんだけど？」

「おう、十回も飛んでないにしちゃいい仕事だったな」

ウォーゼンはうなずいたが、次の台詞《せりふ》でリオは驚いた。

「だからこうしてメシも酒もおごってやってんじゃねえか。それともなんだ、おれの酒じゃ不満か？」

ヘイルのグラスにどぼどぼ注ぎ足し、ついでとばかりにリオのコップにまで注ぐ。ヘイルはやけくそ気味にそれを飲み干す。リオは聞く。

「メシも酒もって、分け前は？」

「見習いにそんなもんあるか。分け前がどうこうなんてのは、前席の指図なしに標識が撃てるようになってからだ」

ウォーゼンは平然と言い、驚いたことにヘイルもあきらめたようにうなずいている。リオは隣のソーリャにそっと耳打ちした。

「ずいぶんケチなおっさんだな」

「えー、どこがですか？」

「どこがって、一デルもやらないってのは……」

「あたりまえじゃないですか、見習いさん乗せても前席になんの得もないんだもの。ヘイルは経験を積むことができたんだから、逆に教わり賃を払わなきゃいけないぐらいですよ」

「じゃ、それが普通なのか？」

「もちろんですよう」

リオは首を傾げた。

「おれ、昨日分け前もらったんだよな。……ちょっとだけど」

「ご機嫌取りなんじゃないですか？」

「ご、ご機嫌取りかよ」

あっさりと昨日の感動をぶち壊されて、リオは情けない顔になった。考えてみればもっともだ。自分が弱い仲間のケンカに助っ人に行ったとしたら、見返りを求めこそすれ、こちらから礼を言ってやる筋合いはない。何かくれてやるとしたら、味方につけるための方便としてだ。

つまり、ジェンカに義理を感じる必要はないということだ。

いくぶん気が楽になって尋ねる。

「ウォーゼン、あんたはいつもそんなに稼いでくるのか?」

「いつもってわけじゃないがな。めったに落とせねえから希少体って言うんだし。だが、百万超の獲物を落としたことは何度もあるぜ。最高はアリフ礁の特異エンベラーで、あれは二百万に届いたか」

「そりゃすごいや。なあ、もしあんたの後席で鍛えてくれって言ったら……?」

「うん? おまえさんがか?」

ウォーゼンはグラスを置き、鼻の穴を広げてじろじろとリオを見た。

それから、リオの口をつけていないコップに目をやった。

「まだだな」

「え?」

「酒も飲めんようじゃ話にならん。翼をへし折られて落ちて帰ったとき、どうやって震えを止めるんだ？　ん？」

完全に子供扱いだった。ぐうの音《ね》も出ないところだったが、リオは食い下がった。

「あんたのシップがいいんだよ。なんて言うんだ、頑丈で機銃が動くやつ」

「バトラ型ですね」

「そう、そのバトラ型。あれならあまり振り回されないだろうし……」

「いかん、そりゃ動機が不純だ」

ウォーゼンは首を振った。

「シップはたとえバトラ型でも、振り回してなんぼだぜ。クリューザ型やカティル型ともなれば連続十横転できることが、そもそもシップとしての条件だ。安定した型がいいなら、むしろジェンカのキアナ型が一番いい。あれは狙撃用だから揺れが少ない。運び屋のコンテス型を除いての話だが」

「ジェンカのがいいって、めちゃくちゃ振り回されたぞ？」

「そりゃおかしいな、あいつはそんなに下手《へた》じゃないと思ったが。おまえさんが素人《しろうと》なんでそう感じただけじゃないか」

ウォーゼンは首をひねって、ソーリャに目を向ける。私も狩りを見てるわけじゃありませんよう、とソーリャがぶるぶる首を振る。

疑われているようで、リオはくさる。

「本当だって。吐き気でろくに上を見てられねえぐらい。いくら真上に獲物持ってきてくれても、あんなん無理だっつうの」

ぶっ、と妙な音が響いた。ウォーゼンが酒を、ソーリャが獣乳を、それぞれ吹き出した音だった。拭きもせずリオを見つめる。

「真上？」

「あー、そりゃ揺れますねえ。普通やりませんよね」

「……なんだよ、それ」

「おまえさん、それ本当か？　右や左にずれちゃいなかったか？」

ウォーゼンが怖い顔で、念を押すように聞く。リオは気圧《けお》されながらうなずく。

「後ろの羽、垂直尾翼っていうのか？　あれの上だよ。狙わなくても当たった」

「あの馬っ鹿……」

ウォーゼンはグラスの残りを一気に流し込むと、唐突に席を立った。

「市場行くわ。つまらねえ話を聞いちまった。けったくそ悪い……おいヘイル行くぞ！」

ヘイルを連れて出ていってしまう。リオはぽかんとして、ソーリャを見た。

「おれ、なんか悪いこと言ったのか？」

「ショーカってね、仲間意識が強いけど、ライバル意識も強いんですよ」

ソーリャはくすくす笑う。リオは眉をひそめるばかりだった。

ソーリャが仕事でタワーに戻っていくと、リオは行く当てもなくなり家に帰ることにした。

リオの家は、港区と住区の中間の建て込んだ一画にある長屋だ。帰っても誰もいなかったので、ごろ寝をして考えた。

ショーカがもうかるのは間違いないようだ。危険もあるが、盛り場でケンカする程度のことでも死ぬときは死ぬ。見返りの大きさを考えればショーカになって死ぬほうがよほど気が利いている。

しかしその道は険しそうだ。見習いになっても、当分はあのヘイルのように、教え役に顎でこき使われることになる。気に入らないが、世の中どこへ行ってもあんな調子だということはわかっていた。学校からしてそうだ。上級生や教師のいない学校などない。

どんなやつを教え役に選ぶのが一番いいだろう。ウォーゼンは嫌いなタイプではなかった。頼りがいがありそうだ。多少むさくるしくはあるが。

「……そういや、ジェンカは女だよな」

今までそれを意識しなかったのが不思議だった。女で、しかもかなりいい顔と体をしているのに、あまり見ていなかった。そんなのは初めてだ。ティラルのことなど、逆に胸の感触しか覚えていないぐらいなのに。

「色気がないってことか。色気はないよりあるほうがいいよな。いや、それはこの際どうでもいいか……」

いささか脱線したことを考えているうちに、いつの間にか眠ってしまった。

目が覚めたのは脇腹を蹴飛ばされたからだ。

「おい、こんな宵《よい》の口からぐうすか寝てやがるなんていい身分だな、エメリオル」

「いてっ、なにすんだ！」

目を開きざま怒鳴ると、今度は腹を踏みつけられた。父親だった。後ろに母親もいて、やつれた顔でため息をつく。

「なんだろうね、この子は。昨日仕事についたって言った舌の根もかわかないうちから、もう家で寝てるなんて」

「うるせーな、そういう仕事なんだよ！　あいてて、踏むな！」

「どんな仕事だそれは。仕事ってのはな、父さんのように日の出から夜遅くまで汗水垂らして働くことをいうんだ」

「違うだろ、稼いでくるのが仕事だ。ちんけな椅子だのテーブルだのを芸もなく組み立てて、たまに早く帰ってきたら息子の腹踏んづけるような父さんに、偉そうに説教される筋合いはねえよ！」

「ほお、言いやがるな。それじゃおまえの稼ぎってのはどんなだ、エメリオル」

父親は押しかぶせるように聞いてくる。これだから嫌なのだ、名前を呼ばれるのは。見透かされているようで。

実際、見透かされているも同然だった。リオはまだ決めていない。ショーカになりたいとおぼろげに思い始めたばかりで、形のある結果はほとんど出していない。

こいつらに思い知らせてやれれば。

そう思ったとき、表の路地で荷動車が止まる音がした。ドアが叩かれる。

応対に出た母親が、戸惑った顔で戻ってきた。

「エメリオル、あんたによ」

「誰だよ」

「それが、ショーカとかいう女の人で……ショーカってなんだったかしら？」

リオは父親を突き飛ばして戸口に出た。

「レッソーラ！」

「こんばんは、リオ。遅くなってごめんなさい」

整備師《パッチワーカー》の女は、エンジンをかけたままの荷動車の前に立って、片手を挙げた。リオは驚いて言う。

「あんた、なんでここに？」

「狩りの精算、まだだったでしょ」

「明日でいいって言ったじゃないか」

「明日じゃだめだって言われたの。……ジェンカに」

「ジェンカに？」

「見て」

荷動車の後ろに回ったレッソーラが、荷台の覆いをはいだ。リオと、その後ろに出てきた両親は、目を見張った。

両手を広げたほどの大きさの、つまりプチフェザーの倍の差し渡しの青い毛玉が載っていた。

「ダッシュよ、あなたが仕留めた」

「確かにおれがやったけど、なんでわざわざ？　おれ、ジェンカに怒られたんだぞ。他のプチフェザーを全部仕留めそこなったから」

「怒っちゃったからよ。できたことを認めてやらなかったって、悔やんでた。あの子いつもそうなの、まず怒る、あとでへこむ。これはそのお詫び、私に謝ってきてくれですって」

「自分で来いよ……」

駄々っ子の話を聞かされているようで、リオは力が抜けそうになった。子供っぽいと思ったのは当たっていたわけだ。

レッソーラがリオの背後に向かって頭を下げる。

「ご両親ですね、夜分すみません。リオに今日の分の報酬を渡しに来ました」

「こ、これは何？」

母親が度肝を抜かれたように指を差す。荷動車の周りに近所の人たちも集まってくる。無理もない、浮獣の死体を見ることなど初めてだ。リオですら、落とした獲物がこんなに大きいとは思っていなかった。

レッソーラが説明する。

「ダッシュという浮獣です。これが獲れるのは珍しいんですよ、お手柄です」

「あんた、こんなのどうしろっていうんだ？」

父親が、気に障ることだが、昨日のリオと同じようなことを言った。レッソーラは妙に澄ました顔で言う。

「食べられますし、使えますよ。肉も毛も心臓も。いらないなら三万デルで引き取ります」

「これが三万……？」

両親は顔を見合わせ、ぼそぼそと相談した。やがてリオに向けた顔は、ありがたくもない期待に染まっていた。

「やるじゃないの、エメリオル」「そうだなあ、十五のガキにしちゃ上出来だ」

現金な豹変ぶりだったが、リオの一家にとって小さくない金額だから無理もない。それより、こんな成り行きに持っていったショーカたちの魂胆が気になって、リオはレッソーラに近づいた。

「どういうつもりだよ。ショーカは見習いに分け前なんかやらないんだろ？」

「あら知ってたの。まあ普通はそうだけどね。ジェンカの主義なの。責任を自覚させるには権利を押しつけるのが一番だっていう」

「迷惑な主義だな。おれはまだジェンカと組むなんて決めてないんだぞ」

「決めさせにきたのよ。認めたって言ったでしょ。普通、二度しか飛んでないド素人が二カイリも先のダッシュを見つけるなんてありえないわ。ジェンカも私も後で気がついたけど、あなたはどうやら、本当に掘り出し物みたい」

そう言われて、リオの膝が震え始めた。それこそ望んだ言葉だった。ド素人扱いはむしろ正当だ。それがわかっているのに買ってくれている。

急速に傾く気持ちを無理やり立て直した。甘い言葉には裏があるのが常だ。たとえば、期待して組んだショーカが、実は口先ばかりのヘボだとか。

「聞いていいか」

「何を？」

「ジェンカが今までに落とした一番の希少体は？」

「グンツァートのサイドラを満月の開花晩に。百ヤードっていう馬鹿ばかしい長さの植物性浮獣だから、並みのショーカじゃ怖くて近寄れない。一晩かけて根を撃ち切ったわ。値は四百五十万」

「ほんとかよ……」

まだだめだ、と懸命に我慢。

「もう一つ、ウォーゼンとソーリャが呆れてたみたいなんだけど、撃った獲物をシップの後ろの真上に流すのって、難しいのか？」

「難しいといえば難しいけど、そうじゃなくて、甘いから普通はやらないわね」

「甘い？」

「鍛えるはずの新米に、そんな撃ちやすい的を流してどうするの。左右にでたらめに流れてくるのを狙わせてこそ訓練になるんじゃない。あれはジェンカの親切よ」

「でも、ウォーゼンは、馬鹿って言ってたぞ？」

「馬鹿よ。揺れないキアナ型を無理やり揺らして進路を合わせるわけだから、後席は酔っぱらって当然。そのことを忘れて親切にしたつもりになってるんだから、馬鹿でしょ？あの子、お人よしなの」

これは決め手だった。聞けば聞くほど、けちをつける余地がなくなってくる。

リオは決心した。

「おれ……組むよ、ジェンカと」

「そう？　ほんとにいいの？」

「うん。なんか、かわいそうになってきた。ジェンカって損する性格だな」

「あはは、かわいそうはいいわね。願わくばその言葉が身の丈に合うようなショーカに育ってほしいわ」

軽く笑うと、レッソーラは荷動車を指差した。

「会いに行ってくれる？　発着場にいるわ」

「こんな時間に？　まさかおれを待ってるのか」

「住んでるのよ。あの子、トリンピア島には家がないから」

「住めるのか……」

リオはちらりと両親を振り返って言った。

「おれも住んでいいかな」

「そう言うと思った」

「え？」

「荷物をまとめてらっしゃいな。私がご両親と話をしておくから」

「あ、ああ……」

リオは急いで家に入った。

長屋の前で見送る二人が鏡《ミラー》から消えると、リオは前に視線を戻した。荷動車は狭い路地を巧みに切り返して走っていく。

窓枠に肘をついてつぶやく。

「さっきの」

「ん？」

「どういう意味？　そう言うと思ったたって」

「朝、ご両親のことを聞いたら返事をごまかしたでしょ。家に不満があるってわかったわ。それを片づけてあげれば来るとにらんだ」

「……つまんねえことに気を回すんだな」

「効き目があったじゃない、あなたにもご両親にも。町中に浮獣を持ち込むって手はよかったでしょ」

「これも作戦だったのか？　ったく……ショーカってみんなあんたたちみたいに手回しがいいのか？」

「いざこざを避ける知恵ね。ショーカは人の暮らしの外にいる。きっちりけじめつけとかないと、後になって文句を言われることもあるから」

舵を握るレッソーラが、人差し指でリオの額をつつく。

「あなたわかってる？　別の世界に来たのよ」

「かまうもんか。どうせ愛想が尽きてたんだ」

「思い切りのいい台詞だこと。五年もったら誉めてあげるわ」

「はいはい、そうですか……」

生返事をして少年は手のひらに頬を埋める。慣れ親しんだ町の小うるさい夜景が、少しだけにじんで見えた。

第三章　遠すぎる的

円《まる》く巻いた腱材のワイヤーの束を肩にかけて表通りを歩いていたリオは、押し殺した争いの声を耳にして足を止めた。

夕方の、校区にほど近い商店街だ。住区から買い出しに出てきた人々の頭上を、食欲をそそる匂いの屋台の煙が覆っている。港区ほど治安は悪くない。だが、人目のない路地も多い。

その声に高めの悲鳴が混ざった。女が関わっている。迷っていたリオは、それを聞いて決心した。ワイヤーをほどきつつ、人波をかき分けて声のした路地へと踏み込む。

建物からぶら下がった干し肉とリオより大きなごみ筒の向こうに、揉《も》み合う人影が見えた。男が三人、女が二人だ。十歩ほど離れたところで足を止めると、向こうから声をかけられた。

「リオじゃない！　助かった、こいつらやっつけて！」

「ティラル？」

わざと引っかき回したようなくしゃくしゃの金髪、丈を縮めた無駄に色っぽい制服のスカート。間違いない、ティラルだった。もう一人、友達らしい女の子と一緒に、男たちにからまれているようだ。リオはうんざりしたというように両手を広げてぼやいた。

「何やってるんだ、こんなところで」

「何って、普通に歩いてたらナンパされたのよ。断ったら引きずり込まれちゃって」

「嘘言うなよ、おまえから声かけてきたんだろうが」

男たちの一人が言う。濃緑の制服を着ているから、年上の鍛学校の生徒たちだ。

「飲み物おごったら遊びに行くって約束だったろう」

「スウィットソーダをじゅるじゅる音立ててすするような男はイヤなの」

「さては最初からたかるつもりだったな？」

ティラルと男たちの言い合いを聞いて、リオは頭をかく。

「またやってんのか、おまえは……」

「おいチビ、おまえ、この女とつき合ってんのか？」

「チビじゃないリオだ。今も昔もなんの関係もないよ」

「ああん、ひどいよリオ。見捨てるつもり？」

「ガリアスはどうしたんだよ」

「あ、振っちゃった。進学のためって言って髪切っちゃったんだもん」

「振った？　いい性格してんな、おまえ。だからこんな目に遭うんだぞ、自業自得だ」

「冷たいこと言わないで助けてよ。ケンカ好きでしょ？」

「そう言われてもな……」

顎に手を当てて考えたリオは、ふと思いついて言った。

「女のおまえにちょっと聞きたいことがある。いいか？」

「いいよいいよ、助けてくれるならなんでもする」

「また調子のいいことを。まあ、それならなんとかしてやる。こっちに来い」

「待てよ。横からかっさらおうったってそうはいかねえぞ」

ティラルたち二人を押しのけて、三人の男が前に出た。

「女がほしかったら腕ずくで取ってみな」

「三対一だとずいぶん余裕があるね、あんたら。すごんでるヒマがあったらとっととかかってこいよ」

「こいつ……後悔するなよ！」

リオは人差し指でちょいちょいと招く。目を吊り上げた男たちが、いっせいに殺到した。

あと一歩でリオに拳が届くというところで、先頭の男が突然、正面から荷動車に撥《は》ねられたようにのけぞった。後ろの二人も玉突き式にぶつかって尻もちをつく。

その隙にリオが叫んだ。

「ティラル、来い！」

「う、うん！」

「待て、走るな！　そこでしゃがむんだ」

「しゃがむの？」

男たちの横を急いで通り抜けたティラルは、しゃがんだときに頭上を横切る細いものを見つけた。路地の左右のごみ筒と雨どいに、いつのまにか細いワイヤーが張り渡されている。リオが両手を広げたときに引っかけたものだった。

少女二人を背中にかばうと、リオは得意のスリングをポケットから抜いて連射した。男たちは鼻を押さえて悲鳴を上げる。

「いてっ、この野郎！」

「ほら、逃げるぞ」

ひるんだ男たちを置いて三人は雑踏にまぎれ込んだ。

路地をいくつか駆け抜けたところで速度をゆるめる。ティラルが不思議そうに言った。

「どしたの、リオ。いつもならこてんぱんにやっつけちゃうのに、たったあれだけなんて」

「ケンカなんか馬鹿らしくなった」

「えー、弱くなっちゃったの？　幻滅するぞ」

「しろよ勝手に」

うるさそうに答えてリオは歩いていき、かんかんかん、と警鐘を鳴らして走ってきた路面動車のタラップに跳び付いた。振り向いて、ワイヤーを持った手を振る。

「またな。あんな連中に捕まるなよ」

ティラルたちはぽかんと口を開ける。仲間の少女がつぶやく。

「……なんかあいつ、ずいぶん変わってない？」

「ショーカ、のせいかな」

「え？」

「前に、あいつを連れてった人のこと」

大通りの喧騒の中へ消えて行った路面同車を、ティラルは見送った。

家を出てから二週間、リオは発着場のパイロットハウスに住み込んで、ジェンカの手ほどきを受けていた。

朝から昼にかけては狩り、帰ってから夜まではシップの手入れがあった。レッソーラはジェンカのシップの面倒を主に見ていたが、専属の整備師《パッチワーカー》というわけではなく、こまごまとした作業はジェンカ自身がしなくてはならなかった。正式にジェンカの見習いになったリオは、もちろんその仕事を手伝わされた。

日が暮れてまばゆい照明がともされている十番庫にリオが入っていくと、待ちかねていたジェンカに怒鳴りつけられた。

「遅い、腱材買うだけで何時間かかってるのよ！」

「知り合いに会ったんだよ」

肩にかけていた腱材の束を渡して、リオは文句を言った。

「だいたい、なんでわざわざ町まで買いに行かなきゃいけないんだ。シップ用の腱材ならここにもたくさんあるじゃないか」

ハウスには街区の商店を凌《しの》ぐほど立派なギルド直営店があって、そこではシップのあらゆる部品を売っていた。腱材や銃の弾丸などの小物から、シップそのもののような大きな物までだ。また、ショーカ同士で部品を融通しあうことも盛んだった。

腱材を伸ばしてペンチで切りながら、ジェンカがぶつぶつと言う。

「専用品は高いのよ。町で売ってるようなやつじゃないと買えないの」

「それなら、なんでみんなはそれを使わないんだ？」

「町売り品なんか、ちょっときつい狩りになると全然役に立たないからよ！　この腱材だって、ほら、縫製用って書いてあるでしょ？　こんなの操縦索に使ったら、半径三百ヤードの引き起こしもできないわ。ヨレヨレに伸びてしまう」

「あんたって不満だらけなんだな」

「当然よ。こんなぼろシップ！」

文句を垂れながら後席に頭を突っ込んで、操縦索を取り替え始めた。席の上に突き出している、ぴったりしたパンツに包まれたジェンカのお尻を眺めながら、リオは考えた。

——この女を口説くだって？　冗談じゃない、恋人程度でこいつの相手が務まるもんか。そんないちゃいちゃした生ぬるい関係じゃ浅すぎるんだ。

機体の腹の中からジェンカが聞く。

「今日、ちゃんと速度計を見てた？」

「見てたよ。ぴったり七十五ノットで飛ばしてたな」

「じゃあなんで三匹しか当てられなかったの？　機速に合わせた射撃偏差表は渡したでしょう？」

「タイミングは合わせたよ。でも左右のズレがひどかった。あんた、もっとまっすぐ飛ばしてくれないかな」

「操縦索がたるんでたから、あまりタイトに切り返せなかったのよ。うーん、わかんないかな、その辺の感覚。発航のときからいつもより鈍くなってたはずだけど……」

「わかるかよ、そんなの」

リオはうんざりして愚痴ったが、ジェンカの苛立ちもひしひしと感じられた。たぶんその辺りのことは、後席が修正するべきことなのだろう。しかしリオはまだまだ、ジェンカに通常以上の負担を強いている。

この偉そうな女に叱られるだけならまだしも、手助けしてもらっているというのは、耐えがたいことだった。リオはその屈辱心をばねにしている。

ジェンカが顔を出して額の汗を拭った。

「ふう、結索終わりっと。ねえ、エメリオル」

「リオだってば」

「ちょっと来て。君はまずシップの装備について詳しく知る必要があるみたいよ」

ジェンカはリオのように意思疎通の問題だとは考えていないようだった。自機から離れ、三つ離れた白いシップのほうに歩いていく。

持ち主のウォーゼンは、シップの横に三本脚の櫓《やぐら》を立てて、滑車で甲材の板を持ち上げているところだった。板を機の側面に当てて固定する。それを見上げてジェンカがあきれたように言う。

「また装甲？　いったい、どれだけ頑丈にすれば気がすむのよ」

「おう、ハイフットのひれが売れたからな。ヤワかった胴を固めることにした」

「重くなるばっかりじゃない。むしろ機銃を二連にしなさいよ。やられる前に倒したほうがいいわ」

「そんな考えならバトラ型なんぞ乗られねえ。こいつは撃たれてなんぼのシップだ。目指すのは絶対に落ちない強度さ」

ウォーゼンは口ひげを震わせて豪快に笑った。ジェンカは肩をすくめてリオを振り返った。

「エメリオル、このシップと私ので、装備が違うのがわかる？」

「あ、ああ」

リオは黒と白の二機を見比べる。ジェンカ機は流線型の細身で尾が長く、ウォーゼン機は武骨で幅が広い。しかしそれは、キアナ型とバトラ型の型式の違いだ。ジェンカが聞いているのはそれではないだろう。

よく見るとウォーゼン機は、ところどころの部品の材質が違っていた。プロペラ、主翼桁、それに縦横の角ばった尾翼。拳で軽く叩いてみるとコンコンとよく響いた。明らかに他の部分より高級な素材だった。

「そう、そこ。それにエンジンも違うわよ」

機首にいるジェンカの隣に行く。ジェンカはエンジンの覆いを開いて、からまり合う甲材の塊とパイプを示した。リオは滑らかに輝く部品の一つに目を留める。

「金属だ……」

「ええ、鋳物《いもの》よ。エンジンはビブリウム粉の膨張収縮で動くけど、甲材ではその高圧を最大限に引き出せないからね」

「ジェンカのシップも？」

「私のはまだ全甲材。言ってるでしょ、ぼろだって」

覆いを閉じて、ジェンカはウォーゼン機を見回した。

「シップは装備の向上でいくらでも変わるのよ。君が私のシップの特性を完璧に学んだと思っても、それは今のシップの性能をつかんだにすぎない。どの装備のせいで性能が低くなっているのか、どこを強化すればよくなるのか、それを体得してくれないと腕なんか上がりゃしないわ。たとえば……ウォーゼン！」

「なんだ」

翼の上から首を出したウォーゼンに、ジェンカはシップのあちこちを指差して見せる。

「そのゼニューリのプロペラとエルロン、貸してくれない？　うちの子に性能差を教えたいの」

「馬鹿言え、その二つのおかげでこのクソ重いシップがなんとか進むし曲がるんだ。貸せるか」

あっさり断られて、ジェンカは軽くため息をついた。

「ね。装備一つで型式差に匹敵するような違いが出るのよ」

「へえ……」

「パイロットハウスにも装備取引の掲示板があるわ。勉強して」

よくわからないまま、リオはうなずいた。

もう少し質問しようとしたが、ウォーゼンの声でジェンカが目の色を変えた。

「前に使ってたプロペラなら売ってもいいぞ」

「え、本当？　それはぜひほしいけど、いくら？」

「三十五万でいいぜ」

「高いわ、新品でも四十でしょ。三十なら買う」

「どうせ分割払いだろう。三十ならやめだ、取っておくよ。腐るもんじゃなし」

「じゃあ三十一万！」

「三十二で、頭金に十分の一もらおう」

二人が商談を始めてしまったので、リオはその場を離れた。

あらためて他のシップを見て回ると、ジェンカ機のように全体が同じ甲材でできているものは一機もなかった。どの機も様々な強化装備をつけているのだ。さらに同じ装備でも等級が異なるものがあるようで、リオは頭が混乱してきた。仮に、なんでも好きなものを一つ持っていっていいと言われたとしても、どれがジェンカ機にとって最適なのかまったくわからない。

型式が違うからではないか、と気がついた。ジェンカ機と同じキアナ型があれば参考になるかもしれない。しかし、十番庫にそれはなかった。外へ出て他の格納庫を覗く。常駐のショーカではなく旅のショーカを受け入れる二番庫に、一機のキアナ型が止まっていた。リオは近づいた。

名も知らぬ花でも美しさがわかるように、そのシップは素人のリオの目にも素晴らしく見えた。

真っ黒の優美なシップだった。後退した翼と長い胴がキアナ型の証《あかし》だが、プロペラの反り、翼端の弧にまで調和が行き渡っていた。高速と安定を目的とした流麗な調和だ。格納庫のにぎやかな明かりをしっとりとした闇色の塗装で吸い取って、眠っているようにたたずんでいた。

かなりの強化がしてある、というより全身これ強化装備の塊のようだった。同じキアナ型でも、ジェンカ機が町の子猫だとすれば、このシップは野生の猛獣だ。

「すげー……」

呆けたように見惚《みと》れていると、低い声が背中を叩いた。

「整備はいい、補給に寄っただけだ」

振り返ると、ショーカの姿をした小柄な男が立っていた。

シップの持ち主なのだろう。短く刈り込んだ黒髪と、黒く深い瞳。何も考えていないように見えて、実はあらゆる危険を知り尽しているために考える必要もない、場数を踏んだ男の目だ。数えるほどだが、そういう相手とケンカをしたことがあったので、リオにも見分けがついた。やったら負ける相手だ。

男のそばには女。銀髪のほっそりした女で、ショーカ姿だが威圧感はなく、影のように男に寄り添っている。男が三十歳ほど、女はそれより少し下ぐらいか。

「整備師《パッチワーカー》じゃないのか」

男の言葉でリオは我に返った。シップに続いて持ち主にまで見惚れてしまうとは。持ち前の負けん気が顔を出して、精いっぱいの虚勢を張る。

「ショーカだよ、おれは。あんたこそ何者だ。人のシップを見物しちゃいけないって決まりはないだろ?」

「すまない、トリンピアは初めてなので間違えた」

リオの言葉を片手を挙げて軽くかわすと、男はシップに近づいた。身軽に操縦席に飛び乗る。続いて後席に女も。

二人ともリオを無視していた。その理由がわかる。相手をする必要もないということなのだろう。リオが路地裏で年上の三人をあしらったときのように。

自分の道のはるか先を行く人間に幸運にも出会えたというのに、接点は何もないのだった。呼び止めるとか、教えを請うとかしても無意味だとわかった。格が違いすぎるのだ。

やむにやまれぬ思いから、リオは叫んだ。

「名前を教えてくれよ、おれはリオ！　エメリオル・エッダ！」

「グライド・グリューデル。後ろはコーナだ」

そう言って男はクランクを回し、エンジンをかけた。湧き起こる轟音が会話を断ち切った。

黒いシップが身震い一つせず滑《なめ》らかに格納庫を出ていく。駆け出したリオの前でシップは発着路を走り、元いた世界に帰るように夜空へ消えた。

尾翼に真紅で描かれた炎の矢のエンブレムが、リオの瞳に残った。


他の格納庫を回ったリオは、キアナ型の装備のよしあしが少しわかるようになっていることに気づいた。最下級のジェンカのシップと、最上級のグライドのシップを目にしたせいだろう。ジェンカ機に似ていれば安物、グライド機に似ていれば高級品だ。

十番庫に戻るとジェンカは姿を消していて、代わりにレッソーラが後片づけをしていた。右手の包帯も十日前に取れて、存分に整備の腕を振るっている。リオは試しに彼女に聞いてみた。

「なあ、レッソーラ。このシップに一番に必要なのは、強いプロペラ？」

油壺《あぶらつぼ》を棚に戻したレッソーラが、驚いて振り返った。

「そうよ、よくわかったわね」

「他のキアナ型も、プロペラだけはみんな変えてたからな」

「一番ほしいのは速度なんだけどね、エンジンを強くしてもプロペラがそれに負けていると折れちゃうから。目下のところアクスポップのプロペラを買うのが目標。四十万デルってとこかな」

「ゼニューリは？　ウォーゼンが使ってたやつ」

「それは相場が百十万。理想を言えばハイフットのものがいいわね。二百万を超えるけど」

「プロペラだけで二百万かよ……」

「聞いたでしょ、全部強化すると家が一軒建つ金額だって」

レッソーラはほがらかに笑う。リオは手近の道具箱に腰掛けて、頬杖をついた。

「完全装備のシップに乗ってるショーカって、すげえ腕利きなんだろうなあ」

「いいのを見てきた？　ここだと登録番号七二のハーボーかな」

「よそ者のだよ。グライドってやつ」

「グライド？」

「ああ、銀髪の女とキアナ型に乗ってる男。そうだ、このシップと同じ色だった。……どうしたんだよ、ぽかんとして」

「いいえ、別に」

レッソーラは目を逸《そ》らした。やがてとりつくろうように言った。

「まあ、完全装備なんて先の話よ。地道にこつこつ稼がなきゃ。今日はスピンカップを三匹落としたのよね？」

「プチフェザーよりましだって聞いたけどな。あんなぷかぷか上下するだけの樽《たる》、いくつ落としたってたいしてもうからないのは、おれでもわかるよ」

「一四八千デルだものねえ。黒字になるのはいつのことやら」

笑顔に戻ったレッソーラがリオの顔を覗き込む。

「まだコツはつかめない？」

「さっぱり」

リオは首を振る。

「だってよ、獲物はおれの背中の方向から流れてくるんだぜ。どっちへ来るか、あてずっぽうだ。曲がる向きもわからないから酔っ払っちまうし」

「私も最初はさっぱりだったわ」

「レッソーラ、後席やってたんだよな」

壁にもたれたレッソーラをリオは見上げる。

「あんたはうまかったのか？」

「自分ではそこそこだったと思うわ。そこそこってつまり、赤字を出さなかったってことね。それも才能のおかげじゃなくて、ジェンカとの呼吸が合っていたからよ」

「どうすれば呼吸を合わせられる？」

「慣れること。でも、それじゃ助言にならないわよね。ちょっと来て」

レッソーラが脚立を置いて操縦席に飛び乗った。後ろへ、とリオを呼ぶ。

リオが後席に収まると、レッソーラが妙なことを言った。

「ちゃんと座って」

「座ってるよ」

「いいえ、それじゃだめよ。もっとお尻を下げて、背もたれにしっかりくっついて」

「首が回らなくなるよ。前が見えない」

「今までは見ていたのね。それじゃ本格的な戦闘はできないわ。さあ、ぎゅっと」

言われてリオは、シップの肋骨《ろっこつ》のようなリブに脚を突っ張らせて背中を強く押しつけた。

すると、背もたれ越しにレッソーラの背中の感触が伝わってきた。少し驚く。前席と後席の間にはクッションがあるだけで、機体の中でつながっていたのだ。

「それでいいわ」

そう言ってレッソーラが身動きする。肩甲骨《けんこうこつ》同士がごりごりと当たり、しばらくすると体温まで染み通ってきた。落ち着かなくなってリオは体を浮かせた。

その途端に「だめよ」と叱られた。

「これが操縦者と呼吸を合わせる方法よ。動きがわかるでしょ？」

「わ、わかるけど、これって……」

「照れくさいのはわかるわ。同じ寝床に入っているようなものだものね」

「あんたとジェンカは女同士だからいいだろうけど」

「異性と組んでるショーカだってみんなこうしているわ。逃げちゃだめ、これが一番いい方法。さあ、練習よ。はい、私は今どっちに操縦桿《かん》を倒してる？」

「み、右かな？」

「正解。じゃあこれはどちらのペダルを踏んでる？」

「ええと」

「お尻に力が入ってるでしょ！」

「し、尻も合わせるんだな……ったく、恥ずかしいぜこれ」

しばらく続けて大体のことを呑み込んでから、リオは立ち上がり、振り返った。

「なあ、これを身につければ腕利きになれるのか？」

「これは手順の一つよ。何度も言ってるけど、大切なのはチームワーク。操縦者が動いてから感じているようじゃまだまだ。獲物の位置を頭に入れて、操縦者が次に何をするかまで予想しなきゃね」

「レッソーラはそれができた？」

「できる、できないで二つに分けられるものじゃないの」

レッソーラも立ち上がり、席の枠に腰掛けた。

「それに完璧ということはないわ。進歩は常にあるけど課題もなくならない。人と人との関係が常にそうであるようにね。リオは今まで、一人の人間の考えを完全に読めたことがあった？」

「……」

「私もそうよ。ジェンカとは二年つき合って、今では他の誰よりも理解しているつもりだけど、それでもわかるところよりわからないところのほうが多い。究極のショーカというものがもしいるなら、それは心の底まで理解しあったペアだと思う。でも、そういうのはまだ見たことがないわね」

「恋は――」

「え？」

「れ、恋愛はその役に立つか？」

少しかすれた声で、リオは言った。

頬を染めたリオをレッソーラはじっと見ていたが、やがてかすかに口元に笑みを浮かべて、首を振った。

「異性と組んだことはないから、こう答えることしかできないわ。私の知る限り、同性同士も含めて恋愛関係になって弱くなったショーカはいない。……でも、リオ」

「ん？」

「それって不純じゃない？」

リオは頬の赤みを濃くした。レッソーラは不意に笑い崩れた。

「あはは、こんなのはあまり意味がある話じゃないわね。なにしろ相手はあのジェンカなんだから」

「そ、そうだな」

「もっと役に立つ話をしましょ。後席のコツはまだたくさんあるわ。座って」

リオはおとなしく席に戻り、レッソーラの教えを受けた。


ガガガッと機銃が吠えた瞬間、リオはそれまでに感じた機体の加速度と、ジェンカの肘の感触を組み合わせてみた。右に振っている。すると獲物は左舷に流れたはずだ。

こっちだと思うほうに銃を回して三つ数える。

さっと青い羽が流れてきた。発砲。走った弾丸はそのエアカットの左羽根に食い込んだ。

よし、と拳を握り締めて伝声管に告げる。

「やったぜ、二四目だ」

「いい調子ね。もう少し大きな群れだったら黒字になったかな」

その群れはわずか五匹の小さなものだった。五匹撃って命中が二匹。割合としては悪くないが、稼ぎはたいしたものではない。

翼を左右に振って空を見たジェンカがつぶやく。

「曇ってきたわね……今日は終わりか」

高く薄く張り詰めていた雲が、濃さを増して下がってきていた。日がかげり、肌寒くなった空で、シップは我が家へと機首を巡らせた。

リオもベルトをゆるめ、体を楽にした。するとジェンカが言った。

「今日は姿勢がよかったわね」

「気づいてたのか」

「ええ、お尻がぐいぐい押されたから。男の子ってすごいと思った」

「べ、別に変なつもりじゃないぞ！」

「どんなつもりですって？　いいわよ別に。誉めてるの」

ジェンカの声には動揺のかけらもない。まるで意識されていないのだ。対してリオは、背中が冷たくなるほどの汗をかいていた。

この落差。リオはため息をつく。

「ジェンカ」

「ん」

「レッソーラに言われたんだけどさ。おれ、あんたのことをもっと理解しなきゃいけないんだ」

「そうね。そうしてくれると助かる」

「うん」

しばしの沈黙。

「ジェンカ」

「なに？」

「あんたの癖とか教えてくれない？」

「食事のときデザートを最初に食べてしまう」

「……」

また沈黙。

「ジェンカ」

「なによ」

「飯のときじゃなくて、シップに乗ってるときの癖」

「たまに首をかくかくする。縛った髪が横でばたつくから、背中に挟もうと」

沈黙に陥る前に、リオは伝声管にわめいた。

「ジェンカ！」

「なんだってのよさっきから！」

　ジェンカも苛立っていたらしく、わめき声が返ってきた。

「おれが聞いてるのはそういうことじゃないんだよ、狩りのときに役に立つ癖って何かないのか？」

「そうならそうと最初から言いなさいよ、知るわけないでしょそんなもの、狩ってる間は必死なんだから！」

「あんた、おれに理解してほしかったらもっと協力してくれよ！」

「してるわよ、聞かれたことには答えてるじゃない！　君の聞き方が悪いのよ！」

　い、い、あのジェンカ、というレッソーラの呼び方がしみじみ納得できる性格だった。何をどうすればこの女とわかり合えるのだろう。

　ジェンカが振り向いてなおも言う。

「だいたい君ね、態度が悪いわよ。人に物を教わろうってときはまず言葉遣いから――」

　がん！　と突然機体が揺さぶられた。二人はぎょっとして周囲を見回す。後ろ下方を見たジェンカが叫んだ。

「ダッシュだわ！　こっちを見てる、引っかけたんだ！」

「ジェンカ、あれ！」

　リオは胴体の右側面を指差した。箱型の部品が外れてぶら下がり、透明な液体が噴き出している。それを見たジェンカが舌打ちする。

「冷却器をやられた。オーバーヒートするわ」

「帰れるのか？」

「帰れるわよ。——まっすぐ飛べれば」

それは不可能だった。シップを敵と認識した青い綿毛が、体当たりしてきたのだ。

「ベルト締めて！」

叫んでジェンカがエンジン回転数を上げ、舵《かじ》を切った。突っ込んできたダッシュをかろうじて避ける。しかし通り過ぎたダッシュはくるりと円を描き、再びこちらに向かってくる。

「こいつめ！」

逆の切り返しでもう一度回避。またしてもダッシュは翼の上を通過する。だが、ジェンカが追い詰められたような声を上げた。

「うわ、てきめんに熱くなってきてる……もう回避はできないわ、下がったら昇れないから！」

「どうするんだよ！」

「どうって、君が撃ち落とすしかないでしょう！」

「標識弾でやれるのか？」

「なんのために単発の銃を使ってると思うの？　炸裂弾《さくれつ》に替えて！」

リオはあわてて弾丸を入れ替えた。銃を回し、後ろから近づいてくるダッシュに狙いを定める。

「当たってくれよ……」

引き金を引く直前だった。

ダッシュが張り飛ばされたように軌跡を変えた。なんの意思も持たないような放物線を描いて宙を舞う。そこへ頭上の雲から落下してきた黒い翼が飛びかかり、すさまじい速度で通過しざまに、一撃で標識弾を叩き込んだ。

落下するダッシュを見届けもせず、そのシップは悠然と引き起こしをかけた。楕円の尾翼に炎の矢のエンブレム。リオはジェンカの細い声を聞いた。

「グライド……」

「登録番号一番、火矢のグライドだ。横取りしてすまなかった」

無線機から流れ出したのは、まぎれもなくあの男の声だった。横転してリオたちの隣に並び、機から首を突き出す。

「ふむ、冷却器をやられたか。楽な風をつかまえてやるからついてこい」

「グライド、あの……」

「駆け出しなんだろう、機体も後席も」

「……ええ」

「後でな」

男は上昇し、やがて灯火を明滅させて気流を見つけたことを知らせてきた。

トリンピア南の発着路に降りると、エンジンを切るのももどかしげに、ジェンカはグライドのシップに走っていった。リオはのろのろとついていった。

停止した黒いキアナ型に駆け寄ったジェンカが、背伸びして操縦席を覗く。

「グライド！　いつトリンピアに？」

「昨日だ」

「なぜ？　あなたはジェンヤンのアンギ礁《リーフ》から出なかったのに。ひょっとして――」

「オーデル・グリースの噂を聞いた」

ジェンカは口を閉じた。グライドはゴーグルを外して微笑む。

「まあ、それはものついでというやつだ。たまには河岸《かし》を変えたくなってな」

「それじゃあ……」

「彼は？」

ジェンカが振り向く。グライドに指差されたリオは、居心地悪そうに身を縮める。

「この子は、その」

「名は聞いた。エメリオルだな。ジェンカが見込んだのか」

「巡り合わせよ。半月前から、ギルドのシップ譲与制度の見返りに育ててるだけ」

「半月で吐かずに降りてきたか……悪い素材じゃないな。しっかり育ててやれ」

グライドは前を見てエンジンを噴かした。シップが動き始める。

ジェンカが叫んだ。

「待って！　グライド、あの」

「危ないわ」

身を乗り出したジェンカの肩を、後席の女が押さえた。まるで初めて気づいたように、ジェンカがその女を見る。

グライドが振り返らずに言った。

「おれの今のパートナーだ」

「コーナ・コーヴェットです、よろしく」

笑みを浮かべてコーナがジェンカを押した。ふらりと下がったジェンカの前を、尾翼が通り過ぎた。

シップは二番庫へと走っていった。

ジェンカはそれを見送り、やがて歩き出した。リオも黙って後に続く。発着路の端に置きっぱなしの自機に戻り、乗り込んでエンジンをかけ直す。ごろごろと走って十番庫に向かう。

ようやくジェンカが口を開いた。

「何も聞かないのね」

「大体わかったよ。あいつが、今のパートナーって言ったから」

「……ええ」

ジェンカはしばらく黙り、言った。

「私のときも、ただのパートナーじゃなかったわ」

「ジェンカ」

「ん」

「これだけは言わせてくれ。おれ、あいつには負けたくない」

「そう……」

シップを戻すまで、ジェンカは何も言わなかった。リオも聞かなかった。自分が比べられていたことが、身に染みてわかったからだった。

夜明け前に狩りに出て昼過ぎに戻り、夕方を整備に充《あ》てて早々に寝る、機械的な生活が数日続いた。その間何度か、発着するグライド機を目にした。タウリ潟に狩り場を限定せず、トリンピア南北二つの航区を拠点に、島の周囲を飛び回っているらしかった。

ジェンカはその後一度もグライドを訪ねなかったが、しかし積極的にリオに話しかけてくることもなかった。リオはリオで、ある思惑があって必要以上の接触を求めなかった。

五日目、遠い高みに刷毛《はけ》で掃《は》いたような巻雲が浮かぶ、晴天無風の日。

例によって夜明け前に発着場を飛び立ったジェンカのシップが、タウリ潟に到達した。

他の性能のいいシップが次々と浮獣の群れを見つける中、二人は忍耐強く狩り場を周回して、獲物を探した。ショーカは多いが、獲物が尽きることはない。その幼生は重素海の浅瀬で常に育っていて、成長とともに空へ昇ってくる。下方に目をやると、重素海に描かれた何本もの気嚢船《バージ》の航跡と、海面近くを漂う未熟な浮獣たちが粉のように見えた。

一度、ジェンカが言った。

「十一時方向に群れだわ。プチフェザー四ないし六」

「待った、それは見送ってくれ」

「どうして？」

「もっと大きな群れをやりたい」

「そう」

ジェンカは頼みを聞き入れ、その群れから離れてくれた。

リオは、ここ数日口に出さずに溜めていた言葉を言った。

「まだ未練があるのか」

「なんのことよ」

ジェンカはそう言ったが、さして時間もたたないうちにため息を寄こした。

「はあ……とぼけても始まらないか。彼の登録番号を聞いたでしょ」

「なんだって？」

「登録一番よ。ショーカのギルド登録番号は機体《シップ》を落とされると下がるから、彼は現時点で、世界最優秀のショーカということになる」

「世界最優秀……」

腕利きだとわかっていたが、そこまでとは思っていなかった。息を呑むリオに、ジェンカが自嘲《じちょう》するような声で言う。

「一度は彼の後ろに乗った。私が一万人を超えるショーカの中で二桁の番号を持っていたのは彼のおかげ。でも見限られた。彼が行くような危険な狩り場では、私では力不足だったのね。無理についていけば自分だけじゃなく彼をも危険にさらすことになる。降りるしかなかったわ」

「じゃあ、嫌われたわけじゃないんだな」

「同じことよ。ショーカの強さは絆の強さ。ペアを解消されたってことは、単に腕が悪いと思われたんじゃなくて、わかり合えないと思われたってことだもの。でも……」

背もたれ越しに、リオの頭にこつんとジェンカの頭が当たった。天を仰いでいる。

「私は、まだ彼のことを知りたかったのに」

リオは何も言わず、ただ空を見ることに集中した。

やがて、右手の方角の高いところに、一団の点を見つけ出した。ジェンカにはまだ言わない。さらに目を凝《こ》らして、形と数を確かめる。

「十六……十七か。形は筒型。よし、ジェンカ！」

リオは叫んだ。

「九時の方向の上に十七匹のスピンカップ、まだ誰も食ってない！」

「わかった、行くわ」

ジェンカがスロットルを押し込み、シップを旋回させた。リオはベルトを締め直して背中を強く押しつけた。

ジェンカは何も言わなかった。だが態度で示した。わずかに身を引いたのだ。

構わずリオは足をつっぱり、さらに強くジェンカに触れた。戸惑ったような身動きが伝わってきた。

そんな二人を乗せて、シップは群れに突っ込んだ。

「撃つわよ！」

機銃音、振動、硝煙の匂い。ジェンカが右肩に力を込める。左旋回だとリオは悟る。わずかに右舷に銃を回して待つ。現れる茶色のもの。

「食らえ！」

反動が体を貫き、煙の向こうで獲物が揺らいだ。

命中。見つめたくなる気持ちを殺して弾丸を再装塡《そうてん》し、空に視線を走らせる。通り過ぎた群れが機の後ろで回っていく。スピンカップは高さ三ヤードもの筒状の生物だ。その動きは、体側に生えた触手を使った規則的な浮沈運動。

機が回り切る。後席にも備えつけられているコンパスで進路を正確に読み取る。レッソーラに教えられたことの一つだ。獲物の方位をひと目見て覚えておくこと。

再び機銃音。背中で複雑に動く体。わかる、次は左舷だ。銃を回す、待つ、来る、撃つ、命中。群れが右舷を流れていく。

ジェンカが向かって左端の個体から順番に削ろうとしていることに、リオは気づいた。ならば群れは常に右舷に来る。左舷に注意する必要はない。より狙いやすくなる。

旋回と攻撃が一定の間隔で繰り返される。それがきわめて正確なことにリオは驚く。それがわかる自分にも驚く。時計代わりに背中を押し返すこの規則的な膨張は……ジェンカの肺のふくらみだ。

リオの意識は、ジェンカの呼吸を汲《く》み取れるほどの集中に至っていた。

「ち、逸れた！」

ぐいっと体を横に引く加速度。シップが横転、水平線が立つ。外すもんか、とリオは心で叫ぶ。ジェンカの叫びが機銃音の代わりだ。この避け方ならば——腹側に来る！

力いっぱい左舷に回した銃を、リオはぎりぎりまで低く傾けた。後席の縁、視界の端すれすれを獲物が流れる。まだ生きて動いているそいつに奇跡的に標識弾を当てた。

「やったぞ!」

「うそ⁉」

会話を続ける余裕はない。ただちにジェンカは次の獲物に向かう。それもリオは当てる。次も、その次も。

何十回、翼を翻《ひるがえ》しただろうか。ジェンカが唐突に言って、機が水平に戻った。

「終わったわ、弾が切れた」

リオは銃を放り出して力を抜いた。吐き気も忘れるほどの集中がゆっくりと解け、速くなっていた呼吸が徐々に収まっていく。同じような穏やかな揺らぎが背中を押していた。

それが薄れた。ジェンカが体を起こしたのだ。リオは声をかけた。

「逃げるなよ」

「……」

「おれじゃあの人に及ばないってのはわかるよ。でも、おれにだってあんたを感じることはできる。そろそろこっちを向いてほしいな」

「いやに踏み込んでくるわね、今日は」

「決めてたから。全部落とせたら言おうって」

ジェンカが首を動かす気配。空を見回して、言った。

「撃墜十六、標識ずみが十七。……そうね、これはまぎれもなく君の勝ちだわ。動きの単調なスピンカップが相手だったことを考えても」

「うるさいな、ケチなんかつけないでくれよ」

リオは吐息とともに笑みを漏らした。ベルトを解いて前席を覗く。

「それともやっぱり、自分より強いやつを追いかけるほうが好きか?」

「……座って。帰るわ」

ジェンカは答えず、機を傾けた。


夕食を終えたリオは、パイロットハウスの自室で横になっていた。

ギルドがショーカに貸す部屋だ。安物の甲材で組んだ建物の、ベッド一台しかない殺風景な部屋。長く居座っているショーカは私物を持ち込んでそれなりに内装を整えているようだが、リオが家から持ち出してきたのは数枚の着替えだけ。浮獣のシルエット図とレッソーラに譲られた使い古しのシップジャケットが壁飾りで、格納庫からかっぱらってきた車輪の折れた整備ワゴンが机代わりだ。

ドアがノックされた。

「エメリオル、いい?」

リオは跳《は》ね起きた。ジェンカが部屋に来るのは初めてだ。大急ぎで床のごみをごみ筒に押し込んで、返事をする。

「いいよ」

「失礼するわ」

昼と同じ姿で、ジャケットの前だけ開けたジェンカが入ってきて、ドアを少し開けたまま部屋の中を見回した。椅子などない。無造作にベッドの端に座る。

「座って。机貸して」

リオがワゴンを寄せると、ジェンカは載っていた小物を袖でガラガラと落として、持ってきた縦長の袋を置いた。リオはベッドの反対の端に腰掛ける。

ジェンカはリオを見て事務的な口調で言った。

「五つ用件があるの。一つめは私たちの財政状態を伝えること」

「私たち？」

「一緒のシップに乗ったときから、財布も一緒になったと思いなさい。ああ、喜ぶようなことじゃないわよ、私たちの財布は大穴が開いてるんだから。シップ本体はギルドから譲与されたけど、維持費はずっと私の持ち出し。先週蓄《たくわ》えがなくなって、今のところ借金が四十万デル」

「借金までしてたのか。おれがもらった分も返せって？」

「いいわよ、雀《すずめ》の涙だもの。ぶん取ったらご飯も食べられなくなるんじゃない？」

「ま、そうだけど」

「私もレッソーラから借りてしのいでるわ。でも、港で受け取る獲物の代価は、少なくとも借金を返すまでは手元にある。それで、今日の獲物がスピンカップ十六匹で約十二万八千デル。ギルドに三分の一上納して残るのが八万五千。今まではこの半分を君に渡していたわね」

「それだとシップの維持費があんたの持ち出しになるんだろ。五万だっけ、それを引いて三万五千を山分けってことでいいよ。初めての本当の黒字だな」

リオはにんまりと笑ったが、ジェンカの次の言葉でひっくり返りそうになった。

「この三万五千、全部くれない？」

「なんで!? 借金返すためか？」

「用件その二よ。ウォーゼンからアクスポップのプロペラを買う話をまとめてきた。これだけあれば頭金になる。だからお願い」

「シップにとって、何はさておき、いいプロペラが必要ってことは知ってるよ」

リオは顔をしかめて言った。

「でもメシ代までは取らないって、さっきあんた言ったろ？　少し我慢して、今日みたいな狩りをもうちょっと続ければいいんじゃねえの？」

「あれは最高の狩りだったわ。――君のコンディションと、絶好の群れとが組み合わさった。あんな狩りを毎日できる?」

リオは沈黙する。ジェンカが真剣に言う。

「だから用件その三。狩り場を移るわ」

「移るって……どこへ」

「オルベッキアの潟へ。初級者のメッカよ。一四一万デル以上の獲物がたくさんいる。狩りを進めるためにはシップを強化するだけじゃだめ。強さに合わせて獲物も変えないと、性能が無駄になる。新しいプロペラは新しい狩り場でこそ生きるのよ」

「なるほどな……イグジナが言ってたことがわかった」

リオは頭をかいた。

「ショーカが稼ごうと思ったら難しい狩り場へ行くしかない。行くためにはシップを強くしなきゃいけない。強くすると今までの狩り場じゃ割に合わなくなる。一方通行なんだ。ショーカがどんどん危険にハマっていくわけだよ」

「そうよ。エメリオル、そういうの嫌いじゃないでしょ?」

「まあな……」

リオはしぶしぶうなずいた。

「一攫千金狙ったから、ショーカになったわけだし。いいよ、買えよプロペラ」

「やった、ありがと」

ジェンカが目を細める。少女のように無垢《むく》な笑顔だった。リオの胸が少し騒いだ。

「それだけかよ、用件」

視線を逸らしてしまう。いいえ、とジェンカが首を振る。

「その四、登録番号が更新されたわ。私は八九九九番になった」

「またずいぶん下がったな」

「前のシップを落とされたせいよ。シップなしの待機組を除いて最下級になったわ。そして君が九〇〇〇番」

「……おれ？　に、番号？」

鼻の頭を指差したリオに、ジェンカは楽しそうにうなずく。

「つくわよ番号、ショーカになったんだもの。今まではただのお客さんだったのよ」

「へえ、おれに番号。へーえ……」

意味もなく両手を眺めたりしたリオは、ふと顔を上げた。

「グライドは？」

「相変わらず一番。二桁以内はみんな腕がいいからあまり変動しないんだけど、彼は長いわね」

「そうか。すげーな」

「すごいわね。まったく腹が立つわ。この私をおっぽり出して、どこの馬の骨だかわからない女とそんな功績あげるなんて。いやになるわよ」

言いながらジェンカはワゴンに載せた葉袋をがさがさと開いていく。その横顔を、リオはあっけに取られて見つめた。ためらいがちに聞く。

「……吹っ切れた？」

「何が？　さあ、これが用件その五よ」

現れたのは真紅の液体の詰まった瓶だった。

「ウォーゼン御用達《ごようたし》、泣く子も踊り出すボンブ酒特級。ショーカが飲めないなんていい笑いものだからね、鍛えてあげる」

「……やけ酒？」

「君、文句があるの？」

じろりとにらまれて、あわててリオは両手を振る。

「ないない、一つもない」

「じゃあコップ！　なければラッパ！」

「殺す気かよ……」

コップは一つしかなく、ジェンカは当然ラッパ飲みになった。リオが盛り場でも飲んだことのないきつい酒精を顔をしかめてなめる隣で、ジェンカは最初のひと飲みで指五本分ほども流し込む。

「っはー、だからねエメリオル」

「なんだよ。リオだよ」

「エメリオル、他人《ひと》のことを一方的にわかろうわかろうとしたって、それはひとり相撲にしかならないのよね」

いったん置いた瓶をまた口に当ててぐいぐい飲む。

「ぷは、そうじゃなくて、相手がこっちをわかりたがるよう仕向けなきゃいけないのよね。押してだめなら引くのよ。それってつまり恋愛の駆け引きよね」

またぐいぐい飲む。

「んふ、私は押してたわ。君も押してたけど、今日は引いた。引いたというかさ、ぶっちゃけ君の勝ちよ。うん。私と同じ立場を見せつけるなんてさ。無視できないじゃない。私、悪者になるの、やだもん」

さらにぐいぐい飲む。

「あふぁ、つまりぃ、私はぁ、だ。ええと、君のことがちょっとは知りたくなった。悪者になりたくないから。んん、違うかな？　それだと君自身に興味が湧いたわけじゃなくてぇ、悪者になりたくないから、だめじゃん。うーんと、そういうのはこっちへ置いといて、とぉ。まあなんだ、要は八九九九番と九〇〇〇番でびりっかす同士仲良くしようよ。一からやり直し」

ついに最後の一滴まで飲み干した。

「ふぇ……んと……あの人に負けない？」

「負けねえよ」

「よし！　じゃあ君がパートナー！　よろしく！」

差し出された手をリオが握った途端、ジェンカはぱたんとベッドにひっくり返った。色白の顔が真っ赤に染まって、目はどこか遠くの空を見ている。

リオは唖然として見下ろした。

「こいつほんとは酒ダメなんじゃないか……？」

「……飲めうよー……」

「ダメだ。て言うか、まず男の部屋でこんな風になるなよ、馬鹿にしやがって」

ジェンカの腕が棒切れのようにふらふらと上がって、戸口を指差した。ジェンカが薄く開けたままだった。リオは顔を押さえて真剣に悩む。

「一応、用心されてるってわけで……でも潰れちまったら意味ないわけで……それって好意なんだか子供扱いなんだか、ああもう、わけわかんねえ！」

頭を抱えたとき、レッソーラの言葉がよぎった。

人がいいのよ。

「えめりおるぅ……」

振り向く。すでに目を閉じたジェンカが、ろれつの回らない舌で言う。

「おるべっきあ……行こうね……あんなやつ置いてって……」

「結局それが目的──」

言おうとしてやめた。ジェンカは眠っていた。

「ったく……寝込みを襲うぞ、このやろ」

リオはジェンカの長身の体を苦労して持ち上げ、ベッドの奥に転がした。

そしてその隣に横になって、背を向けて、いくらなんでもお子様を襲えるかとぶつぶつつぶやきながら目を閉じた。

第四章　人の世界、獣《けもの》の世界

前と後ろに一組ずつの雄大な翼の上で、夕焼けに染まった四つのエンジンが轟々と試運転の咆哮を上げている。

発航前の巨大なコンテス型シップを背に、筆記板を抱えた紺のエプロンドレスの少女が、笑顔で大声を張り上げる。

「はあい、まもなくイーリャのオルベッキア便が出発しますよー。曳航《えいこう》依頼のショーカさんはもういませんかー？」

「待って、私たちも頼むわ！」

格納庫から駆けてきたジェンカが、イーリャを囲むショーカたちの輪に飛び込んで叫ぶ。

少女はペンを向けて尋ねる。

「番号とお名前と型式をー」

「八九九九番ジェンカ、キアナ型よ。それと九〇〇〇番のエメリオルも」

「かしこまりました。キアナ型一機とお二人、前金で四万八千お願いしますー」

「うっく、それがあった……」

　ジェンカはジャケットから出した財布を開ける。横から覗き込んだのはリオだ。

「結局、前回の稼ぎが丸ごとなくなったな」

「足りてよかったって風に考えるの！」

　叱りつけて、世にも悲しげな顔でジェンカは紙幣を差し出した。受け取ったイーリャが満面の笑みで一礼する。

「毎度ありがとうございますー♪」

「増槽《ぞうそう》買ったほうが安かったかしら……」

「それでは時間なので発航いたしますー。皆さん合流手順はよろしいですね？」

　おーう、とショーカたちの声。一同は格納庫に走り、イーリャもコンテス型に乗り込んだ。

　戦闘用シップ四機分の豪快な爆音を上げてコンテス型が動き出した。発着場の端から端まで走って、しずしずと浮かび上がる。後を追って、格納庫を出たショーカたちが次々と舞い上がった。

　ジェンカたちも加わり、高度を上げながら他機と編隊を組む。初めてのリオはわくわくした顔で尋ねる。

「なあ、何をやるんだ？」

「オルベッキアは遠いから、航続距離《あし》の長いコンテス型に曳航してもらうのよ。このシップに増槽をつける選択もあったけど、後席が君じゃ、まだ航法が心もとないし」

「航法って？」

「千二百カイリ離れたオルベッキアまで何の工夫もなしに飛べると思うの？　灯台や星を見て位置を確かめることよ」

「千二百カイリもあるのか」

リオは西の空を見る。沈みゆく大きな太陽が、平たくたなびく層雲を鮮やかなオレンジ色に染め上げていた。

「日が暮れちまうな」

「夜が明けるわよ。行き先の夜明けに合わせて飛ぶの。着くと同時に狩りに出る猛者《もさ》もいるからね。通称、コンテス夜行。――さあ、合流よ」

シップはコンテス型の後ろ下方を追尾していた。リオはベルトを外してそれを見上げる。

先行のクリューザ型二機が、身軽に舵を整えて、左右からコンテス型の前翼に近づいた。コンテス型の翼は片側だけでクリューザ型の全幅以上もある。そこからするすると縄ばしごが繰り出された。

滑るように翼の下に入ったクリューザ型の操縦者が、それをつかむ。自機の翼の支柱に引っかけて、見る間にコンテス型によじ登ってしまった。翼の上を這っていき、コンテス型の太い胴の中にハッチを入って消えた。

リオは真っ青になって叫ぶ。

「あんなことやるのかよ!」

「細かいことは全部私がやるわ。命綱も出してもらう。君は目をつぶって手に触るものをたぐっていきなさい」

「落ちそうになったら抱きついてやるからな……」

「さあ、私たちの番」

隣を並進している、主翼に角ばった火炎弾筒をぶら下げた赤いカティル型シップをちらりと見てから、ジェンカは上昇を始めた。

屋根のように広大なコンテス型の後翼の下につき、垂れ下がった縄ばしごをつかむ。先端のフックを、頭の左右にある自機の支柱に手早くかける。もう一度カティル型に目をやって、尾翼の黒い火トカゲのエンブレムを確かめ、無線の送信機をつかむ。

「火トカゲのカティル型、三連弓のキアナ型よ。カットオフ準備よろし?」

「火竜のカティル型です。準備よろしいですよ」

乙《おつ》に澄ました声が返ってきた。あれ竜のつもりなんだとつぶやきながら、ジェンカはエンジンの吸気管を閉鎖した。

シリンダーの中で激しく膨張収縮していたビブリウムが、呼吸を殺されて鎮静化する。

エンジン音が収まり、空気をかき分けていたプロペラが逆に空気に回されるようになる。ほぼ同時に、カティル型もエンジンを切った。

「タイミングは悪くないわね。さあエメリオル、立って！」

ジェンカは機首に這い出て、張り出した翼に手をかけ立ち上がる。シップの重さが預けられてピンと張った縄ばしごをつかんで振り返ると、リオも主翼に両手をかけて立っていた。しかし、足ががくがく震えている。

「こ、これひっくり返らないか？　舵から手を離してるのに」

「ばねで中立にしてあるわよ。ほら、これを腰に巻いて！」

コンテス型から垂らされた別の縄をジェンカは押しつけた。リオは決死の形相で腰に巻き、自機の上に這い上がる。

「先に行って。怖かったら目をつぶって」

「う、うん」

おそるおそるリオは縄ばしごを登る。半ばまで来ると全身が無防備に飛行風にさらされた。

目を覆うゴーグルが汗で曇る。しかし目を閉じるほうが振り落とされそうで怖い。手足が固まりかける。

風を貫いて下からジェンカの叫び。

「さっさとして、よけいな抵抗になってるわ！　早く登らないとコンテス型が傾く！」

「くっそー……行きゃいいんだろ行きゃ！」

やけくそでリオは縄ばしごを登りきった。

後翼の上に出ると、胴体から翼端まで低い手すりが一本張ってあった。縄ばしごは翼の後縁の機械から伸びているが、命綱は輪になって手すりにかけてある。翼が少し後退しているので、胴の上から縄を流すと風圧で勝手に翼端まで滑ってくるという仕掛けらしい。なかなか考えてあるな、とこんなときなのにリオは感心した。

「早く」

後ろに上がってきたジェンカが押した。リオは身をかがめて手すりをつかみ、胴体に向かって進み始めた。

途中に骨組みで支えられたエンジンが載っていて、その前でプロペラが轟々と回っていた。プロペラの風ならいつも顔で受けている。高をくくって後ろを通り抜けようとした。

それを全身に受けた場合の風圧は、予想以上だった。

「わ⁉」

見えない毛布のようなものが半身を強く押し、リオの腕を手すりから引きはがした。中腰のまま倒れそうになる。眼下は高度五千フィートの空、そして何人《なんびと》もその底を知らない重素の海。

「馬鹿！」

とっさにジェンカが片手を伸ばし、たるんだ命綱をリオの腰近くでつかんだ。力任せに引っぱって翼の上に叩きつける。

「気を抜くんじゃないわよ！」

「は、はははっ、あはっ」

正気を失いかけて無意味な笑いを漏らすリオの横腹を、ジェンカは思い切り蹴飛ばした。ぐふ、とうめいて笑いを収める。横から抱くようにして、ようよう胴体にたどり着いた。転がり落ちるようにしてハッチに入ると、笑顔のイーリャが水筒を差し出した。

「はぁい、お疲れさま。お客さん、曳航は初めてですか？」

「この子はね。お酒？　強い？」

「ロンデ酒です」

「なら弱いか」

ふたを開けた水筒から顔にかけるようにしてリオに飲ませた。リオは咳《せ》き込み、ようやく正気を取り戻した。

「げはっ！　し、死ぬかと思った……」

「死んでたわよ、私が助けなかったら。まあよくやったわ、私の初体験よりはまし」

「君はどうだった？」

「泣いた」

簡潔な答えを聞いてリオは笑い出しそうになったが、それより早く甲高い笑い声が起こった。

「くははは、泣きましたか、そうですか」

「三連弓のジェンカがねえ。これはいい話を聞かせてもらいましたね」

笑ったのは二人の痩せた男たちだった。先に機内に入っていたカティル型のショーカだ。壁に作りつけの椅子に腰掛けて、にやにやと見上げている。二人とも同じ緋色の長髪、薄茶の瞳。その瞳に人を小馬鹿にした色があるために、整った顔立ちにもかかわらず、あまり人相がよくないように見える。

ジェンカは何も言わずに見返しただけだったが、リオは食いついた。

「なんだあんたら。文句あるのか、こら」

「あなたには別に。名前も存じませんし」

「リオだよ。登録番号九〇〇〇番のショーカだ」

「ショーカ？　それは意外だ。私はてっきりジェンカのお客さんかと」

「なんだとてめえ！」

「やめなさい、エメリオル。壊れて笑ってた君が怒鳴ったって、ちっとも迫力ないわ」

「う……ほっとけよ！」

リオは口をひん曲げて黙る。ジェンカは二人組に向き直り、あまり声をかけたくなさそうに言った。

「その嫌味ったらしい馬鹿っ丁寧なしゃべり方、貧弱な火竜のエンブレムのカティル型、心当たりがあるわ。フォビアス兄弟ね？」

「いかにも」

二人は立ち上がり、大げさに一礼した。

「登録六六六番、兄のフォロン・フォビアスです」

「登録六六七番、弟のフォグ・フォビアスです」

「その名も高い九九番のジェンカに気づいていただけるとは、光栄の極み」

「今は八九九九番よ。ほんとに嫌味ったらしいわね」

しっしっと手を振って、ジェンカはリオの肩を抱いた。

「この子はまだ何も知らないんだから、いじめないで」

「突っかかってきたのはそちらですよ」

「はいはいそうね、エメリオル、謝って」

「なんでおれが！　ジェンカを笑ったのはこいつらだぞ！」

頭に来てリオは叫んだが、ジェンカが強引に頭を下げさせた。

「君だって笑おうとしたでしょ。ほら、ごめんなさい」

「く、くそぉ……」

重い操縦桿を毎日倒しまくっているせいで、細い腕のわりにジェンカは力がある。リオは無理やり謝らされてしまった。

他人事《ひとごと》のように見守っていたイーリャが、明るい大声を上げる。

「ごあいさつはおすみですかー？」

「何をどう受け取れば今のがあいさつに見えるんだよ」

「お客様同士のご相談はおじゃましないことにしてますのでー」

「どこをどう見れば今のが相談に見えるんだよ」

「初めてなら機内をご案内しますねー」

委細かまわずイーリャは歩き出す。行ってらっしゃいとジェンカに背中を押されて、仕方なくリオはついていった。

イーリャはまず最後尾の小部屋を示した。

「ここが一番大事なところです」

「なんだよ」

「お手洗い。大事でしょ？」

「……ああ、確かに」

「穴があるだけだから落っこちないでくださいね。それでは順番に前へ行きましょー」

コンテス型は、人が中を歩けるほど太い、箱型の胴体を持つシップだ。戦闘用シップの胴はエンジンの直径分の太さしかない。その中を歩くというのは、リオにとって新鮮な体験だった。

「先ほどお客さんがいらしたのが後部客席です。その前が個室で左右二人ずつの方がお泊まりになれます。次が出入り口、また個室となってましてー、ここが前部客席。ここから先はギャレーと操縦席で、お客さんは立ち入り禁止になってますー」

「ずいぶんガラガラだな。個室ってぜいたくな気もするけど」

「曳航中ですので。単機なら出力余りますから、個室とっぱらって二十人まで乗っていただけますよー」

「客だけのときもあるのな。その割りに、なんかさっき銃みたいなものが見えたけど……」

「機関砲ですよ、狩り場にも行きますからー。その場合はですね、あれとあれとこれとそれの四挺《ちょう》でもって、すんごい弾幕張りますよ。近寄った浮獣はぼろっぼろになります♪」

「ぼろっぼろ……」

「避《よ》けるほうはさっぱりなんで、当てられるとこっちがぼろっぼろですけどね」

イーリャはにこにこと笑う。リオは眉間を押さえて言った。

「あんたさ、その鼓膜にくる声としゃべり方、なんとかなんない？」

「エンジン四発回ってる中でしゃべってると、自然にこうなっちゃうんですー」

言われてみれば、重い響きがずっと立ち込めているにもかかわらず、イーリャの声はひと言漏らさず聞き取れるのだった。

聞き取れなければいい、と思うようなひと言をイーリャは言った。

「お客さんたちは右後ろの個室になりますので、ごゆっくりー」

「お客さんたち……って、まさかおれとジェンカ？」

「パートナーなんでしょ？」

イーリャは短い金髪の頭を不思議そうに傾け、きゃらきゃらとまくし立てた。

「伝声管ありますから。何かあったりお夜食のオーダーがあればそれで。私はギャレーにいます。走らないでくださいね。重心変わっちゃうので。それではよい夢をー」

言うだけ言うと立ち入り禁止のドアを開けて姿を消した。

「二人部屋かよ……」

腕組みして後部へ戻ると、フォビアス兄弟はすでにいなかった。右舷の扉を開けて個室に入る。ジェンカが振り向いた。

「大体わかった？」

「あ、うん……」

狭い寝棚が二段重ねで壁面に設置され、ジェンカは下の段で寝支度をしていた。よく考えれば二人幅のベッドを置けるほど機内は広くない。ほっとしつつもがっかりして、リオは上段によじ登った。気分をまぎらわせようと、思いつきを口にする。

「なあ、イーリャってソーリャの姉妹かなんかなのかな。顔似てたけど」

「誰？　ああ、管制嬢の。あれは謎ね。タワーと同じようにコンテス型もギルドが運営してるんだけど、ギルド周りにはあんな感じの子ばっかりうじゃうじゃいるわよ。試しに操縦席行ってみたら？　コンテス型は四人で飛ばしてるわ。みんな似てると思う」

「……なんだそれ」

「さあ？　姉妹とか血縁なのかもしれないし、シップ向きの高い声の子を集めたらああなっただけかもしれないし。まあどっちでもいいわ。ギルドの謎を知らなくてもギルドは働いてくれるから。気になるなら伝声管で聞いたら」

「いいよ」

それほど気になっているわけではなかった。リオは寝棚をごそごそ調べてから、下段を見下ろした。

「しけたベッドだよな、高い金取ってるんだからもうちょっと――」

ばふっと枕を叩きつけられた。それが落ちると同時に勢いよく下段のカーテンが引かれる。視界が閉ざされる寸前、下着姿のジェンカが見えた。やや上ずった声。

「危なかった、覗くならそう言いなさいよ！」

「な、何脱いでるんだよあんた」

「寝るからに決まってるでしょ。降りてこないでよ！」

「この前はおれの隣で朝まで寝こけてたくせに……」

「あれはちょっと不覚だったわ。一応、引きあげるつもりだった」

「無意識だったなんて言いわけするなよ」

「飲んでも記憶はあるのよ私は！　だから後悔してるの！」

わめいたジェンカが、カーテンから指を突き出した。

「ドアの鍵、かけといて」

「……はいよ」

リオは下に降りて鍵をかけ、おとなしく寝棚に戻った。適当に服を脱いで照明を消す。

暗闇の中で横たわっていると、ややあって、ぼそぼそと声をかけられた。

「ごめん、下手《へた》に刺激しちゃって。私も無用心だった。気をつける」

「……うん」

「明日からは新しい狩り場よ。今日はたっぷり寝ておいて」

「わかってるよ……」

リオは壁に額を押しつけて、ぎゅっと目を閉じた。

爆音と、大きなコンテス型の適度な揺れが、やがて眠りを呼んでくれた。

オルベッキアは、多島界の中央の主島トリンピアから、南東に千二百カイリに位置する島である。その形は三方向に張り出した星型で、大きさは南北六十カイリ、トリンピアに肩を並べる。

南方特有の暖かさに恵まれ、多量の雨が降り、複雑な雲に取り巻かれているが、晴れれば明るく快適である。町には葉材と石で造られた白い家が並び、温和な人々が住み、露店に並ぶ食べ物の豊かさは多島界一と言われている。

その豊かな物産を支えるのが、島の西に広がるオルベッキア潟《ラグーン》だ。島とほぼ同じ面積を持つ差し渡し五十カイリの潟に、比較的やさしく狩れる浮獣が数多く棲息している。その種類は主に動物型と植物型で、食用に供される。もし望むならば、それらを狩っているだけで一生食べていくことができる。実際にそのように暮らすショーカは多く、過ごしやすさともあいまって、堅実なショーカの楽園となっている。

それゆえにこの島には、しばしば仲間たちに敬遠されるある種のショーカがやって来る。彼らの行いはギルドの取り決めに反したものではない。しかし、ショーカの暗黙の掟を破っている。

だが、他のショーカはそれを制止しない。その種のショーカはやがて、その重大さを身をもって知ることになるからだ。

十五時間に及ぶ長い航行の後、イーリャのコンテス型はオルベッキアに到着した。リオが目覚めるとジェンカの姿はなく、廊下に出ると向かいのフォビアス兄弟の部屋は閉めきってあった。もう出たみたいよ、と声をかけられて後部座席を見ると、ジェンカが食事をとりながら窓の外を指した。近づいて覗くと、左舷に赤いシップはなかった。

食事の後、二人はシップに乗り込み、曳航を解いて自力でオルベッキア航区の発着場に降りた。それからパイロットハウスに出向いて、これからしばらくの宿となる部屋を取り、狩り場の変更手続きをした。それを忘れると、獲物を狩っても回収の気嚢《バージ》船と取引できない。

手続きをすませると、もう昼前だった。狩りに出るには遅い時間だ。出られなくもないが、帰ってからの整備が深夜に及ぶ。できればフォビアスたちのように夜明け前に出るのがいい。

ジェンカは明日まで町でも見て回って休もうと言った。しかしリオは興奮した様子で言い張った。

「今からでも出ようぜ。狩りにならなくてもいいから。偵察ってやつだ！」

「どうしてそんなにやる気なのよ。ははん、さては……」

リオが握り締めている紙片に目をやる。

「浮獣棲息図を見たのね」

「見たよ。雑魚のウェイビーってやつでも一万二千、デュルンだと二万、脱皮前のフェイキーなんか六十万で売れるんだぞ。プチフェザーの二百倍じゃないか！」

「あのね、どうしてそんな値段がついてるか考えたことある？」

「強いんだろ？　でもこっちだって新しいプロペラをつけたじゃないか。あんただって試してみたいだろう。まだ狩りに使ったことはないんだから」

「そうね……ま、慣らしのつもりで」

「ほら、行こうぜ！」

二人は入ったばかりの部屋を出て、格納庫に向かった。

発航には少し時間がかかった。発着場の正面に小山のような積雲が居座っていて、それが去るまで待たされたからだ。許可が出て空に舞い上がると、リオは周囲を見回して言った。

「今日はずいぶん雲が多いな」

巨人が突き上げた拳のようなむくむくした形の雲の塔が、そこかしこに立っていた。雲頂は強い日差しを受けて真っ白に輝き、輪郭もくっきりしていて、突っ込んだらぶつかりそうだった。

「向こう側がまるで見通せねえ。まるで雲の迷路だ」

「ここはいつもそうよ。南方だからね。君、トリンピア島を出たことはない？」

「あるわけねーよ。旅行する金なんかなかったもん。それにしても暑いな」

「日も高いしね。ジャケットを脱ぎなさい」

「そうだな。……プロペラの調子は？」

「快調。ウォーゼンはいいのを譲ってくれたわ。音が違う」

リオは耳を澄ませる。心なしか爆音が高くなっているようだった。

「行き足が五ノットも伸びてる。これは新しいエンジンもほしくなるなあ……」

「じゃあ次はそれだ」

「エンジンは高いのよ。貯金がいる。てっとり早く強化するなら次は翼周りの交換。ううん、迷いどころだわ」

「その前に借金返さなきゃな」

林立する雲塊を回り込んでシップは進む。リオは自慢の視力を生かそうと目を皿のようにして周りを見ている。ジェンカも監視を行っていたが、探しているのは別のものだった。

「あの下品な色は目立つはずなんだけど……」

「ジェンカ、三時方向！」

リオのほうが早かった。指を突き出して叫ぶ。

「リグリング、五匹！」

「本当？」

「青くて細長い蛇みたいなやつだ。それってそうだろ？」

「正解。行ってみるか」

シップは左翼を持ち上げて旋回した。雲間を縫って距離を詰める。ジェンカは頭を叩かれて上を見た。リオが身を乗り出している。

「何してるのよ、座って」

「初めてなんだから見物ぐらいさせてくれよ」

「これからいくらでも見られるってば……」

言いつつも、ジェンカは振り落とさないように傾斜を抑えた。

後席が構えていないのでは、撃ち落としても意味はない。まず観察することにして、獲物の背後から近づいた。

浮獣はこちらのことなど無視して進んでいた。青く透き通ったひと抱えほどの太さの、長い胴。目も口も耳も手足もなく、光と水と空気を取り入れて生きている。

前方ほんの百ヤードほどのところに、五匹が扇形に並んでいる。進み方は鳥とも虫とも違う。大気にうがった見えないトンネルをなぞるように、体の前から後ろへうねうねと振動を送っている。ジェンカは尋ねる。

「こいつの特徴は？」

「ええと、植物型の浮獣。嫌戦性。相場は一体一万八千。幹質が食べ物に、皮質が薬になる……んだけど」

「なに？」

「でかい」

リグリングの体長は十ヤードを超えていた。圧倒されたように黙るリオに、ジェンカは笑いかける。

「大まかに言って、浮獣の値段は大きさに比例するわ。もちろん強さもね。こんなのはたいしたものじゃないわよ」

「これがたいしたことないって？　このシップより大きいぞ！」

「山より大きなやつもいるわよ」

「山よりって……」

リオは驚いたが、にやりと笑ってジェンカの頭を押さえた。

「おどかしたって無駄だぞ。そんなんじゃおれのやる気は抑えられない」

「若いっていいわね」

「まだ二十歳のくせに偉そうに言うな！　よし、まずこいつらをやっつけるぞ！」

「はいはい。やりましょうか」

リオは席に戻り、ベルトを締めた。銃に弾を込めて叫ぶ。

「装弾よし！」

「それじゃ、左端を！」

ジェンカが機銃の安全装置を音高く外し、スロットルを戦闘域に押し込んだ。

加速しながら左端の個体に一斉射。長い胴の中央部に着弾し、皮質の破片が飛び散る。二つに折れた浮獣の真下を通り抜け、リオが銃を掲げる。標識弾は鼻づらに命中した。

「やったぜ、まず一匹！」

リオは拳を振り回す。しかし、旋回するシップから群れを見直してうめいた。

「なんだよあいつら！」

四匹のリグリングは吹き飛ばされたように散開し、ものすごい速さで翔《か》け始めた。先ほどまでの規則的な動きを忘れたようにぐるぐるとのたくって、あたりを飛び回る。と思うと、一匹がこちらに先端を向けた。獲物を襲う蛇そのままの動きで突っ込んでくる。

ジェンカは素早く舵を倒してよけた。翼の下を青い胴がざあっと流れていく。リオはわめく。

「こいつら嫌戦性じゃなかったのか？」

「嫌戦性っていうのは、向こうから襲ってこないっていう意味よ。仲間がやられれば当然反撃してくるわ。トリンピアの雑魚たちもみんなそうよ、弱いから目立たなかっただけ。

ほら、次！」

ジェンカの両肘がリオの脇腹を突く。急上昇だ。ついで右横転、背面降下。そのたびに左右を敵が流れる。

「こ、このやろう……」

リオは撃てない。ジェンカの動きはわかるが、敵の動きが激しすぎて読めない。ジェンカの低い笑い声が耳を打つ。

「これが本当の狩りよ。今までのは止まっている的を撃っていたようなもの。わかった？」

「わかった、わかったからなんとか敵を真上に持ってきてくれ！」

「無理ね」

しらっと言われてリオは言葉を失う。

「忘れたの？　このシップはキアナ型よ。こんなに近づく前に狙撃して倒すのが本領。格闘戦になったら勝ち目はないわ」

「じゃあどうするんだよ！」

「決まってるでしょ」

ひらりと避《よ》けて機首を狭い雲間に向け、ジェンカは叫んだ。

「さよならよ！」

シップは一目散に逃げ出した。その後を四匹のリグリングがうねりながら追う。後席のリオは必死になって実弾を撃ちまくる。

「こいつめ、食らえ、落ちろっ！」

生きているリグリングは死体とはわけが違う。弾丸はむなしく空に消えるばかりだ。単発の後方銃では連射しても高が知れている。リオは泣かんばかりに叫ぶ。

「ジェンカ、なんとかしてくれよ！」

「海面まで降りれば逃げられるだろうけど、ここらの低層は雨降るしねえ。濡れるなあ、参ったなあ……」

ぶつくさ言ったものの、命には代えられない。仕方なくジェンカは機首を下げようとした。

その目に、雲から飛び出した赤い点が映った。

「あ……まさか！」

「なんだよ！」

「頭下げて顔かばって！」

どちらもせずにリオは身を起こして前方を見た。正面から赤いシップが接近してきた。その両翼からパッと猛烈な白煙が噴き出した。

「こら！」

ジェンカの手の甲に額を打たれて尻もちをつく。見上げた頭上を、輝く炎の玉が火の粉をまき散らして通り過ぎた。リオの顔にもパチパチと熱いものが当たる。

構わず振り返ると、十数個の炎の玉が広がりながらリグリングたちに降りそそいだ。

そして爆発した。

四匹の浮獣が一瞬で吹き飛ばされ、落ちていくさまを、リオは呆然と見下ろした。


「まったくもう、顔をかばえって言ったのに……」

「うるせーな、火傷《やけど》するって言ってくれればよかったんだよ。いつつつ、なんだこれ！」

「ほら動かない。ただの酒精よ、これしかないの」

パイロットハウスのラウンジで、リオは顔を消毒してもらっていた。細かな火の粉で顔一面に火傷を負ってしまったのだ。

「ゴーグルしててよかったわ。目までやられたら洒落《しやれ》にならなかった。とはいえ……」

酒精を塗り終わったジェンカが、ぷっと吹き出す。

「パンダ状態」

「なんだよパンダって、いや言うな、どうせろくでもない芸人の名前かなんかだろ！」

「童話に出てくる動物の名前よ。可愛いわよ」

顔を背けて笑いをこらえていると、そばに誰かが立った。

「おや、顔を上げていたんですか。カティル型の攻撃方法をご存じなかったんですね」

瘦身長髪の男だった。リオは椅子を倒して立ち上がる。

「フォビアス！　てめえがやったんだな？」

「そうですよ。苦境に陥っているように見えたので。お礼はけっこうです」

「礼だとぉ？」

同じ横槍を入れてきた相手でも、以前のグライドとはずいぶん態度が違った。丁寧な口調とは裏腹に、嘲笑うような笑みを浮かべている。リオはにらみつける。

「兄貴のフォロンだな」

「覚えていてもらえましたか」

「ああ覚えてる。おれは気に入らねー野郎の名前は忘れないことにしてるんだ」

「なぜ？」

「気絶させてから仲間に教えてやるためさ！」

言うが早いかリオは殴りかかった。その拳がフォロンの顔面に当たる直前、リオは前のめりにひっくり返った。

「うわっ、何しやがる！」

「やめなさいってば。若いっていやね」

足を引っかけてリオを転ばせたジェンカが、座ったままフォロンを見上げた。

「責めはしないけど、礼も言わないわ。あなた、どういうつもり？」

「どうもこうも、言った通りですよ。狩りの帰りに苦労しているあなたたちを偶然見つけたから、助けただけです。ちょっと無遠慮だったかもしれませんけどね」

「そんなことを聞いてるんじゃないわ」

ジェンカは目を細めて見透かすような視線を向ける。

「カティル型の本場は北のツェンデル島。火炎弾の強力な攻撃力で硬くて強い浮獣を倒すのが本領でしょう。オルベッキアの軟《やわ》らかい獲物には向いていないはず。なぜ来たの？」

「もう指摘されてしまいましたか。ここの他のショーカは驚くだけでしたよ」

「コンテス型の中にいたときから考えてたわ。だから今日も探していた」

「さすがはジェンカ」

フォロンは皮肉の表情を消して、楽しげな笑みを浮かべる。立ち上がったリオが突っかかる。

「おい、こっち向けよ！　おれの話がすんでねえぞ！」

「お塗りなさい、よく効きます。火傷は私たちも日常茶飯事なので」

「あ……うん」

リオの鼻先に軟膏の瓶が突き出された。機先を制されて思わず受け取ってしまう。にっこり笑うと、座って、とフォロンは言った。

椅子に掛けると、フォロンは問いかけた。

「カティル型はなぜ、軟らかい獲物には不向きなのでしょう？」

「割が合わない」

ジェンカが即答する。

「火炎弾は強力だけど重い。一度に積めるのはせいぜい二十発。機銃弾なら三百はいけるけど。その二十発の火炎弾で狩れる獲物は十四以下だわ。軟らかくて弱い獲物をその程度狩っても、シップの維持費をカバーできない」

「しかし、嫌戦性の雑魚は群れを作りますから、腕次第で一網打尽にできますよ。先ほどのように」

「できても一緒よ。出費に見合うほどじゃないでしょ」

「倍の火炎弾を積むことができたら？」

ジェンカは口をつぐんだが、すぐに、重くて無理だわと言った。

フォロンは首を振る。

「できるんです。後席を乗せなければね」

「そりゃ……そうすればできるでしょうけど、標識はどうするのよ」

「火炎弾に標識を混ぜておきます。爆発して獲物にからみつく。威力は変わりません」

「無理があるわ」

「そうですか？　しかし私は実践しました」

フォロンの隣によく似た姿の男が立った。弟のフォグだった。

「お帰りなさい、兄さん。首尾はどうでした？」

「上々だよ。五十発の火炎弾で仕留めたのが、ウェイビー十四、デュルン八匹、それにこちらのお二人のおすそ分けで、リグリング四匹」

「見事ですね。ずっとコンテス型の中で寝ていたのが申し訳ないぐらいだ。整備は任せてください」

「本当に一人で出ていたの……」

驚くジェンカの隣で、リオが指を折って計算している。

「十二万に、十六万に、七万二千だろ。三十五万二千デル！　ジェンカ、すごいぜ」

「黙って。フォロン、フォグ。私はそのやり方が気に入らないわ。なぜなら、楽をして稼ごうという考えがあからさまだから。どうしてそこまでして雑魚の狩りに励むの？」

「歴史にはお詳しいですか」

「歴史？　絵本程度しか。第一、誰も教えてくれないし」

ジェンカは眉をひそめる。フォロンはこめかみに指を当てて叩く。

「北東のサンブリニク島にね、昔の書物が残っているんですよ。歴史を学ぶと、私たちの暮らしがいびつなことがわかります。七つの島を残して世界が重素の海に沈んだ災厄、『大洪雲』の前には、人は様々な方法で暮らしのための品物を得ていました。農業、漁業、林業、牧畜業。それらに共通することはなんだと思います？」

「全部『業』がつく」

口走ったリオの脇腹に肘を当てて、なんなの、とジェンカは尋ねる。

「楽な方法だったということですよ」

「……もったいつけて言うようなことじゃないわね」

「とんでもない、これは重要なことです。人は昔、危険のない賢い方法で豊かな産物を得ていた。ところが今ではほとんどの産業が廃れています。狭い島では農業や牧畜業などできませんからね。かろうじて鉱工業が残っている程度で、それも化石資源などないために、ビブリウムという少量の動力源に頼るしかない。そして、現在の主要な産業であるショーカの狩りは、危険極まりないものです。……衰退したんですよ、人類は。情けないと思いませんか」

「仕方ないでしょ。重素を全部汲み上げるわけにはいかないし」

「汲んでも捨てる場所もないし」

リオがうなずき、ジェンカにつつかれる。

フォロンが両手を広げた。

「だから私は、カティル型の新しい使い方を広めようと決めたんですよ」

「そのためにオルベッキアに来た？」

「ええ、ここは獲物の豊富な楽園ですからね。危険もなく獲物を一網打尽にして稼ぐことができるとわかれば、皆がやるようになるでしょう。一か八かの危険な狩りのために、恐ろしいアンギ礁やグンツァート礁に出向く必要もなくなる」

フォロンは幸福そうな笑みを浮かべた。

「私は、狩りを漁にするんです」

「お説承《うけたまわ》ったわ。好きにすれば、と答えておく」

ジェンカは膝のほこりを払い落とすように手を振った。

「手始めに私たちを巻き込もうなんて考えは、捨ててちょうだい」

「おや、見抜かれていましたか」

「でなくてどうして、ぼろシップと駆け出しを抱えた私に長々と説明するのよ。ほら、行った行った」

「おい、ジェンカ」

リオには構わず、ジェンカは冷たい目を二人に向けた。さほど落胆した様子でもなくフォロンは立ち上がる。

「残念です。あなたが賛同してくだされればいい宣伝になったのに。ま、そのうちまた話すことになるでしょうけどね」

そう言って見下ろす目には、再び冷笑の光が宿っていた。

二人が去ると、リオがジェンカの肩を押した。

「なあ、せっかく大もうけできるチャンスを逃がしちまったんじゃないか」

「君、さっきの威勢はどうしたのよ」

「あー、ええと、それはそれだよ。今でもちゃんと気に入らないけど、やり方だけ真似して付き合いは断っちまえばいいじゃないか」

「ちゃんと気に入らないって、変だけど納得いく言い方ね……でも私はやらないわよ」

「どうして。獲物を狩り尽くしちまうからか？」

「それはありえないわよ、浮獣は無尽蔵に湧いて出るんだから。ショーカの狩りには、増えすぎて島までやって来そうな浮獣を減らすって意味もあるのよ」

「じゃ、なんで」

「そうね……」

ジェンカは視線を動かす。その先には、ラウンジの他のショーカに話しかけている兄弟の姿がある。

「彼ら、礁《リーフ》に入ったことがないわね」

「なんでわかるんだ？」

「一度でも礁で狩ったショーカなら、あんなこと思うわけがないからよ。私はある。だからやらない」

「……よくわかんねえ」

「そのうちわかるわ。さ、夕食にしましょ。今日は一匹当てたからおごるわよ」

ジェンカはそう言ってウインクした。


オルベッキアでの狩りは、期待したほど大きな稼ぎを二人にもたらさなかった。リオの上達が、獲物の強大化に追いつかなかったためである。オルベッキアの獲物はトリンピアの雑魚とは比べ物にならないほど素早く、狡猾《こうかつ》で、獰猛《どうもう》だった。シップの非力をカバーするジェンカの巧みな操縦があったため、落とされることはなかったが、標識弾の命中率は常に五割を切った。稼ぎは採算が取れるぎりぎりの線だった。借金を返すには及ばず、まして新しい装備の金を貯めるどころではなかった。

ある日の夕食後、考え込んでいたジェンカが突然手を叩いて、わかったわ、と言った。

「君は銃の訓練を受けたことがないのよね。だから当たらないのよ」

「なんだよ、今さら。わかってやらせてたんじゃないのか？」

「最初に撃てたから、ほっときゃうまくなるだろうと思ってた」

「あのな、泳げない人間でも桶に顔突っ込むぐらいはできるんだよ。だからっていきなり池に放り込まれたら助かるか？　あんたって、とことん物を教えるのが下手だな」

「……ええ下手よ。悪かったわね。そういうことだから、明日から町に行って射的場で練習してきなさい。ショーカだって言えば実弾を撃たせてくれるわ」

翌日リオは射的場に行き、ショーカなのに銃の部品の名前を一つも言えず、指導員に大笑いされた。

ふて腐れはしたものの、射撃そのものは愉快だった。銃はエンジンにも使われるビブリウム粉の膨張力を利用したもので、指一本の動きで五十ヤード離れた的を粉々にした。分解組み立てから始まって、構え方、撃ち方、後始末まで教わる。これらすべてが狩りの成否に直結している。すでに実感しているから身が入った。

薬品で強化された甲材の銃身を磨きながら、ふと思いついて、いつも持ち歩いているスリングを隣に置いた。銃と同じ機能の道具だ。だが威力は格段に違う。感心する。

「最初はスリングだったんだろうな。でも浮獣相手じゃ弱すぎるからな。これを思いついたやつは凄えぜ……」

「銃は浮獣狩りのために作られた道具ではないよ」

後ろで見守っていた初老の指導員が言った。リオは振り向く。

「じゃあなんのために？」

「戦争だ。人を殺すために作られたんだ」

「人を？　ケンカの道具だったのか」

「ケンカと戦争は違う。戦争は国家の名のもとに行われる殺戮だ。昔はよく起こった」

「国家……?」

「今は国家も戦争もない。なぜだろうな。喜ぶべきことだとは思うが、疑問は残るね」

リオが初めて知る言葉だった。それは消化不良の食べ物のように、リオの心の片隅に居座った。

練習の成果は早々にジェンカへの文句となって表れた。リオたちの銃の整備は、いつも整備師《パッチワーカー》かジェンカがやっていたのだが、ある日の狩りの前に自分でやると申し出たリオは、ジェンカの性格のもう一つの面に気づくことになった。

「うわ……あんた、適当にやってたんだなあ」

「何が?」

「ボルトは引っかかるし引き金の重さはでたらめだし、旋回輪はスカスカで固定できやしないし……おれ、今までこんなので撃ってたのか」

「中心軸は合ってるでしょ、弾は当たるわよ! 後は全部腕でなんとかできる!」

そう言い捨ててジェンカは操縦席に乗り込む。リオは改めてシップを見回す。どうやらジェンカは、手を抜けるところは抜きまくっているようだ。そういえば以前、縫製用の腱材なども使っていた。きっと他にも、リオにはわからないが、いい加減に手入れされているところがあるに違いない。

あきれた。以後リオは、ひまを見つけて整備の技術も身につけるようになった。

狩りに出る。薄い天幕のような層雲を何枚も貫いて、青空へ昇る。朝が来るたびに繰り返される狩りの始まりは、純粋な昂揚感と期待をリオに与えてくれた。

今日はどんな浮獣に出会うのだろう。どちらから現れるのだろう。たやすく撃ち落とせるかもしれない。反撃を食らうかもしれない。すでにいくつも傷があった。ジェンカに振り回されてこしらえた打ち身やこぶもあれば、ウェイビーの刃のように細い羽毛、飛散したデュルンの鋭い葉でつけられた、切り傷、刺し傷もある。決して安全ではない。だが理不尽な危険もなかった。それはいつも、ミスの結果としてやってきた。

知識と経験を駆使すれば、対処法が思い浮かんだ。ジャケットを脱がず腕に布を巻いておこう、破片を防ぐために。三種の弾丸を一発ずつ肘の横のリブに挟んでおこう、弾薬箱は少し遠いから。

今の自分にできる限りの準備を整えていると、ジェンカの鋭い叫びが耳を打つ。

「二時方向、ウェイビー六匹！」

接敵。世界が左右に回り、骨がきしむ。大きな鳥を思わせる幅二ヤードの白い翼が、周りを舞い狂う。疾駆するシップの三十ヤード隣に、一匹が大きくはばたいて並走する。尖った頭部の真円の瞳に感情は見つからないが、まぎれもない殺意がひしひしと感じられる。

息を震わせてリオは指を突きつける。

「やる気だな？　負けねえぞ」

ジェンカが加速をかけ、そいつを引き離す。上昇反転、落下して正対接近。カチッと機銃の引き金の音。

湧き起こる炸裂音の中、意識の円錐を空に向けて構えるリオの前に、くるくると錐《きり》もみする翼が現れる。短く息を吐いて指を。

腕を押し戻す衝撃の向こうで、はたかれた洗濯物のようにウェイビーの翼が震え、きれいな滑空姿勢になってゆるやかに落ちていった。

真っ白な心地よさが脊髄を駆け上り、股間が硬くなった。歓喜に目を閉じてぐいっと肘で背後を押すと、やはり肘で突き返される。そうか同じだ、と撃墜したジェンカの喜びを感じ取る。機銃のほうが楽しいだろうな、と少し羨望も。

六匹のうち一匹を取り逃がし、標識したのは三匹だった。元は取れない。だが帰りのシップの席で、リオは心地よい疲労感に浸っていた。

射的場での練習の後、発着場に戻る前に夕方の町をぶらつくことが、リオの最近の日課になっていた。

白い石畳の通りに商店が連なり、道ばたに大きな傘を差しかけた露店が並び、その間を大勢の人々が肩をぶつけながら流れている。どの店も山盛りの食べ物や衣服を置いていて、物売りの声がかしましい。トリンピア以上の活気だった。

コップに満たした青い果汁――リグリングゆかりの飲み物だろう――を買って、ストローですすりながら歩いていると、露店のテーブルで赤毛の男がロンデ酒を口にしていた。リオは通り過ぎようとしたが、思い直して近づいた。

「隣、いいか？」

「どうぞ」

フォロンは薄笑いを浮かべてうなずいた。

腰掛けたリオは、さてどうやって切り出そうか、と考えた。

フォビアス兄弟の新戦法は、オルベッキアのショーカたちにかなり広まっていた。それを実行したものは口を揃えていいやり方だと誉めたたえた。火炎弾筒は、後席を空にして軽くするだけで、どの機種にも取りつけられる。撃ち方のコツさえ呑み込めば面白いように浮獣を落とすことができた。後席などいらないと放言して仲間割れしてしまったショーカまで出た。

だが、比較的経験の浅いショーカたちが以前に倍する稼ぎを得るようになったのに、経験を積んだショーカたちは騒ぎを無視していた。ジェンカもその一人だ。

リオはそれが歯がゆかった。自分を降ろしてまで火炎弾筒を使われては困る。だが、別の方法で機体を軽くして火炎弾を積むなら歓迎だ。たとえば機銃の弾丸を減らすとか。

もうけたもうけたと騒いでいる他の連中をうらやんで、リオはジェンカに提案したのだが、けんもほろろに断られた。なぜだかさっぱりわからない。年寄りじみた用心としか思えなかった。

フォロンにもう一度説得してもらう。いや、してもらうというのは業腹《ごうはら》だから、フォロンを言いくるめてジェンカの気を変えさせる。うんそれがいい、と思ってリオは隣に座ったのだった。

言葉を選んでいると、向こうから声をかけてきた。

「やりたくなったようですね」

「……まあな」

「無理もない。あなたたちはここへ来てからろくに獲物を落としていませんからね」

「なんで知ってるんだよ」

「浮獣市場に行けば誰でもわかりますよ」

フォロンはこともなげに言って、リオに目を向けた。

「さしずめ、あなたが乗り気になっているのにジェンカは尻込みしている、なんとか説得してほしい、という話でしょう」

「ほしいなんて頼んだりしねえよ。おれはただ、あんたがもう一度ジェンカと話したいなら、渡りをつけてやってもいいと思っただけだ」

「ふふ、ならそういうことにしましょう。しかし、私が言ったところで彼女は聞かないでしょうね。さりとてあなたが言っても新入りのわがままだから聞くわけがない」

「いっちいち腹の立つ言い方しやがるなあ」

「真理とはしばしば気に障るものです」

澄まして言うと、フォロンは身を乗り出した。

「いい方法があります。あなた、一度私のシップに乗りなさい」

「ぶっ……はあ？」

リオは飲み物を吹き出し、フォロンを見つめた。

「なんでおれが？　大体、後席乗せたら意味ねーだろ」

「カティル型の狩りを体感してほしいんですよ。一度やれば深く納得できるでしょう。キアナ型との違いもわかると思います。それを武器に、あなたがジェンカを説得するんですね」

「……わかんねえな、それってあんたの狩りが一回短くなるってことだろ。なんの得があるんだ」

「私個人の得を求めるなら、そもそも人に広めたりしませんよ。言ったでしょう、私は狩りそのものを変えたいのだと」

フォロンは両手を広げ、その片方を差し出した。

「さあ、あなたも新しいショーカに」

「明日、格納庫でいいよな！」

手は握らずリオは立ち上がって足早に歩き出した。小声で自分に言い聞かせる。

「裏切りじゃないからな。二人とももうかるんだから……」


翌朝、赤いシップのもとに現れたリオは、大げさな歓迎の言葉を口にするフォビアス兄弟を無視して、後席に乗り込んだ。肩をすくめたフォロンが前席に収まる。

「ジェンカはなんと？」

「話してねえよ。ちょっと寝違えたから休むって言ってきた。格納庫が別でよかったぜ」

「ふふふ、それなら早いところ出たほうがいいですね」

フォロンは手早く許可を取ると、発着路に乗り出した。イーリャのコンテス型が、今回は狩りに出るらしく発航待機していて、その後がリオたちの番だった。走るシップからリオは自分たちの格納庫のほうを見たが、黒いキアナ型はまだ動いていないようだった。

朝焼けの中を飛び上がる。今朝は一段と雲が多く、風が巻いていた。

高度をとっても、機体は揺れた。ごとごとと絶え間ないゆさぶりがリオを左右の枠にぶつける。体を安定させるには、いつものように足をつっぱって背中を押しつけるしかない。

試しにやってみると、フォロンの骨ばった背中が当たった。あまり気持ちのいいものではなかった。それを見透かしたようにフォロンが言う。

「楽にしていいですよ」

「男同士だとぞっとしねーな」

「働かなくていいと言っているんです。標識の必要はありませんからね」

リオの前にあるはずの後方銃は、架台ごと取り外されていた。軽くするためだろう。わかってはいたが、リオは物足りなさを覚えた。

フォロンがぼそりと言った。

「ジェンカの背中は居心地いいですか？」

「……やっぱりあんたは気に入らねえよ」

リオは吐き捨て、ベルトを外した。振り返って前方を向き、見物でよかったとつぶやいた。

オルベッキア潟《ラグーン》の空気は、早朝でも生ぬるかった。たっぷりと水分を含んだ重い雲が、あちらでもこちらでも成長している。フォロンがわずらわしげに言った。

「見通しが悪い、三カイリもききませんね。これでは索敵が難しい。早期決戦にしたほうがいいな」

獲物を見つけたのは、三十分ほど飛んだころだった。リオとフォロンがほぼ同時に、右舷の低い位置を漂っている一群を見つけた。

「いたぞ」

「ふむ、デュルンですね。十五匹か。……風上を取りましょう。横風だと弾が散る」

フォロンは雲の一つを回り込み、ぴたりと群れの後方上空につけた。群れを見つける早さといい、操舵《そうだ》の正確さといい、性格は別として腕は悪くないようだった。

シップの前方で、高さ八ヤードのずん胴の筒が、ノミのような跳躍運動を悠然と繰り返していた。トリンピアで最後に倒したスピンカップをそのまま大きくしたような姿で、動きも似ていた。

くくく、と喉に何かが詰まったような声をフォロンが発した。笑い声だった。

「さあ、リオ。しっかり見ていてくださいよ！」

叫びとともに、フォロンが席の両舷のレバーを引いた。

ガアアッ！　と岩をこすり合わせたような騒音が上がり、両翼下の火炎弾筒が凄まじい煙を後方に吐き出した。前に飛び出した二十発の火炎弾が火の粉をまき散らして方形に広がっていく。全弾斉射だ。

「うまい、正確だ！　これは殲滅できる！」

自画自賛の叫びをあげて、フォロンが片手を振り回す。

群れを包み込むように広がった火炎弾が、次々に爆発した。どどどっ！　と頬を叩くような爆音が湧き上がり、爆風がシップを下から突き上げた。

重なったいくつもの煙が薄れていくと、デュルンは一つ残らず姿を消していた。フォロンが手を打ち鳴らす。

「やった、やった！　見ましたかリオ、これです、この爽快感！　回収の喜びにも勝ると は思いませんか！」

「……ひでーな」

「なんですって？」

「今のは、言ってみりゃケンカ相手の寝込みを襲ったようなもんだろう。なんていうか……すっきりしねえ」

「それは感じ方が逆ですよ。浮獣はケンカ相手などではないんです。獲物です。私たちに食われるべきものに遠慮する必要などありません」

「確かに、どうせ食っちまうんだから、ごめんもへちまもないけどさ」

リオはゴーグルを上げて、煙の塊から目を逸らした。

「それにしたって、なんかこう……あれ、なんだ」

見上げた左舷の空に、何かが浮いていた。細い胴と直角に交わる二組の翼。色は黒に近い焦げ茶色。

機首を下げ、こちらに向かって降りてくる。翼の下のフォロンからは見えない角度だ。

リオは目を細めて見つめる。

「上からシップだ。四枚羽根と細い胴体……コンテス型に似てるな。ちょっと小さいけど」

「四枚羽根の小型シップ？」

いきなりフォロンが操縦桿を倒した。機体が傾き、リオは振り落とされそうになる。あわてて席についてベルトを締める。

「何しやがんだ、振り落とすほど気に入らなかったのか？」

「フェイキーです！」

「なに？」

もう一度見上げて、リオはぞっとした。青空を背に勢いよく落下してくるそいつには——プロペラがない！

しゃあぁん！　とそいつが鳴いた。鳴く浮獣がいるということをリオは初めて知った。鳴いて敵意をあらわにするような浮獣がいることを。

ぐわっと視界いっぱいに広がったそいつが、横に開いた顎を見せつけて左翼の端をかすめた。嫌な音とともに翼端灯が砕け散る。

「逃げますよ、ベルトを！」

「もう締めた！」

叫ぶ声が震えた。その浮獣のことを思い出したのだ。フェイキー。大きさ、輪郭ともにシップに酷似した昆虫型浮獣。遭遇頻度はデュルンの二百分の一。動きもシップに近い。

一四二十万デルという高値の相場が撃墜の難しさを表している。

そして、好戦性。

そいつは間違いなく、こちらを獲物と認めて襲いかかってきたのだ。

フォロンが舵も折れよとばかりに操縦桿を引き回して、シップを蛇行させる。しゃあっ！　しゃあっ！　と咆哮しながらフェイキーが飛びかかってくる。リオはめまぐるしく首を振って動きを追う。どう見ても向こうのほうが舵が利く。四枚の翼を交互にはばたかせて、固定翼のシップには不可能な旋回をするのだ。

左右に揺り動かされて、伝声管にわめく。

「おい、なに遊んでるんだ！　まっすぐ飛べ、振り払え！」

「直線では勝てないんですよ！」

「勝てないって、舵の利きでも負けてるぞ！」

「そういうものです、カティル型のシップとしての長所は、搭載量だけなんです！」

「おい……それじゃ勝ち目がないっていうのか？」

しゃあっ！　とフェイキーが尾翼に噛みついた。フォロンがとっさに舵を下げる。尻が持ち上がってフェイキーの顎を避けた。目の前でガチリと閉じたギザギザの岩戸のような顎に、リオは震え上がる。

無意識に胸の前の空間に手を泳がせる。ない。頼るべき武器がない。

フォロンが無線機にわめく。

「在空全機、こちら六六六番フォロン！　南八五〇東八一〇空域にてフェイキーの攻撃を受けています！　残弾なし、救援請う！　救援請う！」

「だから言わないことじゃない！」

即座に応答が返ってきた。リオは耳を疑った。

「ジェンカ？」

「六六六番へ、八九九九番のジェンカが急行する！　フォロン、エメリオルは乗ってる？」

「の、乗っています」

「傷一つでもつけたらぶん殴ってやるわよ。意地でももたせなさい！」

「で、できる限りは！」

「なんでジェンカが……」

フォロンが死に物狂いでシップを振り回す。リオは後席にも装置があることを思い出して、無線機をつかんだ。

「ジェンカ、来てくれるのか？」

「教えに行ってあげるわ。わかったでしょ、後方の備えを捨てたシップなんて、いざとなったら役に立たないのよ。後ろから狙う賢いフェイキーが相手ならなおさらね！」

「教えるだって？　そんなことなら、最初に言ってくれたらよかったじゃねーか！」

「言っても聞かなかったでしょ、君は。一度体験させようと思ったのよ、フォロンと同じように」

「……全部知ってるのかよ」

「フォロン、聞いてるわね！」

シップは雲の断崖の間に入る。追いすがるフェイキーの咆哮の中で、ジェンカの声が響く。

「賭けてもいいけど、あなた礁《リーフ》に行ったことがないでしょう？」

「ありませんよ、あんな恐ろしいところ！」

「やっぱりね。生き延びたら行ってみるがいいわ。礁の浮獣はすべて好戦性。後席を捨てようだなんて考えは叩き潰されてしまうから」

「知識としては知っていますよ！　しかし、潟で好戦性の浮獣に出会う可能性は極めて小さなものです。ここならば私の考えは正しい――」

「まだ言ってるの？　教えてあげるわ、私が言いたいのは後ろにも備えろなんて細かいことじゃない。浮獣は、私たち人間と対等な捕食者だということよ！」

「捕食者……そうか、生態系の変化か！」

フォロンが夢から覚めたようにつぶやく。

『大洪雲』以前とは、生態系が変わってしまっているのですね。もはや人間は最上位捕食者ではなく、その隣には異形の巨大なヒエラルキーがそびえている。そうだ……私はそれを考えに入れていなかった……！」

「なかなか冷静な分析じゃない。助けなくても大丈夫かしら？」

「ジ、ジェンカ！　冗談だろ？」

「……そう思う？」

くすりと笑い声が聞こえるとともに、リオの眼前の雲の壁を突き破って、黒いシップが飛び出した。今まさに噛みつこうとしていたフェイキーの真後ろだ。反射的にリオは叫ぶ。

「フォロン、取り舵ッ！」

ゆらりと右翼が持ち上がると同時に、ジェンカ機が発砲した。フェイキーの右後翼に立て続けに穴が開き、リオのわずか三ヤード左をきらめく曳光弾《えいこうだん》が駆け抜けた。

しゃあぁぁ、と唸りを残して、フェイキーが下方に沈んでいく。ジェンカ機が近づき、隣に並んだ。

フォロンが深い息をつく。

「助かりました……このまま護衛を頼んでよろしいですか。もちろんお礼は」

「礼はありがたくもらうけど、このままじゃちょっとまずいわね。やつはまだ死んでいない。雲に隠れて必ずついてくるわ。そして攻撃した私を後ろから狙うはず。なのにこっちは後席がいなくて、そっちは丸腰……」

「じゃあ、相変わらずおれたちは勝ち目なしってことか？」

「君に空中曲芸をやる勇気があればいいんだけど。こっちに飛び移れる？」

「それこそ冗談だよな？」

「今度はわりと本気」

「勘弁してくれよ！　命綱なんかないんだろ？」

「うーん、何かいい方法は……」

その時、無線機に少女の甲高い声が飛び込んできた。

「六六六番、無事ですかー？　こちらイーリャのコンテス型、貴機の南二カイリで狩りをしてます。援護が必要なら規定料金で向かいますよー」

「……ギルドのシップにしちゃあ、気が利いてるじゃない」

ジェンカの次のひと言に、リオは頭を抱えた。

「イーリャ、こちら六六六番と八九九九番！　援護はいいからちょっとだけ手を貸して。一名移乗、ただし十分間だけ！」

「はーい、お帰りなさい」

半泣きのリオが後席に転がり込んでくると、ジェンカは曳航フックを外してコンテス型の右翼から離れた。左翼からはフォロンが離れていく。

「十五分もかかったじゃない、割り増しで請求されるわ。まああいつを落とせば、そんなの問題じゃないけど」

ジェンカは不機嫌そうにぶつぶつ言う。リオは準備を整えながら尋ねる。

「二十万だろ。かなりおいしいな」

「何言ってるの、あいつの焦げついたグルムパンみたいな色を見たでしょ？　あれは脱皮直前の色よ。希少体なのよ！」

「希少体……じゃあ六十万！」

「それは売ったときの話。誰が売るもんですか、そんな値段がつくのは皮が最高に硬くなってるからなのよ。煮ても焼いても食べられないけど、シップの素材にはぴったりなの！　仲買通さずに強化部品が手に入るわ！」

勢い込んでジェンカは言うが、不機嫌そうなのは相変わらずである。リオはおそるおそる尋ねる。

「なあ、なに怒ってるんだ」

「なにですって？　どの口よそんなこと言うのは。この口か、この口か！」

「うわ揺らすな、吐く、吐く！」

「……言いなさいよ」

揺れが収まる。少し咳き込むようなジェンカの声。

「寝違えたなんて嘘つかないでよ。察しはついたけど、もしかしたら乗り換えたのかもって思ったじゃない」

「あ……あれは……」

言葉に詰まってから、リオは大きすぎる声で言い返す。

「それなら引き留めればいいだろ！」

「行くなって言ってるんじゃないわよ、話せば行かせたって言ってるの！」

「だったら別に引き留める気はないんだな？」

「君こそ残る気はあるの？」

叫ぶ二人に、しゃあぁぁっ！　と咆哮が襲いかかった。下からだ。ジェンカがペダルと操縦桿に全力をかける。

真下の雲から飛び出したフェイキーが、横転したシップの腹をかすめた。

リオは足に力をこめて背中を押しつける。ジェンカがしっかりとそれを支える。

そして二人で軽く笑った。

「……やれる？　君が主役よ」

「かかって来いだ。火炎弾よりこっちのほうがずっと性に合う」

「え」

「いい答えね！」

ジェンカはスロットルを全開に。リオは標識弾を指に挟み、徹甲弾を込めた銃を構える。
天からなだれ落ちてくる浮獣めがけて、続けざまに二発撃った。

第五章　狩人たちの挑む王国

曳航フックを外して右旋回を行うと、ツェンデルの町が見えた。

トリンピアから北に九百カイリ、多島界北限の島である。町は峻険な山地の南側にある。上空から見下ろすと、寄り添った家々のともしびが、曇天の薄闇の中で星雲のように息づいていた。

「やっと着いたわ。エメリオル、見てる？」

ジェンカはゴーグルをかけたまま町を見下ろした。しばらく待っても返事がない。振り向いた。

「エメリオル？」

「みみみみ見てるるるってのの」

リオはがちがちと歯を鳴らして震えていた。ゴーグルは額で、まつげが歯ブラシのように白く凍っている。

ツェンデルは極寒の地方なのだった。

ジェンカは呆れる。

「コンテスト型の中でさんざん言ったじゃない、キアナ型は暖房がないって。重ね着してこないからよ。ゴーグルも下げたら？　そのうち目玉まで凍るわよ」

「くく曇っちまってなんにもも」

「油、塗らなかったのね……馬鹿」

丸まってなさいと言い渡して、ジェンカは前を向いた。ぼんやりとかすんだツェンデル発着場が近づいてくる。と、目の前を小さな白いものがかすめた。またたく間にそれが周囲の空間を埋め尽くす。

低層は吹雪《ふぶ》いていた。マフラーに顎をうずめてジェンカはつぶやく。

「フォビアスが北方用のエンジンを譲ってくれてよかったわ。前のだったらシリンダーがガチガチになってたわね……」

ギシリと舵がきしむ。翼を見ると、すでに前縁に氷がついていた。じきに翼断面が変わって揚力がなくなるだろう。それともエルロンが固定されて横転するのが先か。

「一発着航ってことね。腕が鳴る」

無線機を手にして発着場を呼び出した。

「ツェンデル対空、こちら八九九九番ジェンカ。三連弓のキアナ型にて着航許可を請う。

翼面凍結、再進入は不可」

「八九九九番、ちょっと待ってくださいねー」

「待てですって？」

ジェンカは眉をひそめる。再進入不可宣言をしたシップには最優先で許可が下りるはずだ。もっとも、ここの発着場ではそんなシップは珍しくないだろうが。

なにやらばたばたと騒ぐ音の後で、またタワーが言った。

「お待たせしました。八九九九番、着航を許可しますー」

「もたついてほしくないわね、こっちは命かかってるんだから」

「ちょっと立て込んでましてー。進路二九〇で入ってください。風はなし、気温零下六度、発着路高度百九十五ですー」

ジェンカは指示された進路に入った。降り続く雪のせいで重素海面も地面もまるで見えない。かすれがちに明滅する、発着路の輪郭を表す四角形の灯火と、進入角指示の赤白灯だけが頼りだ。それを考案したどこかの誰かに、ジェンカは心から感謝した。

進路も角度も一致した。発着路が近づいてくる。普段はこの段階でスロットルを絞る。そのほうが手慣れたやり方とされている。だがジェンカは動力進入を選んだ。見栄を張ってエンジンを切って、氷の重さで接地直前にふらついたりしたら元も子もない。

発着路に入ると同時にスロットルを絞った。左右の車輪をきれいに揃《そろ》えて降ろす。まだらに雪の積もった土の上を走りながら、ほっとしてタワーを呼んだ。

「八九九九、着航したわ」

「了解ー、チャンネル九五〇でツェンデル地上と交信どうぞー」

「九五〇っと……ツェンデル地上、八九九九番ジェンカ、三連弓のキアナ型よ。穴倉はどっち？」

「八九九九、左に入って二番路から四番庫にどうぞ。ぶつけないでくださいねー」

「……ぶつけるなって、そんなに下手に見えたのかなあ？」

ジェンカは首を傾げつつシップを発着路から出した。

格納庫に入ると、妙な注意のわけがわかった。混んでいる。通常十機程度しか入らない建物の中に、十二機が詰め込まれていた。端の隙間に無理やりシップを押し込んだ。

後席を覗くと、リオが口を開くこともできずに震えていた。苦笑して頬を叩く。

「ほら、着いたわよ。お酒でも飲んで温まろ」

整備師《パッチワーカー》にシップを預けて、パイロットハウスに向かう。分厚く雪の積もったハウスの中は強烈な暖房がかけられていた。ラウンジに入ると、またジェンカはつぶやいた。

「……なんなの、このにぎやかさは」

ラウンジは人であふれかえっていた。百人を超える男女がグラス片手に騒いでいる。掲示板の前は貼ってあるものが見えないほどの人だかりだ。ジェンカは以前ここに来たことがあるが、そのときはせいぜい三、四十人がたむろっている程度だった。

カウンターでロンデ酒をもらったが、辺りを見回しても座る場所がない。立ち飲みでうろうろしていると、だしぬけに肩を引っぱられた。

「いよう、ジェンカじゃないか！　やっぱり来たな！」

「ウォーゼン？」

そこにいたのは、ひげ面のウォーゼンだった。片手には例のごとく満杯のグラス、もう片腕は似たり寄ったりの大男の肩に回している。

「なんであなたがここにいるのよ」

「遠征に決まってるだろうが。トリンピアでレッソーラに聞かなかったのか？」

「南航区には寄ってないのよ。オルベッキアから北航区経由の直行便があったから乗ってきたの」

「おう、それは長旅だったな。まあ座れ、飲め！」

そこらの酔っ払いから椅子を引っこ抜いて、ウォーゼンは差し出した。一脚しかない。

仕方なくジェンカとリオは背中合わせに腰掛けた。

ウォーゼンはリオのグラスにどぼどぼと酒を注いで、赤い顔を突きつけた。

「小僧、ちょっとはジェンカのケツを守れるようになったか？　ううん？」

「なったよ、寄るなよ暑苦しい」

「うははは、威勢がいいな。そうだ、こいつは初めてだろう。紹介するぞ、おれの後席のドネルだ」

「ドネル・ドルムンクだ。よろしくな」

もう一人の禿頭《とくとう》の巨漢がリオの肩を叩く。二人合わせて五百ポンドはあろうかという重量級のコンビである。リオは顔を逸らしてつぶやく。

「なんつー組み合わせだよ、暖房いらねーんじゃないの」

「なにしろ撃たれてなんぼのバトラ乗りだからね。骨の二、三本折れても感じないぐらいの肉体派じゃないと務まらないわ」

「ヘイルが鼻であしらわれるわけだぜ……」

リオはトリンピアで出会った駆け出しのことを思い出す。ジェンカはウォーゼンに注ぎ返して尋ねる。

「で、これはなんの騒ぎなの？」

「なんだ、知らずに来たのか」

ウォーゼンはあきれたように言うと、壁の暦《こよみ》を指差した。

「今は氷月の第二週だ。なんの時期かわかるか？」

「……もしかして、二つ名？」

「そうだ！　ハイウェン礁のストレイフが出るんだよ！」

「それでかぁ」

「多島界中からショーカが集まってる。トリンピア南のハーボーやハラルファ島のメルケンデンなんて有名どころも御降臨だ」

「グライドは？」

「そいつは見ねえな。まだトリンピアの南北をうろついてるんじゃねえか？」

「そう……」

ジェンカはグラスを置く。すかさずウォーゼンが注ぐ。

「もちろんおれたちだって負けやしねえ。おまえ、悪いときに来たな！」

ジェンカは無言で二杯目に口をつける。背を伸ばしてリオから体を離している。その雰囲気に覚えがあった。気分を変えさせようと肩越しに話しかける。

「ジェンカ、二つ名ってなんだ」

「……ああ、まだ君には教えてなかったか」

我に返ったように再びリオにもたれかかると、ジェンカは言った。

「強い浮獣は賢いわ。ショーカの攻撃から生き延びると、その経験を生かしてさらに強くなる。強いと負けない、負けないから強くなる、それを繰り返すとどうなる？」

「どうなるって……」

リオは答えられない。ジェンカがぼそりと言う。

「誰も倒せなくなってしまうのよ」

「誰も？　腕利きでもか？」

「腕利きでも何型でも一機では歯が立たない。オルベッキアのフェイキーなんか目じゃない。来るショーカ来るショーカを片っぱしから叩き落として、やがて固有の二つ名を与えられ、恐れられるようになる。その一体が、ハイウェン礁に住むレイジィの『ストレイフ』よ」

「そんなことが起こるなら、狩り場がそいつらだらけにならないか？」

「一機では歯が立たない、って言ったでしょ」

ジェンカは掲示板の前の一団に目をやる。

「ほら、あの人たち。共闘相手を探しているのよ。敵が強いときは、こちらも群れ《パック》を作って対抗する。パックを組めば単機よりも何倍も有利になるわ。そういう慣わしがあるから、たいていの浮獣は強くなる前に狩られてしまう。二つ名がつくのは、生き延びる浮獣が本当に少ないからよ。全世界でも五体といないんじゃないかな」

「なるほどな」

うなずいたリオは、ぎょっとした。

「……待てよ、ということは、そいつらは全世界でも五本の指に入る強さだってことか？」

「その通り。言わば浮獣たちの撃墜王ってところね」

ジェンカはうつむきがちに笑う。リオは顔を押さえる。

「そりゃとんでもねー強さだな。浮獣って世界中に何万匹もいるんだろ」

「何百万匹、でしょうね。一万のショーカが入れ替わり立ち替わり狩りまくっても減らないんだもの。ストレイフは確かにその中でも抜きん出て強い。初めてショーカが落とされたのが三年前——つまり、三年狙われてまだ生きているんだから」

「三年も！」

リオは仰天し、ジェンカはうなずく。

「その間に彼は知恵を身につけたわ。姿を現さないことが生き延びる最良の手段だという知恵を。それでも捕食のために最低限の活動は行わなければいけない。だから、最も安全な時期にだけ出てくる。寒さでショーカの活動が鈍るころ、今この時期にね」

「それならその時期だけ狩りを控えれば安全なんじゃねえの？」

不思議そうにリオが言うと、ジェンカが肘で小突いた。

「ここまで話して、見当がつかない？」

「何が」

「オルベッキアで楽に暮らしていたのは弱いショーカばっかりだったでしょ。強いショーカはそんな暮らしは望まないのよ」

「……あえて危険に身をさらすのがショーカの性《さが》ってことか」

「二つ名を狩れば最高の名誉になるわ。ギルドから懸賞金も出るしね」

「懸賞金！」

リオは目の色を変えた。

「それを早く言えよ、おれたちも狩ろうぜ！」

「そうねえ、胴をフェイキーの部材に替えたからまたちょっと強くなったし、半分売ってお金もできたから、あと防氷装備をつけて新しい機銃も買える、と……」

掲示板の連中に目をやる。

「……大きなパックのお尻にくっついて行くぐらいなら、できるかな」

「なに、金ができた？」

隣のテーブルで飲み比べをしていたウォーゼンが、耳ざとく聞きつけて振り向いた。しまった、とジェンカが口を塞いだが、後の祭りだった。

ウォーゼンは満面の笑みを浮かべて大きな手のひらを突き出す。

「プロペラ代。残り二十八万八千だったたな」

「……ちぇ、わかったわよ」

ジェンカはふくれっ面で財布を取り出した。

ウォーゼンが飲み比べに戻ると、二人は情けない顔で薄くなった財布を見つめた。

「ぺらっぺらになっちまったなあ……」

「機銃は無理ね。防氷装備のほうが優先。二つ名はあきらめて雑魚を狩りましょ」

ジェンカが立ち上がる。

「さあ、体も温まったから狩り場登録に行くわよ」

ラウンジを出てギルドの事務室に向かった。受付にいたのはまたしても小柄な金髪の少女だった。書類を書くジェンカの隣で、リオがカウンターに身を乗り出す。

「あんた、ソーリャとイーリャの親戚？」

「その二人とは仲良しですよー。私ポーリャって言います♪」

あどけない顔に笑みを浮かべる。いや仲の良さはどうでもいいから、とリオが言おうとすると、隣から誰かが元気よく書類を出した。

「五二五二番、リンキー・リンチェットです！　登録よろしく！」

リオと同じぐらいの背丈の娘だった。明るい紅茶色の髪を二本の三つ編みにして背に垂らし、鼻の頭には薄くそばかすが浮いている。ポーリャほどではないにしてもまだ若い。しかし、ショーカのシップジャケットとパンツには、それなりに使い込んだ艶《つや》が光っていた。

リオに目をやって、あわてて書類を引っ込める。

「あっ、すみません。割り込んじゃいました？」

「いや、いいけど」

「そうですか？　それじゃお願いしますっ」

いちいち張り切った口調である。ジェンカやレッソーラの態度を見慣れたリオには、駆け出しだな、と見当がつく。いや、五千番台ということはまるっきりの新米でもないのか。

ポーリャが受け取った書類を調べている間、リンキーはこちらを見て、はっと何かに気づいたような顔をした。何度も視線を送ってくる。美少女とはいえないが、表情が明るくて快活そうな娘だ。リオはまんざらでもない。話しかけてみた。

「おれ、リオっていうんだ。トリンピアから来た。あんたもよそから？」

「あっ、私もともとここの人間です。でもハラルファでクリューザ型を手に入れてきたの。クリューザ型はあっちが本場ですよね。で、自分でもうまくなったと思ったから、故郷に戻ってきたんです」

「へえ、そうか。おれたちはキアナ型だよ」

「キアナ型……キアナ型に乗ってる黒髪の女の人ってことは、やっぱり……」

女の人？　とリンキーの視線を確かめてリオはがっかりした。自分ではなく、自分の後ろで書類を書いているジェンカをリンキーは見ていたのだった。

リンキーがおずおずとジェンカに話しかける。

「あの……失礼ですけど、あなたは」

「ちょっと待って、えーと新しいエンジンの出力っていくつだっけ……」

「はいっ、お邪魔してすみません！」

直立不動の姿勢になる。しかしとび色の瞳を熱っぽく輝かせて、じっとジェンカを見つめている。リオは妙な気持ちになる。

そのとき、リンキーの後ろに立っていた男が言った。

「リン、そんな輩《やから》にむやみと話しかけるものじゃない」

「そんな輩って、失礼なこと言わないで、父さん！」

リンキーが言い返す。リオもむっとしたが、リンキーの手前、まだ言い返したりはしない。ひとまず男を観察した。

寒冷なツェンデルでは必須の、膝まであるフード付きの外套《がいとう》をまとい、胸元を高価なクロムのバックルで留めている。雪の結晶を模した六角形のそのバックルには、リドリス・リンチェットと名が彫ってあった。人に名前を見せて回るような身分といったら一つしかない。ツェンデル自治府の議員だ。

リドリスは困ったような顔でリンキーを見下ろした。

「父さんはおまえがショーカになることを許したじゃないか。だからおまえも約束を守ってくれ。必要以上に野蛮な彼らに関わらないと」

「野蛮じゃないわ。必要だからこういう暮らしをしているのよ」

「必要というよりは趣味でやってる連中だよ。おまえだって、ショーカにならなくても暮らしていけるのに」

「父さんはわかってないわよ！」

野蛮という言葉がリオの気持ちを逆撫でしたが、まだなんとか我慢した。

「うるさいわね」

我関せずとばかりに茎ペンを走らせていたジェンカが顔を上げた。リンキーと目が合う。

すかさずリンキーが言った。

「あのっ、あなたはまさかじ、じぇっ、じぇんっ」

「大丈夫？　何か喉に詰まった？」

「惚れられたみたいだぜ、ジェンカ」

「ジェンカ！」

ひと声叫ぶと、リンキーは主人を見つけた子犬のようにジェンカの片手に飛びついた。

「わわ私リンキーっていいます、あなたに憧れてショーカになりました！」

「はあ？」

ジェンカは身を引こうとするが、リンキーが手を握り締めて離さない。

「九九番のジェンカですよね？　活躍、お聞きしてますっ！　相棒のレッソーラと一緒に女二人でキアナ型を駆って、大の男でも尻込みするアリフ礁やグンツァート礁に乗り込んで、手のつけられない飽和群をばったばたと……」

そこまでまくし立ててから、リオに目を向けた。

「……あれ、レッソーラは？」

「レッソーラは整備師になってトリンピアに残ってるし、私はもう二桁番号じゃないわよ」

「そうなんですか？　じゃ今は」

「八九九九番。この子が九〇〇〇で後席」

「八九九九……そんなぁ、私より下なんですか!?」

頭の上に岩を落とされたようにリンキーはよろめいた。後ろのリドリスが抱きとめる。

「番号が下がったということは撃墜されたんだね。リン、わかったかい。翔窩《ショーカ》ってのはそういう危険な職業なんだよ。まっとうな人間のやることじゃない」

さすがに三度も無礼なことを言われては、リオも我慢できなかった。腕まくりして進み出る。

「あのなあ、おっさん。おれたちをいったいなんだと――うげっ」

「エメリオル」

ジェンカが首根っこを引き戻した。書類をポーリャに投げ渡して、さっさと事務室を出る。リオは文句を言う。

「何すんだよ、あんたも腹が立っただろう？」

「いちいち殴りかかってたらやってられないわよ。ショーカはどこでもああいう扱いなんだから。ただの雑音だと思いなさい」

「そんなこと言ったって……」

「内情を知ってる分、あの人はまだまし。町の人間は知りもせずに敬遠するだけだからね。お化けか怪物みたいに」

「知ってて文句言うなんて恩知らずもいいところじゃねーか！　誰のおかげで町暮らしができるか思い知らせてやろうぜ！」

「若いってほんとにしょうがないわね……うらやましいわ」

言ってから、唇に指を当てる。

「あのリンキーって子も若かったわね」

「あ、それそれ。あの子はいいやつだな。かばってくれた。おまけにあんたのことをすごく尊敬してた」

リオは怒りを収めてジェンカを見上げる。

「そういえば、フォビアスたちもあんたのことは一応誉めてた。あんたってけっこうたいした女なんだな」

「うー……そういうの、やめて」

「何が？」

「照れくさいじゃない……」

顔を赤らめて横を向く。リオは笑いが込み上げてきた。

「弱点発見だ。よっ、女だてらに凄腕ショーカ。ホーワなんとかをばったばた！」

「やめてってば！」

リオの頭を音高く叩いて、ジェンカはにらみつけた。

「遊んでるひまはないわよ、直営店に行って防氷装備を買って、取りつけて整備してご飯食べて。それから空象回復までぐっすり寝るの！　どこへ行くか、わかってるんでしょ？」

「どこへ……ああ、うん、もちろん」

「ほんとに？」

ジェンカは意地の悪い笑みを浮かべて、リオの顔を覗き込む。

「礁《リーフ》よ。噂はもう十分聞いたでしょ？」

「わかってるよ！」

リオはごくりとつばを飲み込む。ジェンカが今度は、優しく頭を撫でた。

「期待してるわよ、フェイキーを落とした腕利きのエメリオル」

「……くっそ、なんて可愛くねえ女だ」

先ほどまでの勢いはどこへやらで、リオはこっそりつぶやいた。

礁《リーフ》。浮獣の巣窟、人の手の届かぬ異界。

オルベッキアで見事に希少体のフェイキーを落としたジェンカたちは、次なる狩り場としてそこを選んだ。もう行ける、とリオが熱心に主張したからだ。ジェンカは数日考えて、フェイキーの甲材で強化されたシップを試し乗りし、そこでの狩りが可能だという結論を出した。リオの腕はともかく、シップの性能は確実に上がっている。手も足も出ないということはないだろうと思ったのだ。

アルタウス多島界には五つの礁がある。東のアンギ礁、北のハイウェン礁、南のアリフ礁、トリンピア島に近いガズン礁、そしてはるか西のグンツァート礁である。この中からジェンカはハイウェン礁を選んだ。獲物の強さがちょうどいいからであり、また、フォビアス兄弟の勧めを受けたからである。

危ういところをジェンカに救われたフォロン・フォビアスは、謝礼として金の代わりに自機のエンジンの提供を申し出た。新品を買って不要になったからだが、中古でもジェンカ機のエンジンよりは強力だった。ジェンカは喜んで受け取った。

フォロンたちはツェンデル島の出身である。彼から譲られたエンジンも北方対応のものだった。それを渡すとき、フォロンは言った。

「内密の話ですが、これからの時期、ツェンデルでは狩りの獲物が高騰します。ぜひ行かれるとよろしいでしょう」

「なぜ？」

「ツェンデルは寒いところで、そこに住む人々は暖を取るために浮獣の燃液を必要としています。ところが、ここ二、三年は、冬場の収穫が減っているんです。去年までは表面化しませんでしたが、今年はどうなるか」

「なるほどね。ありがとう」

こうしてジェンカたちは、はるばる二千カイリを渡ってツェンデルへやって来たのだった。


翌日は薄曇りの日だった。シップが飛ぶ三倍もの高度を灰色の高層雲が一面に覆い、白く力ない太陽が透けて見えた。

しかし降雪はなく、風、気温ともに穏やかで、タワーは発航制限を解除した。二つ名狙いのシップが先を争って出発していった。

ジェンカたちは急ぐ必要はない。むしろ、二つ名狙いの集団に巻き込まれては雑魚狩りなどできないから、遅れていったほうがいい。だからジェンカはゆっくりと朝食をとって格納庫に向かったのだが、どういうわけかいつも朝寝坊のリオが先に来ていた。

「おはよう。どうしたの、早いじゃない」

「寒くて目が覚めちまったんだよ」

重ね着でジャケットを膨らませたリオがぼやいた。感心なことに自発的に舵面周りの点検を進めている。エンジンはまだ彼の手に余る。

「起きたら手ぬぐいが凍ってたぞ。朝方に暖房切るなんて、ギルドは何考えてるんだ」

「私の部屋も寒かったわ。ポーリャに聞いたけど、どうも燃液が手に入らないらしいの」

「しっかりしてほしいぜ。風邪引いたら即文無しになっちまうんだから」

ジェンカはエンジンの点検に取りかかった。シリンダーヘッドにあるビブリウムの点検窓を神経質に覗く。さっさと後席に上がったリオが言う。

「心配すんな、新品に替えてもらったよ」

「それでもよ。これから行くのは潟《ラグーン》じゃない。礁は島から離れてる。ビブリウムが消耗したら滑空しても戻ってこられないわ」

「落ちても気嚢船《バージ》に助けてもらえるんだろ?」

「乗り手はね。シップは沈んでしまうわ」

「……そりゃ大変だ」

続いて昨夜取りつけた防氷装備の点検。プロペラと舵の電熱線の発熱を確かめる。

「発熱、よし。エンジンも耐寒性だからよしと……あとは人間ががんばるだけね。行くわ!」

発航許可を取り、二人は出発した。進路を西に取る。

高度二千フィート、速度九十ノットで巡航に入ると、ジェンカが言った。

「礁まで一時間半はかかるわ。その間に無線の練習をしておきましょう。まだ教えてなかったわよね」

「オルベッキアではあんたを呼べたぞ」

「それは共通周波。これからはパックを組むこともあるんだから、チャンネル操作も身につけなきゃ。いい？　シップの無線機は振幅変調方式で、共通周波が八〇〇。これは常に聴取していなければならない。ダイヤル操作で副周波数を変えられて、他の主なチャンネルは……」

かなり専門的な説明が続き、リオは太ももにくくりつけたニーボードに覚え書きをしつつ、頭に入れようとした。その結果わかったのは、無線機の原理は手に負えない――壊れても直せない――が、使い方はなんとか理解できるということだった。

「ふーん、周り全部と話せるチャンネルと、パック専用のチャンネルと、一対一のチャンネルがあるのな。簡単じゃないか」

呑み込んだつもりになっていると、ジェンカに頭を叩かれた。顔を上げると、右舷を別のシップが並走していた。翼が薄く、尾部が短く、支柱も脚もほっそりしている。そして後席がない。色は黄色、エンブレムはくちばしの長い小鳥で、見るからに軽快そうな印象がある。

操縦者が片腕を上げてなにやら指を動かしている。数字のようだった。ジェンカが言う。

「チャンネル指定よ」

「なんの？」

「対機無線に決まってるじゃない。いい練習になるわ、受けて」

リオは席の左側の無線機のダイヤルを回した。途端に、熱気のこもった声がスピーカーから飛び出した。

「おはようございます、リンキーです！　ジェンカ、お供していいですか？」

「あの子だ。しまった、無視すればよかった……」

「共通周波じゃなくてよかったじゃないか」

「いじめないでよ、もう。……勝手にしろって言っといて」

「あいよ。リンキー、歓迎するよ」

「かっ、歓迎って……光栄ですっ！」

リオは含み笑いする。ジェンカはがっくりと頭を下げる。

やけっぱち気味に顔を上げた。

「見物人がついたからには、みっともない真似はできないわよ。エメリオル、ハイウェン礁の浮獣は勉強してきた？」

「任せろよ、ここにいるのはプチフェザーその他の汎《はん》分布種と、固有種のボンブ、ロンデ、レイジィ」

「板についてきたわね、その特徴は？」

「どれも硬くてごつい。比較的低空にいる。好戦性。主に甲材になるが、多量の燃液を含む」

丸暗記してきた浮獣識別表の文句を口にしていたリオは、言いよどんだ。

「なあ、ここへ来てからよく聞くけど、燃液ってなんだ？」

「燃液は燃液よ。とてもよく燃える液体。暖房に使われるけど、火炎弾の材料にもなるわ」

「あれか！」

「燃液はここの特産だから、カティル型もここに多い。カティル型はここの浮獣を倒すのに向いている。まあどこでもそうなんだけど、浮獣の分布によって地方ごとの特徴が出るわ。覚えておきなさい」

「面倒くせーな」

「でなきゃ稼げないわよ」

軽く言い渡すと、ジェンカは前方に目を凝らした。一段低い声でつぶやく。

「さてと……着いたわよ」

「礁か！」

リオが身を乗り出し、寒風に顔をかばってから、前方を見透かした。

「あれが……」

それは最初、切り立った崖に囲まれた島のように見えた。

近づくにつれ、島などとは高さからして違うことがわかってきた。下方は重素の海にかすみ、上方はシップよりも高い。その頂《いただき》は千ヤード、つまり三千フィートもの高みに達している。崖と見えたのも立ち並ぶ無数の板の側面だった。いや、板ではない。絶えずゆらゆらとうごめく長大な葉だ。葉と葉の間に隙間はあるが、その奥は暗く深い闇に続いている。

リオは呆然とつぶやいた。

「……森じゃねえか」

「その通り、重素海の浅瀬に密生したケルプの森が、礁よ。もし潟が手入れされないまま放置されたら、同じようになってしまうでしょうね」

「これ、見通しが全然利かないじゃねえか！」

悲鳴のようにリオは言う。

「この中に好戦性の浮獣がわんさかいるんだろ？　後ろから来られたら一発でやられるって！　いや、絶対後ろから来る！」

「だから君が上達するまで来られなかったんだってば。さんざん言ったでしょ？　やっぱり帰る?」

「……」

リオはしばらく黙り込んでから、唸るように、やってやると言った。ジェンカは微笑む。

「意気込まないで冷静に。射撃よりも警戒に専念して。標識は私が予告したときだけ入れてくれればいいわ。それでも十分なほど獲物は多い」

「危険も多い、わけだな……」

リオは座席に着き、寒さに震える手で支度をした。

やがてシップは、最初のケルプのそばを通り抜けた。リンキー機も忠実についてくる。

そびえ立つケルプに、リオは圧倒された。シップに乗り始めてかなり経つが、いったん空に上がればぶつかる心配だけはする必要がなかった。それがここでは、雲突くような巨大な障害物が周りを囲んでいる。窒息しそうな閉塞感が身を包む。

ざあっ、と翼をかすめるケルプの幹。人の胴ほどもある灰白色の茎と葉脈が残像となって流れる。徒歩の四十倍に達するシップの速度をまざまざと感じさせられる。ぶつかればひとたまりもないだろう。

下はどうなっているのか。機外に顔を出して見下ろすと、ケルプはほぼ海面近くまで同じ幅を保っていた。下からくぐり抜けるというわけにもいかないようだ。

たゆたう重素の合間に、細長い島のようなものが見えた。浅瀬の一部だろう。

べっとりと汗ばんだ手を、ジャケットにこすりつけた。

「ぶつけるなよ……」

「いたわ。二時」

ジェンカのささやきでそちらを見た。

絶えず流れ去るケルプの向こうに、ゆるやかに水平回転する、七枚羽根のプロペラのようなものが見えた。植物性の浮獣、ロンデだ。かなり近い。一カイリ半もない。

ジェンカが鋭く指示を出す。

「エメリオル、標識弾に戻してそれに専念して。リンキー、聞いてる？」

「はい」

「二時にロンデ四。共闘よろしく。こちらのほうが射程が長い。初弾のあと一撃離脱でかかるから、的役お願い。標識は引き受ける。収穫は折半。よろしい？」

「私が敵を引きつけるんですね。了解！　お手並み拝見します」

「期待しないで」

そっけなく言うと、ジェンカは敵を見定めた。

スロットル全開、獲物に向かう。ケルプの陰に隠れて近づくコースをとる。位置を予測して直前で飛び出すと、見事に正面につかまえた。笑みを浮かべて引き金を引く。

目測で三百ヤードはあったが、ほぼ初弾から命中した。差し渡し二十ヤードの青い花弁の、中央に火花が散る。しかし硬かった。撃ちながら百ヤードまで詰めたが、獲物は挙動を変えない。

通過直前に、ぱっとピンク色の燃液が噴き出した。ようやく外殻を貫いた。叫ぶ。

「標識は翼に当てて！　体は硬すぎる！」

「わかった！」

ドン！　と後方銃の響き。

「命中、やったぜ三万五千デル！」

「いいわ、もう一度標識弾を込めて！」

「リンキーが狙われたぞ！」

機体を倒してジェンカも目をやる。ロンデは回転を速め、宙を転がるようにしてリンキーに近づいている。リオが焦った声で叫ぶ。

「あいつに的役なんかやらせていいのか？　後席がないぞ！」

「すぐわかるわよ、どうしてクリューザ型に後席がないのか」

言われてリンキー機を目で追ったリオは、やがて感嘆の声を漏らした。

「すげえ……」

クリューザ型は呆れるほど素早かった。近づくロンデの風圧に動かされたように、ひらりひらりと身をかわす。横転を呼吸と同じほど軽々とこなしている。かと思うと矢のように上昇、頂点で逆落としになって撃ちながら落下、前方のロンデを仕留めるとともに後方のロンデにも注意を向ける。尾翼に触れるか触れないかのところで、何かにつかまったように一瞬で減速、跳ね上がってやり過ごし、後ろを取ってまた撃った。

たちどころに二匹を落とした。リオは歓声を上げる。

「あんなシップがあるのか！　ジェンカよりすげえ！」

「キアナ型の三分の二の重さ、それがクリューザ型の武器よ。格闘戦なら最強の機種だわ。標識弾を当てるために二度接敵しなきゃいけないって欠点はあるけど——それは、今は君の仕事」

「寄せてくれ、当ててやる！」

生き残りの一匹に機首を向けながら、ジェンカは落ちていくロンデの軌跡を測った。両者を結ぶ曲線を頭の中で組み立てて巧みにシップを乗せる。攻撃と標識、次いで追尾と標識、どちらも成功した。二匹撃墜。

最後に一匹の死体が残った。くるくる回りながら落ちていく。それもジェンカは急降下で追った。

異変が起こった。常時聞こえている共通周波からリンキーのせっぱ詰まった声。

「緊急事態！　こちら五二五二番リンキー、エンジン停止！　位置は北九一五西二八四、機種はクリューザ型、同乗者なし、原因不明！」

「エンジン停止？」

ジェンカは上空を見回してリンキーを探したが、そのとき、力強く進んでいた自機がすうっと勢いを失うのを感じた。エンジンが急に爆音を低め、停止してしまう。

「な、なんなのよ、こんなときに……」

さすがに驚いてうめいたが、即座に対処を開始する。機首を低くして速度を維持。吸気口加熱器確認。スロットルを半開に。計器盤のシリンダーヘッド窓を覗いてビブリウムの色を確認。電装通電確認。冷却器温度確認。

すべて異常なし。プロペラは風を受けて回転しているから、すぐにもエンジンは再始動するはずだ。だが、スロットルに手ごたえはない。

再始動失敗だった。やむをえずリンキーと同じように無線に告げる。

「緊急事態。こちら八九九九番ジェンカ、エンジン停止。位置は五二五二番と同じ、機種はキアナ型、同乗者一名、原因不明！」

「エンジン停止？　どうするんだよ！」

「どうもできないわ。降りるしかない」

駆動力をなくしたプロペラは逆に抵抗になってしまう。シップは徐々に速度を失っていく。ジェンカは仕方なく機首を大きく下げる。リンキー機が上空から近づき、心細そうに声をかけてきた。

「どうしたらいいんでしょう。とりあえず滑空して不時着場所を？」

「礁にそんな場所はないわ。むしろ高度を下げて。飛んでいる間は浮獣に襲われる」

「は、はい！」

「ちょっと待った、二人とも十時方向に旋回してくれ！」

リオの叫びに、ジェンカは苛立たしく言い返した。

「こんなときに獲物だなんて言うんじゃないでしょうね。逆に狩られるわよ？」

「島だ、島があるんだ！」

「え……？」

ジェンカは我が耳を疑った。

リオの指差す方向を見ると、確かに島があった。いや、「洲」と言うべきか。細長い、五百ヤードもない陸地が、まるで舞台照明のような円《まる》い光を浴びて、白い重素から顔を出していた。

リオが得意げに言う。

「さっき上を通り過ぎたの、覚えてたんだ」

「偉いわエメリオル、あとでお小遣いよ！」

ジェンカはリオの背中をこづいて、機首をそちらに向けた。

近づくにつれ、その島には赤黒い泥のようなものがまだらに溜まっているのがわかった。

泥ならいいが、泥のように見える岩だったら車輪が引っかかって転覆だ。賭けるしかない。

万一のときの誘爆を避けるために弾薬を捨てて、ジェンカは島を見定めた。

「うまくいってよ……」

慎重に降下して、ぎりぎりまで泥を見つめた。軟らかそうに見える——よし、避《よ》けなくてもいい。

シップは接地した。砂と泥をはね散らして走り、つんのめりもせずに見事に停止した。すかさず後ろのリンキーに教える。

「地面は大丈夫！　こっちを避けられる？」

「いけます！」

リンキー機もふわりと接地した。さすが軽いクリューザ型だけあって、ジェンカ機よりも手前で停止した。

「やったわね！」

三人で親指を立て合った。

ひと息つくと、地面に降りて辺りを調べた。泥のように見えたのは枯れて崩れ落ちたケルプだった。腐食した繊維の中から若芽が顔を出している。見上げると、はるか上空の天蓋にぽっかりと穴が開き、真昼近くの陽光が差し込んでいた。

ケルプの世代交代にあたって一時的に生まれた空き地を、たまたま見つけることができたのだ。

「幸運……いや、あの子のおかげか」

自分はあきらめていたが、リオは思い込みがなかったせいで、最後の瞬間にこの島を見つけることができた。掛け値なしのお手柄だった。

ただ、今そのことを誉めてもぬか喜びになるかもしれない。胸にしまって、ジェンカはシップに戻った。

リンキーがエンジンを調べていて、報告した。

「氷です。吸気口が氷で塞がれてます」

「吸気口に氷？　加熱装置があるはずだけど」

「加熱装置のところは溶けてますけど、加熱管の通ってない部分の氷が成長して、蓋になっちゃったんです」

「そんなことが起こるの。北の寒さを甘く見ていたわね」

調べると、二機とも同じ原因だった。ジェンカ機はオルベッキアから、リンキー機はハラルファから来ている。そのための対策不備だった。

工具で氷を壊そうと試みた。しかし吸気口の氷は空気の吸入圧で緻密《ちみつ》に押し固められていて、つついた程度では欠片《かけら》も削れなかった。無理に叩くとエンジンのほうが壊れてしまう。加熱できればいいのだが、シップの熱源はシリンダーの中のビブリウムだ。それは大気中に取り出すとスロットルを全開したのと同じ状態になり、手がつけられなくなる。

燃やす物もない。服など燃やせば、たとえ飛び上がれても帰り道で凍え死んでしまう。

二人はさじを投げて座り込んだ。

「せっかくシップが無事でも、飛び上がれないんじゃねえ……」

「近くの気嚢船《バージ》を呼びましょうか」

「来てもシップは載せられないわよ。道具を借りるにしても高くつく。飢え死にするまではがんばりたいわ」

「どうしたものでしょうねえ……」

ぼんやりと辺りの景色を眺める。礁の底は静かだった。ケルプの立ち並ぶ薄暗い闇をひらひらと浮獣が飛んでいくが、こちらには近づいてこない。浮獣は空にいるものしか襲わないのだ。

遠くの海面に天からのはしごのような光の帯が突き刺さっている。ジェンカは振り出し望遠鏡《スウィングスコープ》を取り出して覗いた。そこにも島があった。よく見れば、ここと同じような、ケルプの枯れた島が、あちらこちらにあるのだった。ここもひょっとしたら、リオが目星をつけていた島ではないのかもしれない。ジェンカは苦笑した。

島をうろついていたリオが、いつの間にかそばに来て言った。

「なあ、浮獣ってどうして地上のものを襲わないんだ」

「さあね……浮獣のことはよくわかってないわ。浮獣は大洪雲が起こるとともに現れた。だからたぶんその二つの出来事には関係があるんだろうけど、昔の知識は重素の底。島に逃げ延びた人々は、最初はシップでの交易のために、後には資源として浮獣を狩るようになったけど、なにしろ相手は空の上だから、用途別の分類ぐらいしか研究は行われていない。君のような疑問を抱く人は少ないわ。島の人間にとっては無害、それで十分……」

「やつらは人間が憎くないのかな」

「憎い？」

ジェンカは虚を突かれてリオを見上げた。リオは静かに言う。

「仲間をたくさん殺されてるんだから、憎くなってあたりまえだろ」

「浮獣はただの生物よ。種族全体の強さは人間に匹敵するけど、憎しみを持つような知能はないはず。敬意を抱くべきだとは思う。でも同情するいわれはないわね。君の接し方はそれでいいわよ」

「敬意ね。いい言葉だな。フォロンにはそういうのがなかった」

リオはうなずいた。かたわらではリンキーも熱心に聞き入っている。

リオがこういうことを言い出すのは珍しい。ジェンカはからかった。

「いやに真面目じゃない。降りたときに頭でもぶつけた？」

「そんなんじゃねえよ。あっちで面白いもの見つけたから」

「面白いもの？」

「浮獣の死体」

「浮獣の……死体ですって？」

「ああ。普通、動物の死体は別の動物に食われちまうだろう。なんで無事なのかって……」

「連れていって！」

リオの言葉を遮《さえぎ》って、ジェンカが立ち上がった。

三人は島の反対側に向かった。波打ち際に、直径五ヤードほどもある灰色の毛玉が流れ着いていた。プチフェザーの上位種にあたる、ボンブだった。

重素に腰まで踏み込んで用心深く一周する。ねっとりとした霧のような重素は、人の吐く息と同じように不活性で無害に近いが、大量に吸い込むと窒息する。水ほどの浮力もないから泳ぐこともできない。もしボンブが暴れたらその中に叩き込まれてしまう。

幸いボンブは死んでからずいぶん経っているようだった。機銃の弾痕があったが、標識弾は入っていなかった。ジェンカは顔をほころばせた。

「誰かの狩り漏らしね。これは使えるわ」

「どうするんだ、食うのか？」

「まずバラすわよ」

工具箱から厚刃の短刀を取り出して、ジェンカは唇をつり上げた。リオとリンキーが身震いした。

ボンブも強固な浮獣だが、硬い皮質に継ぎ目があることをジェンカは知っていた。針金のような剛毛をかき分けて継ぎ目を探し当て、短刀でこじる。小一時間ほど白い息を吐きつつ作業して、皮質の一カ所に円く切れ目を入れた。三人で毛をつかむ。

「せえのっ！」

べりべりと皮質がはがれ、半液体状のピンク色の肉質が現れた。ジェンカは鋭く言う。

「これが燃液よ。火気厳禁だからね」

「へえ、これが。火を近づけなきゃいいんだな？」

言いながらリオは、感触を確かめようとドライバーを突き刺した。つるりと呑み込まれる。

「お、柔らかい」

面白がってかき出そうとした途端、ジェンカが叫んだ。

「エメリオル、離れて！」

「え？」

ぶわっ、という感じで燃液が弾け、リオは頭からそれをかぶった。悲鳴を上げて飛びすさる。

「うわっ、なんだこれ！」「大丈夫ですか！」

「馬鹿……」

鉄錆《てつさび》のような金属性の臭気が一気に立ち昇った。ジェンカは顔をしかめる。

「浮獣は空気を栄養源の一つにしているのよ？　言い換えれば、体内に空気を入れると激しい反応を起こすのよ。ドライバーなんか突き刺しちゃだめよ」

「早く言えよ！　これ大丈夫か？　体が腐ったりしないか？」

「下手《へた》に触るなってずいぶん前に教わったでしょ！　まったくもう。……ボンブ酒の原料になるぐらいなんだから死にゃしないわよ。臭いけど」

「くそー、べとべとだ……」

「ほら、見てごらん」

ジェンカはボンブの傷の中を指差す。二人がそこを覗き込む。

肉質の中に薄緑の管《くだ》が縦横に走り、どくどくと激しく収縮していた。リンキーが眉《まゆ》をひそめる。

「気持ちわるぅ……」

「ショーカならいつも見ているものなんだけどね」

「え？」

「ビブリウムよ。シップや動車のエンジンピストンを上下させる粉。あれは浮獣の循環器系、主に心臓から採れる物質なのよ。知らなかった？」

「そうなんですか？」

「ショーカなら知っておくべきことよ。いい経験だと思っておきなさい。市場ではこれを水中で取り出して、空気から遮断した状態で小分けにする。使うときには濡れたままシリンダーに入れ、空気を送って活性化する……」

リンキーが瞳をきらきらさせてジェンカを見つめる。

「お詳しいんですね。さすがはジェンカ……」

「のんきに感動してる場合じゃないだろ。で、ジェンカ、これをどうするんだ。持って帰って売るのか」

「持ち帰れるわけないでしょ、こんな小屋みたいな浮獣。ちょっとだけもらうのよ」

ジェンカは燃液をひとすくいかき取って、リオに見せた。

「氷を溶かす方法は？」

「……そうか、これであぶるのか！」

「ご名答」

ジェンカは満足そうにうなずいた。

ツェンデル発着場に帰ると、騒ぎが持ち上がっていた。

ラウンジに入ったジェンカたちは、大勢の男女のもみ合いに出くわした。ショーカが大半だが、外套姿の人間が十人ほどいる。市民たちのようだ。その間をポーリャが困り顔でうろうろしている。

適当な相手をつかまえて尋ねた。

「ちょっと、これはなんの騒ぎ？」

「お、ジェンカ。おまえ緊急出したただろう。無事だったのか」

「なんとか生きて帰ったわよ。で、どうしたの」

「町の連中が、おれたちの燃液を取り上げるって言ってきたんだ」

「なんですって？」

人波をかき分けて前に出ると、来ているのはツェンデル自治府の議員たちだった。先頭はリンキーの父親、リドリスである。相手になっているのはウォーゼンやメルケンデンなどの有力なショーカだ。

リドリスはかなり強い口調で言う。

「なにも燃液を全部持っていくとは言っていません。余分を回収するだけですよ。まだ凍え死んだ者はいませんが、市民の中には自宅の暖房が切れて、隣近所で集まっている者もいるんです」

陽にさらされた甲材のような薄茶色の長髪と、左眼を覆った手縫いの眼帯が印象的な、発着場の旗竿のようにすらりとして背の高い男が、厳しい顔で言い返す。高名な隻眼のクリューザ乗り、メルケンデンだ。

「余分はない。我々が市場から買いつけているのは狩りに必要な燃液だ。第一、すでにこのハウスの暖房を抑えてでも協力している」

「そうですか？　知っているんですよ、あなたたちは二つ名の浮獣を狩りに集まってきたんでしょう。二つ名を狩るには高い攻撃力が必要だ。だからカティル型の火炎弾筒となる燃液をいつもより多く買いつけている。なぜ、あなたたちの功名心のために私たちが犠牲にならなければいけないんですか？」

「燃液はおれたちの狩る浮獣から採れるんだぜ」

「狩ってくださいよ、二つ名など追わずに。弱い浮獣を数多く」

ウォーゼンの言葉にもリドリスは動じない。両腕を広げて熱弁をふるう。

「あなたたちは社会を支える労働者だという自覚が足らないんです。年寄りや子供もあなたたちに頼って生きているんですよ。自分の名誉や稼ぎだけを追うのは勝手だと思いませんか」

他の議員たちもうなずく。ショーカに詳しいリドリスは彼らのまとめ役になっているようだった。

ショーカたちは殺気立った。

「なんだと、てめえ」「ぬくぬくと町で暮らしてるやつらに何がわかるのよ」「それが恩を受ける態度か」「そっちこそ頭を下げやがれ」

議員たちは一歩も引かず、険しい表情でにらむ。なにしろ生活がかかっている。一触即発の雰囲気になる。

「ちょっと、父さん！」

進み出たのはリンキーだった。

「話をするにも、礼儀ってものがあるでしょう。どうしてそんな見下した言い方をするの？」

「リン、下がっていなさい。おまえはまだ世の中を知らないんだ」

「知ってるわよ、町暮らしもショーカの狩りもどっちも。私、さっき狩りに出て礁に不時着したのよ？」

双方がざわついた。それは冥界《めいかい》から生きて戻ったに等しかったからだ。

「ショーカは死と隣り合わせの狩りをしているのよ。ちょっとはありがたいと思う気持ちを——そう、敬意！　敬意を抱いたら？」

「敬意だって？　こんな連中に？」

「そうよ。それは大事なことだわ！」

ちらりと振り返る。ジェンカは憮然と目を逸らし、代わりにリオが我がことのようにうなずく。

「そうだよな、敬意がいるよ。ほら、みんなも抑えて抑えて。殴り合っても解決しないぜ」

「なんだ小僧」

「小僧じゃねえ、おれにはリオっていうきちんとした名前が！」

「やめなさい、止め役があおってどうするのよ」

あっさりと怒り出したリオの首根っこを引き戻して、ジェンカが前に出た。

「リドリス、一つ聞きたいんだけど」

「なんですか」

「燃液の不足は私たちが来てから起こったの？」

リドリスたちは口を閉ざした。ジェンカは肩をすくめる。

「その前からでしょう。ここ数年のことだって聞いてるわ。なにも二つ名狩りのせいで不足しているわけじゃない。問題はハイウェン礁の獲物が減ったことじゃないの？」

「まあ、本質的にはそうでしょうね」

リドリスはしぶしぶ認める。

「だったらそれを解決しなくちゃ。なぜ獲物が減ったのかしら？」

「減ったわけじゃないんだけど」

古参のカティル乗りの女が言う。

「礁で見かける浮獣の数は昔と変わらない。でも動きがよくなってる。三年前は十の獲物を見つけたら九は落とせたもんだけど、最近は七か六ってところだね」

「三年前……ということは、ストレイフが現れたころですね」

リンキーのつぶやきに、ショーカたちが顔を見合わせた。

「そういやあ……」「同じころだな」「うん、やつが出てくる前はもっと楽に狩れた」

「どういうことだ？」

「つまり、ストレイフが浮獣たちを指揮している」

ジェンカの言葉に、ショーカたちはぎょっとした。メルケンデンが慎重に言う。

「浮獣に知能はない。あるのは低級な学習能力だけだ。その結論は短絡的すぎないか」

「指揮という表現はまずかったわね。お手本を見せているっていうのが適当かしら。浮獣たちが組織立って動くことは無理でも、ストレイフの真似をするぐらいならできるんじゃない？」

「むう……それはあり得るな」

ウォーゼンが太い唸り声を漏らした。

「だとしたらことは重大だぞ。このままストレイフをのさばらせておけば、ハイウェン礁中の浮獣が二つ名になっちまう。雑魚狩りどころじゃない」

「待ってください、それは二つ名狩りを正当化する言いわけにしか聞こえません！」

「お父さん、まだそんなこと言ってるの？　ツェンデルの燃液がなくなっちゃうかもしれないのよ？」

「それはまずいが……うぅむ」

リドリスはしばらく考えてから言った。

「ならばこういうのはどうです。ストレイフを狩るために少数精鋭の討伐隊を組んでください。できるだけ早くやつを狩るんです。それが目的を果たすまでは他のショーカの活動は控えていただいて、その分の燃液を――」

「冗談じゃねえ、それじゃ、もうかるのは道楽でツェンデルに来たベテランだけじゃねえか！」「そうだ、雑魚狩りをしているショーカのほうが貯えが少ないんだぞ！」

たちまち非難の嵐が巻き起こる。リドリスは腕組みする。

「まいりましたな……」

そのとき、頭の上で交わされる会話をきょろきょろ追いかけていたポーリャが、ぽんと手を打った。

「よぉし、わかりました！　ギルドがひと肌脱ぎましょー！」

「ひと肌もなにも、最初からあなたたちが仕切りなさいよ、こういうことは」

「私たち、どっちにも義理があるのでー」

ジェンカの指摘をにこやかに受け流すと、ポーリャはショーカたちに向いて言った。

「十機の特別パックを組んでください。ただし懸賞金は半額です。もう半分は居残りの人たちにおすそ分け。抜け駆けしたら懸賞金はなし。これでどうですか？」

「あんたたちの懐はちっとも痛まないじゃない！」

「じゃあ、討伐隊の経費も出しますよー」

「それだって十機分ぐらい高が知れてるわ」

「町の人に出してもらうのがいいかな？」

「……可愛い顔してとことん食えないんだから、あんたたちは」

「誉めてくださって恐縮でーす♪」

ショーカたちは額を寄せて相談を始める。

「待ってるだけで分け前があるのか……」「狩りに出なけりゃ経費もかからんし、ちょっとの辛抱ってことだな」「おれは特別組に入りたいが」「おまえの腕でか？」

「まず私が行こう。金目当てで来たわけではない」

一番に手を挙げたのはメルケンデンだった。一同を見回す。

「十組の精鋭だ、行きたい者ではなくて狩れる者を連れていきたい。私が選んでいいか」

この場で一、二を争う腕の持ち主である。異議を唱える者はいなかったが、質問が出た。

「構わんが、辞退していいのか。懸賞金半額だろう」

「それで尻込みするやつは選ばない」

メルケンデンがにやりと笑い、ショーカたちも笑った。

「いいな。それでは選ぼう。前衛、火力、牽制の三種がバランスよく必要だ。ウォーゼン、ハーボー、ルドリナ……」

名を呼ばれた者はことごとく同意する。いずれも名の通ったショーカたちだった。

九組目にジェンカが呼ばれた。

「カティル型に次ぐ火力担当として、キアナ型のジェンカ」

「後ろはこの子よ？」

「構わない、今回は標識が不要だ。おまえの腕で釣りが来る」

「おれ、おまけかよ……」

リオはふて腐れて床を蹴る。いいじゃないですかとリンキーが慰めた。

メルケンデンがリドリスたちに向き直った。

「さて、我々はここまで妥協した。本来なら全員で行ったほうが捜索も攻撃も楽なのだからな。そこであなた方にも協力してもらいたい。――いや、正確に言うとリドリス、あなたに」

「私に？」

「娘さんをお借りする」

「わ、私ですか!?」

飛び上がったリンキーに、メルケンデンがうなずく。

「ここはカティル型は多いがクリューザ型が足りない。私と組んで牽制をしてくれ」

「は、は、ハラルファの鷲と呼ばれたメルケンデンと私が……」

リンキーは異議がないどころか、感動の面持ちになる。しかしリドリスはそうはいかない。黙然とメルケンデンをにらみつける。

「娘を人質に取る気ですか」

「人質？　とんでもない、ショーカは強制されてなるものではないし、なった以上は危険を恐れないのだ。あなたの娘さんも、この少年も」

メルケンデンがリンキーの肩に手を置き、ウォーゼンがおらよとリオを押した。二人は戸惑ったように顔を見合わせ、頬を赤らめてうなずいた。

リドリスはしばらく無言だったが、やがて肩を落とした。

「くだらない見栄だ。とうてい理解できません」

「社会に理解されざる者がしばしばショーカになる。だが社会に敵対したわけではないのだ。浮獣こそが敵だ。親子の感情はあるだろうが、それは理解してほしい」

「リドリス、リンキーは行きたがっているようだから……な？」

首を横に振るリドリスに声をかけて、議員たちが同意の返事をした。

彼らが引き揚げると、メルケンデンがテーブルの一つを取って、選んだ十組を呼び寄せた。それぞれが席に着いたが、リオは少しためらった。それを見てメルケンデンが言う。

「座りたまえ。ショーカは唯我独尊の集まりだが、力を合わせるべきことも心得ていなければならん。仲間として作戦会議に加わるんだ」

「仲間か……おれを仲間扱いしてくれるのは、おれがあんたたちみたいな、社会のはみ出し者だからか？」

「そうじゃねえ」

椅子にふんぞり返って腕を組んだウォーゼンが、面倒くさそうに言った。

「はみ出し者同士だから？　それじゃゴロツキがつるむのと変わらねえ。おれたちが認めるのはな、浮獣とツラ突き合わせる肝っ玉のある人間だ。おまえにそれがあるなら、おまえは仲間なんだよ」

「……そうか」

いくつもの顔がうなずいた。リオは神妙な面持ちで席に着いた。

成り行きを見ていたポーリャが能天気な声を上げた。

「お話はまとまったみたいですね。じゃ私はこれでー」

「待った」

片手を挙げて立ち去ろうとしたポーリャを、ジェンカが引き戻した。

「追加条件。あんたも来なさい」

「えーっ？　私、二つ名狩りなんかできませんけどー？」

「コンテス型を出すのよ！　全員無傷で帰れるわけがないんだから、礁の外に牽引役を置いておくの！」

「でしたら時間あたり……」

「ギルド持ちに決まってるでしょ！　ただで狩り場の掃除をさせようなんて、そうは問屋がおろさないわよ！」

「ふえーん、会長に怒られますー」

ポーリャは派手に泣き出したが、ショーカたちが寄ってたかって椅子に座らせてしまった。メルケンデンがうなずき、一座を見回した。

「では……考えようか。いかにしてやつを落とすかを」

討伐隊は七日にわたって出動し、七度無為《むい》に帰った。ハイウェン礁は東西四十カイリ、ツェンデル島に匹敵するほどの広さがある。ストレイフを発見できなかったのだ。

八日目に飛び立ったショーカたちは、礁への道すがら話し合った。

「固まっていちゃあ見つからない。十機で手分けしたらどうだ？」

「それは初日に決めただろう。ウォーゼン、おまえのバトラ型は頑丈だから、敵に出くわしても仲間が集まるまで耐えられるが、他のシップはそうはいかない」

「しかしメルケンデン、雲の中から一滴の雨粒を見分けるようなものだぜ。多少の危険は仕方ないと思うが」

「そうだね、この七日ってもの雑魚の浮獣が少ないから、二手か三手に分けてもいいかも」

ウォーゼンに続いてカティル乗りのルドリナが言い、他の者も賛成する。

が、ジェンカが言った。

「雑魚が少ない。それは、いい兆《きざ》しだと思う？」

全員が静まり返る。リオが尋ねる。

「よくないのか？」

「あまり。浮獣っていうのは消えてなくなるようなものじゃないもの」

不吉な口調だった。メルケンデンが言った。

「隊は分けない、このままだ。礁の東と西は調べたから、今日は中央付近を探そう」

礁の上部は、ケルプとそれに寄生する植物群が豊富な日照を受けて天蓋状に増殖している。上空から直接中央部に入ることはできず、一同は礁の南側に回り、そこにポーリャのコンテス型を残して、中へと踏み込んだ。

三機のバトラ型が左右五百ヤードに広がって前衛を務める。二機のキアナ型と三機のカティル型がそれに続き、二機のクリューザ型が後方上空についた。もし後ろから襲われても身軽なクリューザ型ならただちに反撃できる。万全の構えだった。

全速力ならばものの半時間で礁を横断できる。しかし立ち並ぶケルプを避けつつ隊形を維持している討伐隊にそんなことは不可能だ。自然、一歩一歩確かめながら進むような鈍足になる。

それが幸いした。先頭、左翼に位置するウォーゼンが、押し殺した声で言ってきた。

「全機、十時方向に注意。ただし絶対に動きを見せるな。灯火を消せ」

すぐ後方にいたジェンカたちも、そちらに目をやった。流れ過ぎるケルプの向こうに、奇怪なものが見えた。

首をひねってそちらを見ていたリオが、いぶかしげにつぶやく。

「……雲?」

白い光の柱が立っていた。以前不時着した島のような、ケルプが倒れた後の空間があるのだろう。その柱の中に、きらきらと細かな霧のようなものが蠢《うごめ》いていた。

スイングスコープを覗いたジェンカがかすれた声で言う。

「思った通りだわ。よそにいないということは、一カ所に集まっているのよ。——全機、十時方向に飽和群!」

「飽和群……って、リンキーが言ってた？」

「そうよ、数が多すぎて手を出せない群れのことよ！　規模およそ九十！」

ジェンカの報告に、息を呑む音が返ってきた。メルケンデンが言う。

「やるぞ」

「あんた本気？　九十四の飽和群なんてたった十機でやれるもんじゃないわ！」

ルドリナの叫びに、メルケンデンは冷静に言い返す。

「私たちは何をしに来た？　浮獣たちに手本を示しているストレイフを狩りに来たんだろう？　それが行われている現場があるとすれば——まさにあれではないのか」

沈黙が満ちる。だがそれは恐怖によるものではなく、決断を表すものだ。メルケンデンが緊張で張り詰めた声でささやく。

「左回りにまわり込む。飽和群には斥候がいるはずだが無視しろ。カティル型三機、初撃で全弾を撃ち込め。それで何割削れるかの勝負だ。目測で半分以上残った場合は私が撤退の指示を出す。ひと塊になって逃げるぞ。しかしうまくやれたら……」

「おれたちの出番だな」

ウォーゼンが覚悟のこもった声で言う。

「バトラ型三機で撃ちまくって引きつける。クリューザ型とキアナ型、頼んだぞ。カティル型は撃ってすぐ逃げろ、邪魔になる」

「了解」「わかったわ」

承諾の返事が重なった。

銃の用意をするリオに、ジェンカが言った。

「エメリオル、君の役割ができたわ」

「なんだ」

「この機体はいい。私がすべてかわす。だから君はリンキーを守りなさい」

「おれが？」

「そうよ。できる？」

「……ああ」

「がんばって」

リオはごくりと唾を飲み込んで、頭上を飛ぶ黄色のシップを見つめた。

「行くぞ、ついてこい」

ウォーゼンの声で、討伐隊は戦闘態勢に入った。

大きく円を描いて旋回する。バトラ型が間隔を詰め、そのすぐ後ろにカティル型が陣取った。クリューザ型は高度を取る。

ケルプが流れ、やがて視界が開けた。森の中にできた空き地のような空間に、雲と見まがうばかりの浮獣の集団が見えた。

リオのすぐ頭上で鎖を引き回すようなジャーッという音が上がった。ぎょっとして見上げると、一匹のボンブが硬い体毛を激しくこすり合わせて音を発していた。撃とうして思いとどまる。これが斥候だ。群れに危険を知らせているのだ。

前方では、もつれ合った毛玉がほどけるように、浮獣たちがこちらへの流れを作りつつあった。だが、メルケンデンが機先を制した。

「カティル型三機、撃て！」

ごうっと点火の轟音が上がり、六十発を超える火炎弾が凄まじい噴煙を曳《ひ》いて飛び出した。距離は六百ヤード、狙い撃ちなど望むべくもない遠さだったが、的も大きかった。

浮獣の流れの先頭に、連なる火球の壁が出現した。あまりに強烈な火力を受けて、通常なら傷ついて落ちるだけの浮獣たちの外皮が破壊され、燃液に引火して次々に誘爆する。爆風が嵐のように十機のシップを揺さぶる。

しかし、火球が煙の塊へと姿を変えると、それを突き破って後続の浮獣たちが突進してきた。やや上空から観察していたメルケンデンが、隻眼の右目を細めて敵勢を見抜いた。

「四十五……いや、五十は落ちたな。全機、攻撃続行だ！」

「後は頼んだよ！」「よっしゃあ、任せとけ！」

急旋回して後退するカティル型に代わって、バトラ型が突っ込んだ。前席・後席ともに装備した旋回式の機銃を狙いも定めず撃ちまくる。

シップの二倍の大きさを持つ青い花弁、ロンデたちがバトラ型に殺到する。風車のように回る花弁が、音を立てて翼を、胴体を叩く。ぐらぐらと揺さぶられ、時には真横にまで傾かされながら、ウォーゼンやドネルは豪快に笑う。

「ははは、その程度で落ちるものか！　もっと束でかかってきやがれ、束で！」

重いバトラ型は鈍足だが、それすらも彼らの利点だった。低速の浮獣たちが格好の獲物とばかりにバトラ型に群がる。行列のように浮獣を引きずって、ひっきりなしに銃火をまき散らし、バトラ型は前進する。

そこに天からクリューザ型が襲いかかった。青銅色のメルケンデンのシップが、浮獣の雲をえぐるように貫く。気づいた数匹が追いかけてくるが、バトラ型とは逆にクリューザ型は一瞬たりとも直線飛行をしない。横に滑り、縦に回り、加速・減速を巧みに織り交ぜて、魔法のように浮獣の後ろに回り込む。

そんなメルケンデン機や、ボンブ三匹に立て続けに体当たりされて半横転し、それでも力ずくで順面に立て直して飛び続けるウォーゼン機を、リオは目を丸くして見つめる。

「二つ名なんかより、あいつらのほうが化け物じゃねえの？」

「よそ見をしない！　後ろ、三匹回ったわよ！　動きを教えて！」

はっと後方に視線を戻すと、激しくはばたく砲弾のような形の浮獣が、縦列を組んで回り込んできた。

「レイジィよ。ストレイフと同じ種類！」

半透明の二枚の羽根をかすむほどの高速ではばたかせて、レイジィが突進してきた。一匹目の陰に二匹目と三匹目が隠れている。たとえジェンカが勘で先頭を避けても、後続にやられてしまうだろう。リオはとっさに叫ぶ。

「合図したら舵《かじ》を下げてくれ、三回！」

「――頼んだわよ！」

質問なしで返事が来た。リオは深呼吸してレイジィの尖った鼻先を見つめる。

「ようし……今だ！」

ガクンと機体が沈む。一匹目がかん高い羽音とともに頭上を通過。二匹目が進路をねじ曲げる。

「もう一回！――もう一回！」

鋭い動きでシップは下がり続け、三匹すべてを避けきった。直後に機首を起こしたジェンカが発砲、三匹目を尻から串刺《くし》しにする。

「よくやったわ！　リンキーを見てる？」

「見てる、あ、まずい！　回してくれ、四時方向！」

「四時ね？」

獲物を捨ててジェンカが舵を切る。

敵と味方の流れが渦を作っていた。ゆっくりと旋回する三機のバトラ型と、それを追うボンブ、ロンデたちが渦を回している。その周りで、高速のクリューザ型とキアナ型、浮獣のレイジィが、渦の飛沫《しぶき》のように跳ね回る。

黄色いシップは飛沫の一つだった。横転に次ぐ横転で浮獣をかわしまくり、やり過ごしては撃っている。必死に舵を切っているリンキーの顔が見えるようだ。しかしリオは、彼女に迫る危険に気づいていた。

全方向からリンキー機に突撃する敵の中に、一匹だけ、距離を保って後ろ下方をついていくレイジィがいた。後席のいないクリューザ型の死角だ。糸で引かれるようにぴったりと後をつけている。

「あれだ、ジェンカ、あれに狙われてる！」

首を思い切りねじまげてリオがわめく。ジェンカは目を凝らしてそいつを見つめる。

「あれは……？」

ハーボーのキアナ型が側方からリンキー機の援護に向かった。遠距離から数発撃って背後のレイジィを呼び寄せようとする。だがレイジィは軽く身をかわしただけで、執念深くリンキー機の追跡を続ける。

ジェンカはつぶやいた。

「……やつだ」

「なんだって？」

「全機！　ストレイフよ、リンキーの後ろを取ってるわ！」

「今行く！」

即座に反応したのがメルケンデンだった。乱戦の中から跳ね上がって抜け出し、リンキー機の正面から突っ込む。

すれ違いは一瞬だった。その一瞬で、レイジィはメルケンデンの銃弾を軽々とかわし、羽根のひと打ちで逆にシップの主翼を叩いた。

メルケンデン機がくるりと姿勢を崩して落ちていく。無線の声は冷静だったが無念さに満ちていた。

「右のエルロンを取られた。低空で退避する。すまない！」

「メ、メルケンデンがやられたぞ!?」

「間違いないわね……」

ジェンカは唇を噛み、リンキーを呼んだ。

「リンキー、ジェンカよ。やつはクリューザ型並みの動きをするわ。二機で共闘しないと落とせない」

「は、はい」

「私が真後ろにつけて撃つ。弾道があなたに向くけど、避けずにこらえて。決して当てないから」

「信じます！」

ジェンカは他の浮獣を無視してストレイフに近づいた。後を追う軌道に乗る。

するとそれまで何があってもリンキー機から離れなかったストレイフが、いきなり宙返りをした。今度はジェンカ機の後ろにつこうとする。驚愕とともにジェンカはつぶやく。

「本当の危険がなんなのか、きっちりわかってるってわけね……やるじゃない！」

「ジェンカ、私が！」

リンキー機も大きく宙返りし、ストレイフの後ろを取ろうとした。ジェンカはストレイフをおびき寄せるために、わざと無防備な直線飛行をする。

リオだけが気づいた。背後のストレイフを狙うリンキー機、そのさらに後ろから近づくもう一匹のレイジィに。

短い一瞬に、リオは激しく迷った。ストレイフはこちらとリンキー機の両方に注意していて隙がある。今撃てば、落とせるかもしれない。

自分が、「浮獣の撃墜王」を！

しかしそうしたら、リンキーは背後のレイジィに当てられてしまうだろう。死にはしないまでも、シップを失うことは間違いない。

どちらを取るか。無上の名誉か、出会ったばかりの仲間か。

「くっ……そぉ！」

リオは銃口を動かし、引き金を引いた。

徹甲弾はリンキー機を追うレイジィを弾き飛ばした。同時にジェンカが急減速をかけ、わずかにふらついたストレイフを、リンキー機が撃った。

体中から着弾の火花を上げて、ストレイフがリオを追い抜いた。

そのときジェンカは、機体を揺さぶる衝撃の中で、見た。

真横に並んだストレイフのスープ皿ほどもある単眼が、ぐるりと動いてこちらを見るのを。

その瞳をつややかに湿らせた水を。

三年の間ハイウェン礁に君臨した浮獣は、ゆっくりと高度を下げていった。リンキーが気が狂ったような叫びを上げた。

「うわわ、当たったあ！　ストレィ、ストレイフをやっつけたああ！」

「本当か？　やったじゃねえか！」「おめでとう、大手柄だ！」

ウォーゼンやハーボーの声が無線機から流れ出す。しかし、黒いキアナ型の二人は沈黙していた。

ジェンカは落ちていくストレイフをじっと見つめていたが、ふとつぶやいた。

「……食われてる」

「え？」

「見て、浮獣たちがストレイフを……」

ボンブやロンデ、それに同種のレイジィまでもが、ストレイフに集まり、包み込んでいた。バトラ型を囲んでいた浮獣たちも、一匹また一匹と離れていき、その集団に向かっていく。

ウォーゼンが狐につままれたように言った。

「なんだありゃ……浮獣って共食いをするのか」

「しないわ、普通は。生態系の下位にあるものを——植物型や弱い昆虫型のものを、動物型や強力な昆虫型が襲うのは当然だけど、レイジィは最上位の浮獣のはず。現に、他のレイジィは襲われていない」

「じゃあなんだ、おかしくなったのか？」

「さあ……」

丸い塊のようになって落ちていた集団が、ほどけ始めた。重素海面に着く前にそれはばらばらになり、海面には何も落ちなかった。

ウォーゼンが思い出したように言った。

「終わりだ。とっととずらかろうぜ、やつらがまた襲ってくる前に」

「……そうね」

ショーカたちは、機首を巡らせた。

礁の外へ――人間の世界へと。

ジェンカ機は昇降舵のヒンジの一つを損傷しており、礁を出たところでコンテス型の曳航を受けた。ストレイフ撃墜時に、リンキー機の流れ弾を食らっていたのだ。

コンテス型にはメルケンデンもひと足先にたどり着いていた。無線で報告を聞いていた彼は、別段悔しがるでもなく言った。

「それは三つの意味で喜ばしいな。一つには、ハイウェン礁の脅威が消えた。一つには、ショーカの輝かしい武勲《いさおし》がまた増えた。そして最後に、その英雄がリドリスの娘だということだ。これでツェンデル市民たちとの関係もよくなるだろう」

「そうね。私、言われてしまったわ。ジェンカに勝っちゃいましたって」

「ふふ、悔しければまたよその二つ名を落とすんだな。アンギ礁のクライア、アリフ礁のファミル・グラン、それにオーデル・グリース。代わりはいるぞ」

「私は、別に」

客席に腰掛けてうつむいているリオをちらりと見て、ジェンカは首を振った。

ポーリャが筆記板を手にしてやって来た。

「ちょっといいですかー？　礁の島についてお聞きしたいんですけどー」

「島？」

「はいー。ジェンカ、島に不時着して助かったことがあるんですよね。ここ数年そういう例が五、六件あるので、今後のためにギルドでまとめて航空回覧《ノータム》に載せようかとー」

「ここ数年……それは、もしかしてストレイフが出たころから？」

「そう言えばそうかも……ううん、それよりちょっと前ですね。なんか関係あるのかな？」

「紙、貸して。後で書いて渡すわ」

「はいー」

ポーリャが去り、メルケンデンが個室に入ると、ジェンカは考えた。

ことの順序はこうだ。島ができて、ストレイフが現れて、浮獣たちが賢くなった。島ができたということは、ケルプの生え変わり期が来て枯れるものが出てきたということだろう。

下位の浮獣にはケルプを食べている種類もある。彼らにとっては食糧難が起こったことになる。そこでは激しい生存競争が繰り広げられただろう。恐らくはショーカの狩りよりも非情な殺し合いが。

その争いが、ストレイフという強力な浮獣を育て上げたのではないか。

彼は実力をもって礁に君臨した。彼に敵視されないために他の浮獣も従った。あの飽和群はそうやって築かれた彼の王国だった。しかしその王国をショーカが突き崩した。力を失ったストレイフは配下に造反され、食い尽くされた。

そう考えればつじつまは合う。

ストレイフの、あの最期の一瞥《いちべつ》を除いては。

ジェンカは悩む。あれは敵意の眼差しではなかった。何か別の、深い感情を――理解されざるものの孤独をたたえていたような気がする。

理解されない？　何を？　誰に？

……思い込みなのかもしれない。しかしジェンカは忘れられなかった。

「ジェンカ」

声をかけられて我に返る。リオが見上げていた。何か言いたげな目をして。

ジェンカは優しく微笑んで、リオの隣に腰を下ろした。

「偉かったわ」

「……気づいてたのか？」

「リンキーの後ろのやつを撃ったのよね。誰も、リンキー本人も気づいてなかったけど」

「ほんとなら、ストレイフはおれのだったんだけどなあ……」

「私は知ってる。君が仲間を守ったということを。それじゃ不満？　ショーカにとってお金よりも名誉よりも大切なことを成し遂げたということを」

「……ううん、いいや。あんたがそう言ってくれるなら」

「そのうちみんなも知るわ。君がショーカを続ければ」

少年は晴れ晴れとした笑みを浮かべた。それを見て、ジェンカは胸を打たれ、気づく。

この子は違うのだ。高みを目指すために自分を捨てたあの男とも、仲間を食い尽くした無情な浮獣たちとも。空に出てから、敵と仲間とを問わず、そんな相手には出会ったことがなかった。

ずっと昔に失ったと思っていた、くすぐったいような無垢の嬉しさをジェンカは感じていた。

第六章　ハイウイング・ミレニアム

「二人部屋で頼むわ」

カウンターでジェンカが言ったことを、リオは事務室の壁の貼り紙を眺めながら聞いた。

ん、と振り返って歩み寄る。

「ここのハウス、続き部屋あるのか」

「ないわよ。クーリャ、料金は一部屋分？」

カウンターの向こうにいたハラルファのショーカギルド員、クーリャが首を振る。

「いえ、お二人なら五割増しになりますー」

「ま、いいわ。それで」

「はいー」

そこへリオが口を挟んだ。

「ええと、ベッド二つあんの？」

「一つですよー」

「じゃあ……なんだよジェンカ、おれに床で寝ろって？」

「誰がそんなこと言ってるのよ。一緒に寝るのよ」

「一緒に。……え？　それ、え？」

「間の抜けた顔しないでよ、恥ずかしい」

ジェンカはリオの頭をこづくと、淡々とした顔で一部屋でと繰り返した。面白そうに見守っていたクーリャが、かしこまりましたーと棚から鍵を取り出した。

鍵を受け取ったジェンカが、リオには目もくれずに事務室を出ていく。その後を歩きながら、まだリオは戸惑っている。砂漠に向かって開け放たれたテラスのようなラウンジに入ると、掲示板を見ていたリンキーが振り向いた。

「狩り場登録、終わりましたか」

「ええ。メルケンデンは？」

「町に行っちゃいました。空産物取引の相場を見てくるって」

「あなたをほっといて？　薄情ね」

「仕方ないです、私が勝手にくっついて来たんですから。まだパートナーでもなんでもないし」

そばかすの浮いた鼻の頭をかいて、リンキーは恥ずかしげに舌を出した。ツェンデルを離れてハラルファへやって来たメルケンデンを、リンキーは自発的に追いかけてきたのだった。

拳を握りしめて、ふんっと鼻息を吐く。

「でもっ、望みはありますよね？　断られてないもの」

「どうかなあ。彼、面倒見はいいけどそれだけでしょう。女には興味ないんじゃないの」

「そうですかぁ？」

「第一、パートナーをほしがるような人間が単座のクリューザ型に乗ると思う？」

「……思いません。私は、パートナーがいなかったから乗ったんだもの」

ため息をついたものの、リンキーはもう一度気合を入れる。

「でもっ、そこがいいと思いませんか？　お酒飲んでもお尻触ってこないショーカなんて、初めてなんです。ストイックで素敵……♪」

「むしろ、そういう相手に触らせたいよね」

「さ、触らせたい？」

「それとも触りたいほう？」

「いえ、あの、触らせたいって発想、あるんですね……」

リンキーはジャケットの胸を押さえて自分とジェンカを見比べる。その差を例えるならば可愛らしい綿雲と雄大な積乱雲といったところか。うー、と唇をへの字にする。

「いいですもん。私まだ十七だからそのうち追いつきますっ」

「十七？　年上だったのか」

リオが驚いたので、こいつには勝てるとばかりにリンキーが笑う。

「リオは十五だっけ。そうよ、私のほうがお姉さんなのよ。子供には刺激の強い話だったかしら？」

「子供に子供って言われてもなあ。悔しくもなんともねーぜ」

「ふん、言ってなさい。私はあなたにはわからないようなオトナの恋に燃えてるんだから。ゆくゆくはきっとあの人の隣に……」

「それ無理だろ。相手の目に入ってないんじゃねえの？」

「入ってる、絶対入ってるって！」

「まあ邪魔はしないわよ、頑張んなさいね。――エメリオル、ちょっと」

意気込むリンキーを適当に励ますと、ジェンカはリオをラウンジの隅へ手招きして、なんでもなさそうな口調で尋ねた。

「君、わかってる？」

「何が？」

「今夜」

「今夜？　何かあるのか？」

リオは思わず宙を見上げて考えたが、ありもしない予定を思い出せるわけがない。

「……なんにもなかったと思うけど」

「馬鹿ね、これからあるのよ。――まあ、そっか。いざとなると現実感ないか」

「なんだよ、もったいぶって」

「いいわ、その場になればわかるだろうし」

そっけない顔で、手を振ってやり過ごされてしまった。その後の夕食でも、精力がつくというフラリックの串焼きや弱めのロンデ酒をいつもより勧められはしたが、説明は特になかった。

ジェンカが何を言ってるのかわかったのは、少し後だった。――とてつもなく重要なことを言っていた。

部屋に入るころに日が暮れた。パイロットハウスはどこでも簡素な建物だが、丈夫な石造りだったツェンデルとは違って、暑いこの地では風を入れるために隙間だらけだった。投宿した他のショーカたちの声が羽目板の隙間から絶え間なく聞こえ、窓は網が張ってあるだけで虫がびっしりとたかっていた。

水場で体を拭いたリオが部屋に戻って、日干しレンガにマットレスを乗せたいつもより大きなベッドで、卓上の灯火と夜風に当たりながらくつろいでいると、安くもない風呂を借りたらしいジェンカが、湯気を立てながら入ってきてすとんと隣に腰かけた。

それが、半裸だったのだ。

「君、よく洗った？」

「ほぁ？」

目を丸くしてリオは固まった。

ジェンカは無防備だった。湯上りだから当然なのだが、黒のシャツとショートパンツしかつけていない。濡れ髪を肩に流し、丸い肩や白い太腿をつやつやと輝かせ、全身から温かな花の香りを漂わせている。

そんな姿で彼女がリオのそばに来たのは初めてだった。以前のコンテス型の中では、ちらりと目にしただけで怒られた。あわてて窓側へごろんと転がり、顔を背ける。

「なっなんで脱いでるんだ、服着ろよ服！」

「うん、そろそろわかってほしいんだけどな、エメリオル――」昼からずっと続いている、つまらなさそうな口調に、不意に心配げな響きが混ざった。「……それとも、私に全然興味がなくなった？」

「きょっ興味ってなんのだ！」

「何って、決まってるじゃない……えっちなことのよ。君はいつも我慢できててえらいけど、我慢してること自体はまるわかり」

「あ、あれか？　からかってるんだな？」それなら納得がいく。「見せつけて手を出したら叱るつもりだろ。引っかかるかよ！」

「何それ、そんなつもりじゃ……ああ、そうか。君、女の子に引っかけられたことがあったわね」

「あったよ、うるせーな！」

「あれはみじめだったわね。うんうん、今度はひっかけじゃないから」

妙に優しい口調で言われたかと思うと、背中にぺたりとしっとりした柔らかいものが二つ当たった。リオは息が止まりそうになる。

「ジ、ジェンカ……」

「しない？」

どうしてあんたがなんでおれと今、と疑問が頭の中で渦巻いたが、直接押し当てられたおっぱいの感触で何もかも吹っ飛んだ。「い、いいのかよ……？」と訊きながら体を回して抱きつこうとすると、途中で強い腕にギュッと抱き締められて動きが止まった。

「いいのかよってことは、いいのね？」

「……うん」

「じゃあ、おとなしくしててね」

「え？　ちょっ待っジェ」

顎をつまみ上げられて、切れ長の黒い瞳と目が合った。年上の色っぽい女というよりは、酔っぱらったときにたまに垣間見せる、子供のようないたずらっぽい顔をしたジェンカが、唇を重ねてきた。

「ん〜〜〜っ⁉」

キスは奪うより先に奪われた。胸に触るより先に胸に触られた。その下も後ろも裏側もそうだった。やろうしたことはことごとく先回りされて、しかもそれが思いがけない温かさと心地よさを伴っていて、わけがわからなくなり思うさま弄り回され、気がつくと抱きつきながら頭も体も真っ白になっていた。

「くうぅぅっ……！　くっ、そ、ジェンカ……！」

「あっは、可愛い。君、そんなふうになるのね」

「このやろー！」

「きゃあ！」

好き放題された屈辱感から、肩をつかんで逆に押し倒すと、一転して相手は無抵抗になった。すらりと長いしなやかな体をこちらに任せて、触るのも口をつけるのも好きにさせてくれた。頭がぐらぐら煮え立つほど興奮して、とうとうこちらが腰を重ねようとすると、お尻をずらして手伝いまでしてくれた。――途中から主導権を取ったつもりでいて、その実ずっと彼女にうまいこと導かれていたと気づくのは、もう少し後のことだった。

「ジェン、カっ……！」

「エメリオル……！」

とても素晴らしい瞬間が訪れ、少ししてからまた訪れ、さらにもう少ししてからまた訪れた。リオは、それまでに何度も想像していたジェンカの素晴らしい柔らかさと温かみと重さを、初めて本当に知った。それとともに、それまで想像したこともなかった、彼女が求める自分の部分と、嫌がる触れ方も知った。

二人して持ち上げられては落下する、大きな波に揺られるような数刻が過ぎ去ると、当然、落ち着いた堅い考えが戻ってきた。リオは相手と湿った肩を触れあわせて、指を指でもてあそびながら、湧き出した疑問を口にした。

「ジェンカ……なんで急に？」

「なんでって？　ああ……そりゃそうか。絶対ないと思ってたのよね」

「絶対とは思ってなかったけど、もっと何か……手順があるんじゃないの？　普通」

「普通なんか知らないわよ。でも手順は十分に踏んだじゃない？　シップの上で」

「一緒に飛んだからって、誰とでもやるわけじゃないだろ？」

「それを言うなら、私は誰とでも飛ぶわけじゃないもの。君とこんなに長く飛ぶとは思ってなくて――こんなに飛んだならいいかなって、昨日初めて思った」

「そうか。――なあ、聞いていい？」

「ん？」

「おれはあんたの……いや、やっぱいい」

「ああ、うん」少し、迷った気配。「うん。初めてじゃないけど……それはまた別のときに話していい？　今は」

「じゃあ、それはいつだったか、は？」

「十五」

リオは隣を見た。面長の整った顔が汗ばんで、黒髪が数本貼りついている。その顔にも、幼かった時があるのだ。自分と同じように。自分よりも。

「十五のときにやられたって、それ相手も相当ひどいな……」

「それを言うなら、君とやった私もひどいわけね」天井を見ていたジェンカが、こちらへニッと笑う。「そうかもね。ごめんね、手を出しちゃって」

「おれはいいんだよ……」

「じゃあ、私もいい。私は自分で決めてしたんだから」

「……そうだな」

リオは、その新鮮な考え方が面白くて、微笑む。

「あんたがそういう女だから、おれ、やらせてもらえたんだな」

「違うってば。やらせたんじゃない。私がしたの」

「そうだった。それでいいよ」

夢中で体を動かしていたあいだ、自分に何ができていなかったか、おぼろげに思い出した。

「おれはまだ全然だった。ありがとう、ジェンカ」

「うふ……やばいわ、それ」

突然また腕を回されて、抱き締められた。「ジェンカ？」と訊くと、目を覗きこまれる。

「しちゃったのにお礼言われるのって、ゾクゾクする」

瞳に、今度こそ年上の妖艶な輝きが宿っているような気がした。彼女の声を思い出して、リオはささやく。

「静かにやろうぜ。ここ、窓開けっぱなしだろ」

「それもそうね。リンキーなんかに聞かれても……ね？」

唇と重さが乗ってきた。リオは床に肘をついて、せいいっぱい支える。


湿気を含んだ冷気に身を包まれて、リオはくしゃみをした。

「はくしゅっ……あ、朝か」

隣に温かみがあり、見るとジェンカがいたので驚いた。すぐに昨夜のことを思い出して、しばらくにやにやしながら座っていた。

網戸を埋める虫の間から濃紺の空が見える。まだ夜明け前で、冷えた空気が水のように流れ込んでくる。リオはぶるっと身を震わせ、立ち上がって手洗いに行った。

建物のあちこちのランプは油切れで消えていた。通廊はまだ薄暗く、脚探りで戻ってきたリオは、ベッドの手前で側机にぶつかって、載っていたものをどさりと落としてしまった。

「うわっと……ジェンカのかばんか」

あわてて散らかったものを拾い集める。幸いカーペットのある部分に落ちたので騒音は上がらなかったし、何も壊れなかったようだった。ペンやナイフなどともに、鏡や小瓶や小さなポーチといったものがいくつかあり、こう見えてけっこう女なんだな、と妙に感心してしまった。

中に、冷たく硬い円筒があった。取り上げて夜明けの光にかざしてみると、彼女が愛用している、例の振り出し望遠鏡《スィングスコープ》だった。

「……そういえば、これに触らせてもらったことってねえな」

仰向けになって、伸び縮みさせたり覗いたりした。接眼部の側面に何か文字が彫ってあることに気づく。

G・G。

「G・G……？」

少し首をひねっただけで、記憶が蘇った。

「――あいつか」

突然、それに触れているのも嫌になった。網戸を開け放って大きく振りかぶる。

しばらくその姿勢でいてから、戸を閉じてスコープをかばんに押しこんだ。

そして寝床に上がり、眠り続けている女の手をしっかり握って、もう一度目を閉じた。

多島界最南西の島、ハラルファ。トリンピアから千カイリ、ツェンデルからでは二千カイリ。

そこへ赴《おもむ》くことを最初に決めたのは隻眼の名手、メルケンデンだった。彼と彼のクリューザ型は、もともとハラルファを根城にしている。二つ名狩りが終わった以上、こんな寒いところにいる意味はないとのことだった。

続いてリンキーが同行を決めた。彼女は、二つ名狩りのときに優れた指導力を示したメルケンデンに心酔してしまった。反対していたリドリスも、娘がツェンデルの苦境を打ち破り、年間最優秀ショーカの候補にまで祭り上げられてしまったとあっては、もはや子供扱いできなくなった。半ばしぶしぶ、半ばは応援して、リンキーを送り出した。

ジェンカたちには残るという選択もあった。ストレイフの懸賞金は八百万デルという莫大なもので、十機の討伐隊と居残りの全員で分け合っても、四十万デルというまとまった額が手に入った。それを元手にツェンデルで狩りを続けてもよかった。

だが、ハイウェン礁は解禁を待ちかねていたショーカたちであふれ返り、戦利品の相場も値崩れし始めた。彼らと競り合うぐらいなら、手に入れた金でまた装備を整えて別の狩り場に行くほうがいい。そういう結論に二人は達した。

三機のシップはコンテス型を雇い、ひと息に南へと渡った。

ハラルファ島は直径およそ四十カイリの円形で、トリンピアとオルベッキアに次ぐ人口を持つ。しかし、同じ南の島ではあっても気候はオルベッキアと異なり、暑いだけでなく非常に乾燥している。一年を通じて雨がほとんど降らず、雲もない。地下水がなければ人が住めなかっただろうと言われている島だ。強烈な日差しの下、人々は窓を開け放した日干しレンガの家に住み、フードをかぶって歩く。

そんな過酷な環境にもかかわらず、この島にショーカは多い。

島は東をハラル潟《ラグーン》に接し、西に百カイリを隔ててアリフ礁《リーフ》に臨む。また、北西八百カイリに存在する最大の礁、グンツァートへは、ここかトリンピアからしかコンテス型が届かない。つまりこの島には三カ所の狩り場がある。多島界でもっとも狩りが盛んなゆえんだ。

そして、ショーカの腕でいえば、ハラルファには文句なく多島界一の面々が揃っている。ハラル潟の浮獣はオルベッキア潟とは比較にならないほど強い。アリフ礁の浮獣も手強く、狩りは基本的にパック方式が前提である。さらにグンツァートはと言えば、ここには「魔の礁」のあだ名がついている。広く深いグンツァートは必ずしも多くの獲物を見せないが、いざ姿を現した浮獣は凶暴無比であり、どんなパックをも無傷では帰さない。

ハラルファは、そんな狩り場で生き抜いてきた、数々の腕自慢が集《つど》う島である。


朝食をすませたジェンカとリオは町へ買い物に出た。目当ては機銃である。

パイロットハウスの前の道でおんぼろの荷動車をつかまえて乗り込んだ。走り出すと荷台まで土ぼこりが巻き上がってくる。顔をしかめつつリオは尋ねた。

「なんで町へ行くんだ？ 機銃ってハウスで売ってなかったっけ」

「ハウスにはギルドが量産させてる純正品しか置いてないわよ。聞くけど、シップはどこで造られていると思う？」

「……そういや、造ってるところは見たことないな」

「港よ。バージの着く浮獣市場に工房があるの。シップの材料は浮獣だからね」

「材料を発着場に持ってきて造ったほうが、すぐ飛ばせられるから便利じゃないか。整備《パッチワ》師《ーカー》だってたくさんいるし」

「シップを造るのは整備師じゃないわ。建造師《クラフトマン》よ」

「どう違うんだ」

「建造師は独立した職人なのよ。ギルドの人間じゃない。シップ以外にもいろんな機械を造ってるからね。人によって腕も千差万別で、名人は尊敬を受けてるわ」

「町中のショーカって感じだな」

リオが何気なく言うと、ジェンカは片目をしかめて言い放った。

「そこまでたいした存在じゃないわよ。あんな人たち」

「……何か恨みでもあるのか？」

「別に」

ジェンカは幌《ほろ》の張られた荷台から後ろに目をやった。気になることにはすぐに食いつくのがいつものリオだが、今日はそこで口を閉じた。

ハラルファの町並みはオルベッキアのように整えられておらず、幅も一定でない土のままの道が大小の家の間を迷路のように走っていた。全身をローブで覆った女たちが影のように歩いているかと思えば、屈強の男たちが腰布と頭布だけを巻いて半裸で荷運びしていた。子供たちは文字通りすっ裸で道の脇のため池を転げ回り、そのうちの何人かは、彫像のように動かない老人の露店から食べ物をかっぱらって逃げる。その全部が、走る荷動車の前をお構いなしに横切るので、そのたびに止められる。

混沌として、生命力に満ちた町だった。

港の近くで小銭を払って荷動車を降りると、たちまち物売りに取り囲まれた。それを無理やりかき分けてたどり着いたのは、レンガでこんな広い建物が造れるのかと驚くほどの工房だった。

大扉の上の看板に、マルモン建造師工房とある。通用口を開けて二人は入った。

「こんにちはー……うわ、うるさ」

五機ほどのシップが入りそうな広い工房内は騒音に満ちていた。向こう側が重素海に向かって開けているが、音はちっとも抜けていない。床は海への斜路になっていて、車輪つきのごつい架台《かだい》が備えつけられ、その上に幅二十ヤードほどもあるずん胴の奇妙な乗り物が居座っていた。大勢の職人が取りついて、甲ノコを挽《ひ》き、鋲《びょう》を打ち込んでいる。騒音の元はそこだった。

中二階の部屋を指差してジェンカが叫ぶ。

「事務所に行ってくるわ。待ってて」

ジェンカが去ると、リオは架台の乗り物に近づいた。

それは平底船のようなものだった。船といえば本でしか見たことがないが、見当はつく。ただし、本で見た船よりもかなり幅が広い。全長と全幅がほとんど同じだ。前向きの居室が胴に乗り、船首と船尾らしい尖《とが》った部分があったが、それがなければどちらが前かわからないだろう。

向こう側の船尾には、二つの複雑な構造物があった。一つは直径二ヤードほどのプロペラで、持ち上がった腕木の先についている。どちら向きのプロペラかはシップを思い出せばすぐわかった。船の向きと反対だ。ということはそのまま回すのではなく、船尾から下に振り下ろして使うのだろう。

もう一つの構造物は起重機だった。プロペラをまたぐようにして二本足の櫓《やぐら》がそびえ、船体中央のドラムから伸びたロープが、やぐらの頂点にかけられている。妙なことにその柱は、リオが両手を使っても抱えきれないだろうほど太かった。船の他の部分とはまるで釣り合っていない。何か巨大なものを牽引するに違いない。

そこまで観察したとき、リオはこの船の正体に気づいた。

「……気嚢船《バージ》か」

「そう、回収師《レトリバー》サンドロンのバージですよ。半年前、他の回収師たちが軒並みあきらめた五十ヤードのケルピーを、サンドロンはこいつで持ち帰ったんです」

リオが振り返ると、青い吊りズボンを履いた小柄な男が、手の油を雑巾で拭《ふ》きながら笑いかけた。

「いいバージでしょう？」

「あんたが造ったのか」

「ええ。建造師マルモン・マルコットです。いらっしゃい、お客さん」

「ショーカのリオだ」

差し出された手を握ってから、リオは手を尻で拭いた。油でべとべとしていた。

ちらりとそれを見てから、マルモンは言った。

「ショーカならシップの御用命ですな。うちはいいクリューザ型を造りますよ。あのハラルファの鷲、メルケンデンのシップも私が組んだんです。もちろん調整もやります。どんな機体にしましょう？　狩り場のおつもりは？　ご予算は？」

「クリューザ型だけなのか？　おれたちのはキアナ型なんだけど」

「キアナ型ですか」

マルモンの顔から笑みが消えた。

「装備の取りつけや調整ならやりますが、キアナ型の新造はちょっと……なにしろハラルファって島は、クリューザ型向けの浮獣がよく獲れる場所でしてね」

「じゃ、どこだとキアナ型ができるんだ」

「キアナ型といえば、ジェンヤン島のジェラルフォン氏族工房でしょう」

「呼んだ？」

事務所からはしごを伝ってジェンカが降りてきた。リオは片手を挙げる。

「キアナ型の得意な工房を聞いてたんだ」

「ああ、聞き違いか。あなたがマルモン？　下で作業中だって言われたけど」

「そうですよ。お連れさんですか」

「ショーカのジェンカよ。リオは後席」

「ジェンカ！　お名前は聞き及んでおります。なるほど、三連弓のジェンカはキアナ乗りでしたな。しかしレッソーラはどうされました」

「リオと交替したのよ。詮索《せんさく》はしないで。ここは打ち明け話をしないと商談に入れないの？」

「や、これは失礼しました」

マルモンは白髪まじりの頭をかき回した。

ジェンカが言う。

「機銃を買いに来たのよ。もちろんキアナ型の。いいのはある？」

「機銃ねえ。お連れさんにも申し上げましたが、うちはクリューザ型を主にやってまして」

「銃なんか何型でも一緒だろ」

リオが言うと、マルモンはやれやれというように首を振った。

「お客さん、銃だって機体と一緒ですよ。クリューザ型は素早い動きのためにすべての装備を軽くしたシップです。機銃も例外ではなくて、口径が小さく軽いものを積みます。むろん威力は落ちますが、浮獣を回り込んでうまく弱点に当てるのが、クリューザ乗りの腕ってものです」

「そうなのか……キアナ型だと重いのか？」

「重いも重い、コンテス型の機関砲並みですとも。キアナ型の売りは射程と火力じゃありませんか。お客さん、本当にジェンカの後席で？」

ジェンカはリオを押さえ込もうと身構えた。こういう場合、後先の見境いなしにケンカを売るのが彼の性格だ。

ところがリオは顔を背けて、珍しく自信のない様子でジェンカに助け舟を求めた。

「本当に後席、だよな？」

「……どうしたの、暑さにやられた？」

「んなことないけど」

「正真正銘の後席よ、この子は。ちょっと経験が足りないだけよ。あなた、私のパートナーにケチをつける気？」

「いえ、とんでもない」

マルモンはあわてて両手を振る。

ジェンカは足を進め、マルモンを見下ろすようにして言った。

「ねえマルモン、ものは相談なんだけど、機銃がないなら造ってくれない？」

「注文製造は高くつきますよ。図面から引き直さなけりゃいけませんから」

「別に新兵器を造れって言ってるんじゃないのよ。ありものをこっちの言う通りに改造してくれるだけでいいわ」

「それでもこれぐらいはいただきますよ」

マルモンは片手の手のひらを突き出す。ジェンカはそれを両手で包み、親指と小指をきゅっと曲げさせる。

「これで」

「はあ？　じょ、冗談じゃありませんよ、それじゃ、改造どころか元の銃の値段にも」

「満足できる性能だったらもうちょっと乗せるわ。それに仲間内にも宣伝するから。評判になるわよ」

「もう評判ですよ。うちはハラルファ一の名門です」

「もっとなるわよ。多島界中からショーカが来るわよ。ストレイフを知ってる？　ハイウェン礁の二つ名」

「なんですか急に。先日落とされたんでしょ。リンキー・リンチェットでしたか、やっぱりクリューザ乗りが落としたそうですね」

「なによ、名前まで知ってるの？　いいわ、聞いて驚かないでよ、私はそのリンキーのために的役をやってあげたのよ。私が言えばあの子もここをひいきにするわよ」

「……本当にお知り合いですか？」

「本当本当。三連弓のジェンカが請け合うから」

「まあ、嘘なら本人に聞けばすぐわかるでしょうし……いいでしょう。これも芸の肥やしだ、やらせてもらいますよ」

「話せるわね！　さすが一流は人を見る目があるわ」

ジェンカが両手を握り締める。マルモンはまんざらでもなさそうな顔になり、どんな機銃を造るのか相談を始めた。

話がまとまって工房を出ると、三歩も歩かないうちにジェンカはぴたりと足を止め、リオを振り返った。ため息をつきながら言う。

「君ね、何よあのていたらくは」

「何がだよ」

「弱気すぎなのよ！　おかげでありもしないお愛想を振りまかなきゃならなかったわ」

リオはうつむく。ジェンカはまくしたてる。

「建造師は整備師とは違うって言ったでしょ、ショーカの仲間なんかじゃないのよ。未熟なショーカが相手だとすぐ足元を見てくるわ。それは、そのショーカにシップを使わせてもし落ちたら、即座に自分の評判にはね返ってくるから。あの建造師のシップは舵が利かないとか、加速がとろいとか、ゲンが悪いとかね。そうならないように、建造師は客を選ぶのよ」

「詳しいな。建造師をやったことがあるみたいだ」

「あるわけないでしょ、あんなしみったれた仕事」

妙にきつい口調で言ってから、とにかく、とジェンカは続けた。

「建造師には隙を見せちゃだめ。キアナ型だと重いのかなんて聞かないの。がんがん押すの。嘘でもなんでも腕利きだって思わせるの！　君そういうの得意でしょ、今日はどうしたの？」

「どうもしねえって」

リオは足早に歩き出す。それを追って、ジェンカはリオの肩をつかんだ。

「どうもしないってことはないでしょう。調子が悪いなら正直に言ってくれないと困るわ。パートナーなんだから」

「……それなんだけど、本当か？」

「何が」

リオは足を止め、怒っているような顔で言った。

「なんでそんなに平気な顔なんだよ」

「……え？」

「おれたち、昨日……だったろ。それって大事件じゃねえか。おれ、世界が変わったみたいな気がしたよ。なのにあんたは起きたらもういなくて、朝飯のときから何もなかったような顔して……」

「あ、あーあー……」

「がっかりしたんだろ？　いや、がっかりどころかなんとも思わなかったんだろ？」

「待った待った、エメリオル」

ジェンカは苦笑してリオの肩に手を載せた。

「大事件ね。そりゃそうか、私もそうだったわ、忘れてた。採点が気になるお年頃よねー」

「採点って、やっぱり試験ぐらいのつもりだったのかよ」

「情けない顔しないの。そうね、じゃあ感想を言うわ」

緊張に唇を固く閉じているリオに顔を寄せて、ジェンカはささやいた。

「今日もしよう」

「きょっ」

「変な声出さないの。君は十分素敵だったわ」

軽く片目を閉じると、ジェンカは颯爽と歩き出した。リオは真っ赤な顔で立ち尽くしていたが、ぱんと両頰を叩いて彼女の後を追った。

マルモンはさすがに一流だった。数日後に格納庫に届けられた機銃の油紙をはいで、ジェンカはほうっと吐息を漏らした。

「……見事だわ」

その機銃は改造品とは思えないほど整った形に仕上げられ、濡れたような鈍い青銀色を銃身にたたえていた。

銃身を指で弾き、各部を覗き込み、添えられた注意書きを読んで、ジェンカがひとり言のように言う。

「五〇口径、浸鍛《しんたん》長銃身、低速送弾……要求通りね。うわ、薬室まで浸鍛甲材だ。やってくれたなあ」

「説明してくれよ」

台車の反対から顔を出してリオが真摯に尋ねる。

「金属が貴重品なのは知ってるわね？」

「うん。あんたのスコープも高いんだろ」

「ああ、あれは記念品。で、エンジンや銃が高価なのは、高い強度を達成するために金属を使わなくちゃいけないから。でも実は、薬品に浸して鍛《きた》えた甲材のほうが軽くて強いのよ。ただし、薬の調合と鍛え方は門外不出の秘伝で、それができる建造師は多くない。マルモンは出し惜しみしなかったみたいね」

「前の機銃と何が違うんだ？」

「射程が伸びた――というより、ようやくキアナ型の性能を発揮できるぐらいになった」

「今までは発揮してなかったのか」

「さんざん振り回したでしょ？　あれは機銃の性能を補うためなのよ」

ジェンカはリオの額をつつく。

「教えてあげるわ、キアナ型がどういうシップなのか」

機銃を装備し、出発した。目的地は東のハラル潟。潟の浮獣は基本的に嫌戦性なので——つまり不意打ちをしてくる可能性が低いので、パックを組まなくても狩りができる。潟へ向かう間にリオは準備を整えた。後方銃の用意をし、浮獣のシルエットを思い返す。もう何十回もこなした手順だ。緊張で身動きもできなかったころとは違い、心の余裕ができていた。ポケットに手を突っ込んでごそごそやる。ジェンカが聞いた。

「何してるの？」

「金、いくらあるかと思って……」

「あきれた、空の上でお財布開いてるの？」

「見張りはやってるよ」

リオは財布を覗く。トリンピアにいたころはそもそも財布を持っていなかった。ポケットに突っ込んだ棒貨で用が足りた。たまに札を手にしても二日もつことは希《まれ》だった。

ジェンカは借金持ちのくせにリオの取り分だけは削ろうとせず、毎回きちんと分け前を渡してくれた。今リオの財布には、十枚を超える札が入っていた。金持ちには程遠いが、食べるだけなら二カ月はもつ額だ。

それが以前とは比べものにならないほど重い。札の一枚一枚が、それを手に入れた狩りの記憶とともにある。金を見て狩りを思い出すというのは下世話な気がしたが、卑《いや》しいとは思わなかった。無から有は生まれない。人間は何かを奪って自分のものにする。それを一番公正にやっているのが、ショーカの自分だ。この金は命の対価。

見張りを再開したリオは、右舷の四カイリほど先に、戯れ合うように動く複数の点を見つけた。目を凝らしてシルエットを確かめる。傘のようなものと流線型の翼。植物型浮獣のキルフーを動物型のフラリックが捕食しているのだ。

四万二千と三万九千、と一匹あたりの相場が閃《ひらめ》くとともに、うまそうだ、と思った。フラリックの塊肉の味が舌に蘇ったのだ。腹が鳴る。

笑いがこみ上げてきた。自分はなんて単純な反応をするんだろう。しかし、それでいいんだと言い聞かせた。食いたいから殺すのだ。誰はばかることない理由だ。

「ジェンカ、三時の四カイリに晩飯だ」

「いま見つけた。フラリックとキルフーね。合わせて六匹……八匹かな」

「八匹だよ。左舷をもつ」

「頼んだわよ」

右旋回する機上で、リオは反対の左舷を警戒する。シップの二人は同じ方向を見ていてはいけない。それも呼吸するように自然にできるようになった。

ハラルファの空に雲はない。目に痛いほど透き通った青い空をシップは上昇する。南側から回り込むようだ。太陽に入る気だな、とリオは悟る。

太陽を背にする見つかりにくい位置を取ると、ジェンカが機銃の安全装置を外した。まだ一カイリも離れている。しかしジェンカは言った。

「標識弾だけでいいわ。通常弾はいらない」

「いいのか？」

「その代わりちょっと忙しくなるからね。速射に自信はある？」

「三秒に一発ぐらいかな」

「五秒で二発、行くわよ！」

シップは急降下に入る。獣の声のような風の音が急速に高まり、厚い翼がびりびりと震える。

五百ヤードというかなり遠い距離で、ジェンカは引き金を引いた。

ドドドッ、と重い振動が機体を貫いた。ジェンカが歓声を上げる。

「すごい反動！　機が押し戻される！」

十発あまりを撃ってから、ペダルにわずかな力をかけて機首をずらした。再び発砲。背後に叫ぶ。

「二匹行くわよ、いい？」

「二匹も当てたのか？」

「当たるわよ、この狩り方ならね！」

弾丸はまだ飛翔中だったが、ジェンカは言い切った。キアナ型の特徴は安定性だ。正確に舵を保ったキアナ型は機銃にとって無類の土台となる。その命中率は全機種中で最高だ。高い命中率を生かして遠距離から複数の獲物を一度に落とす、それがキアナ型の真の使い方だった。

二条の銃火はあやまたず命中した。力を失った二体のフラリックがゆるやかに落下していく。その下にシップを向けてジェンカが告げる。

「右舷に一点、左舷に一点半、いい？」

突き出した拳の幅がおよそ一点の角度に当たる。リオは左手の指に標識弾を挟んで待ち構える。白く広い翼と細い尾翼を持つ優雅な形の浮獣が、さっと頭上を通過した。

「ひとぉっ！」

引き金を引き、銃床から右半身に伝わる反動の中ですばやく次弾を装填、左舷拳一つ半の角度に向けると、すぐさま二匹目が流れた。急速に遠ざかる姿の先を見越して、もう一度発砲。

「ふたぁっ！」

二発目は正確にフラリックの胴をとらえた。しかしリオは、一発目がわずかに逸れたことに気づいていた。

「悪い、最初のを外した！」

「いいわ、同時多数は初めてだものね。それより次！」

比較的温和な性格のフラリックが、こう、こう、と鳴き叫んで散開する。その中央で食われていたキルフーが、今度はしゅるしゅると触手を伸ばし始めた。百ヤードに達する触手で飛行物を捕らえるのがキルフーだ。植物型といえどもやさしい相手ではない。

体を沈める激しい加速度。急横転をかけてジェンカが叫ぶ。

「先にキルフーをやるわ。標識は真ん中下の口器に！」

「わかった！」

「うまくなったわよ、エメリオル！」

ぎゅっと背中が押しつけられた。リオは唇を引き締める。

人の気力と実力、周りの人々との関係が整うと、運までもが好転し、すべてが快調に、愉快になって、輝くような日々が始まることがある。トリンピアで意欲も意義もないささくれた暮らしを送っていたリオに、十五歳で初めてそれが訪れた。

六機での狩り、行く先はアリフ礁。リオたちの他にリンキー、メルケンデン、それに二機のクリューザ型と一機のキアナ型。機動性と奇襲性優先の速戦型パック。

ケルプの薄闇を汎分布種のプチフェザーたちがふわふわと横切っていく。目もくれずパックは進む。機銃を重くしたジェンカ機は少し遅い。だが他機が細心に合わせてくれる。

上空を警戒していたリオは、高みから体をひねりながら降下してくる赤いくさび形の群れを発見した。ただちに群内周波で叫ぶ。

「六時直上、ピアッシュ八！」

先制宣言の灯火を点滅させて、二機のクリューザ型が上昇に移る。残り四機は左右に分散。密集隊形での高速突撃を得意とするピアッシュの的を散らす。

キアナ型二機の後席対空銃火を牽制として、クリューザ型が敵の群れにからみつく。正面に強い代わりに側方視界が著しく狭いピアッシュは、避けもせずに銃火を受ける。降下途中で三匹が失速。

残る五匹がシップの高度を行き過ぎて深く沈むと、キアナ型が反転、背後から狙撃に入った。アリフ礁の浮獣はハイウェン礁のそれよりもろい。大口径弾が二匹を吹き飛ばし、一匹を真っ二つに断ち割った。

最後の一匹が死力を感じさせる猛スピードでキアナ型に迫る。リオの視界の中で湾曲した赤い衝角《しょうかく》が拡大する。

ハチドリの一閃。それをエンブレムにした黄色いクリューザ型が目の前を横切り、ピアッシュの翼の一枚を穴だらけにした。ピアッシュは高速のまま錐もみに入り、ひと声吠えて落ちていった。列機は追跡に入り、海面に落ちる前に標識をすませた。

ひと息ついて視線を巡らせたリオは、またもや群れを発見する。いや、群れと気づいたのは、自分の叫びに仲間が答えてからだった。

「東側同高度、エンベラー二！」

「西側同高度、エンベラー三！」

「北側上方、エンベラー二！」

複数の報告を聞いてメルケンデンが叫ぶ。

「同一群だ、包囲態勢を整えている！　北側を突っ切れ！」

「南が空いてますよ？」

「罠だ、そっちは四匹隠れてる！」

リオはケルプの陰にちらりと見えたものを数えて、素早くリンキーの声を打ち消した。

メルケンデンが愉快そうに言う。

「正解だ。いい目だな」

「ありがとよ」

「いや……撤回する。一つ見逃しているぞ」

「何を？」

「希少体だ」

リオは思わず後方を見つめ直す。南の闇に獅子《しし》のような頭部を持つ蛇たちがくねり出てくる。通常はくすんだ苔《こけ》色のはずの胴が、鮮やかな緑を基調とする虹色に染まっている。

「繁殖前の求愛色だ。二度も敵を見つけたことといい、リオ、ついてるな」

「わ、私だってリオを助けました！」

「わかってる。全機！　編隊のまま上へ回り込む。今度は散るなよ！」

リンキーの訴えをメルケンデンは軽くいなす。ジェンカとリオは同じようにくすくす笑いながら、見事な上昇旋回で編隊を保つ。

二匹の希少体を含む二十六匹もの獲物を落として、パックは発着場に帰った。仲間が大戦果を挙げたときのショーカの反応は決まっている。祝宴だ。次こそは自分が喝采を浴びようと思うからこそ、仲間の勝利を誉めたたえる。

パイロットハウスのラウンジに樽がいくつも運び込まれ、厨房ではコックが大車輪で料理を作る。乾杯はリンキーに譲られた。ハイウェン礁での武勲にもかかわらず、彼女はこれがハラルファでの初勝利だった。緊張しきったリンキーのひと声に五十人以上が唱和し、うち四割が彼女の頭にロンデ酒をぶちまいた。

武勇伝が語られる。どんどんとテーブルが叩かれる。二つ目の樽が開けられる。歌が出る。踊り始める。空になった皿が天井まで届く。ラウンジに熱い喧騒が満ち、夜の砂漠へ流れ出していく。

賭場《とば》が開かれた。テーブル一つの皿とグラスを根こそぎ床に薙ぎ落として、チップと牌《カード》が用意される。鋭い目つきの男女が席に着く。いずれも腕利きの勝負師たちだ。ただし狩りの上手下手との相関はなく、中にはこの時しかラウンジに出てこない、ショーカだかなんだかわからない者もまざっている。

本業よりも楽しそうな顔をしたクーリャが、胴元になって声を張り上げる。

「さー皆さん、荒稼ぎパックチップから巻き上げるなら今ですよー！」

牌と声が場を飛び交い、チップの山がめまぐるしく標高を変えた。ゼロになった者は頭を抱えて酔い潰れに行く。新たな挑戦者が切れ間なく席を埋める。歓声と悲鳴、天井を吹き飛ばすような笑い声が湧き上がる。

いい、おけらになるとともに酔い果てて倒れた男の代わりに、リオは席に着いた。背後から腰をかがめたジェンカが小声で言う。

「ルールは知ってる？」

「裏技までな。トリンピアでおれはどこにいた？」

「なら頼むわ」

無造作にジェンカが財布を押しつけた。リオは舌をなめて牌を受け取る。

リオは強かった。腕は対戦者たちのほうが上だったかもしれない。しかしここぞというときには必ず勝てる牌が来た。裏技を出す必要もないぐらいだった。

ゲームが数巡すると、対戦者たちのチップは軒並み半分ほどになり、リオの山は三倍になった。まだまだいけるとリオは踏んだが、かたわらのジェンカの様子に気づいて思い直した。

片手にグラスを持ったジェンカが、ふらふらと頬をリオの頭にぶつける。グラスを見ればば真紅のボンブ酒だ。酒には弱い女だった。

「おい、大丈夫か」

「ん、なんとか」

「あんたのなんとかは、かなりやばいって意味だろ。おい、降りるよ。精算頼む」

リオが立ち上がると、突然、対戦者の中で一番へこんでいた男が喚きだした。

「待ちやがれ小僧！　勝ち逃げできると思ってんのか、最後まで勝負しろ！」

「仕方ないだろ、ジェンカが潰れそうなんだから」

「いいじゃねえか、おれたちが代わりに面倒見てやるよ」

男の周りの数人が馬鹿笑いした。皆、酒精の湯気を立てそうなほど酔っている。リオの腹に熱いものが生まれる。自分が笑われたときよりも激しい気持ちだった。

クーリャが困った顔で声をかける。

「お客さん、ゲーム中のケンカはご法度ですよー」

「ゲーム？　これがゲームなもんか、あの小僧さっきから一人勝ちだぜ。イカサマしてやがるに決まってらあ」

「してませんってば。私ちゃんと見てましたもん」

どうやらクーリャは意外に鋭いらしい。裏技を使わなくてよかった、とリオは内心でつぶやいた。

男は牌を場に投げ出して言う。

「おれも降りるぞ。そんならいいだろ。ゲームとは関係ねえ」

「あ、それならどうぞー」

クーリャは笑顔で認めてしまった。それなら、とリオも進み出る。

「いいのか？　クーリャ」

「私たち、公私をはっきりさせる主義ですのでー」

「公私の分けどころが間違ってるよ、あんたら……」

「おう、なんだ。やるのか小僧」

男が拳を二、三回突き出す。ニッと人懐《なつ》こい笑みを浮かべて、リオは言った。

「ギルド公認なんだから、恨みっこなしだぜ？」

「そりゃこっちの台詞だぜ！」

ひと声叫んで、男が大振りのパンチを放った。

首を軽く傾けて避けたリオが、電光石火の素早さでジャケットからスリングを抜いて、男の喉元に突きつけた。右手で胸元までゴムを引き、石を挟んでいる。

「撃っていいかい？」

空の上では未熟でも、地面に足の着いたケンカなら百戦練磨のリオだった。

男のこめかみにひと筋の汗が流れる。

「そ、そんな豆鉄砲、たいしたこたぁ……」

「豆鉄砲？　ふーん、じゃあ教えてくれ。おれの後ろに厨房のカウンターがあったよな？」

「カウンター？　あるぞ」

「上からフライパンがぶら下がってたよな？」

「……三枚ある。それがどうしたってんだ！」

「こういうことだよ」

言うが早いか、リオは両手の位置を変え、肩越しにスリングを構えた。いっぱいに伸ばした右手を離す。

風を切って飛んだ石が、カァン！　と爽快な音を立てた。真ん中のフライパンがかすむように震えていた。鍋を覗いていたコックが顔を上げて怒り狂う。

「だ、誰だ！　おれのフライパンに穴なんか開けやがったのは！」

「あんたの喉は、甲材より硬いかな？」

男が視線を下げると、いつの間にか次弾の用意をしたリオが、笑いもせず見つめていた。

場がしんと静まり返る。そのとき、大声を上げた者がいた。

「小僧、そいつを引っ込めやがれ！　さもないととんでもねえことになるぞ！」

男の仲間が、ジェンカの首に後ろから腕を回していた。肉切り用のナイフを持っている。

リオはスリングを下げると、呆れたように訊いた。

「あんた、それ……どうするんだよ」

「ど、どうってな！」

「なんか勘違いしてねー？　おれがこいつを殺すとでも思った？」

親指を立てて今までの相手をさす。ショーカたちから失笑が巻き起こった。彼らは一時のふざけ合いだと思っていたし、小僧呼ばわりされたリオもそう思っていた。本気で脅すなど野暮《やぼ》の極みだった。

壁にもたれて一人グラスを傾けていたメルケンデンが言った。

「バウス、コルム、その辺にしておけ。おまえたちの負けだ」

「く、くそっ……」

ジェンカを抱いていたコルムが、引っ込みがつかないというようにナイフを上下させる。すると、ぼんやり立っていたジェンカが、ナイフを持ったコルムの腕をつかんだ。わけのわからないことを言う。

「狩りの腕自慢ってことにしない？」

「はあ？　腕自慢？」

「リオは狙いの正確さを見せたわ。私も芸を見せるから、気に入ったら許して」

「手、置いて。テーブルに」

「何を見せるってんだ」

部屋に入ると、二人は子供のように笑って肩を叩き合った。

「見た？　コルムの顔。目がこんなに大きくなって、口がこんなへの字になって」

「見た見た、泣きかけ。バウスってやつも冷や汗だらっだら垂らしてた」

「あー、面白かった。賭けには勝つし、希少体は落としたし、もう最高！」

「最高だよな。おれ、今までこんなに楽しいことってなかったよ」

「そう？　まだこれがあるじゃない？」

どん、とリオをベッドに突き倒して、ジェンカが飛び乗ってくる。リオはあわてて起き上がろうとする。

「ばかやろ、まだシャワーも」

「いいからいいから」

なしくずしに脱がされてしまう。途中からリオも反撃した。二組の衣服がベッドの横に落ちる。

酒で火照《ほて》った肌を寄せ合うようになると、リオはささやいた。

「ジェンカ」

「ん？」

「ありがとな」

「何が？　あ、こら」

「トリンピアから連れ出してくれて。あんたのおかげで、いろんな物を見られたし、いろんなことがわかった」

「どういたしまして、ってちょっと、いやだ」

「あんたにとっては、ギルドとの契約ってこともあったんだろうけどさ。おれを見捨てずにここまで引きずってきてくれて、感謝してる」

「それはどうも、エッ、エメリオル！」

「お礼だと思ってくれよ」

「何がお礼よ、自分がしたいくせ……にっ！」

「先制してきたのはそっちだろ？」

「なっ……まいきになっちゃって、この、この！」

「あっおい、それ反則！」

声は徐々に少なくなる。息遣いが高まる。

体内の澱《おり》を燃やし尽くしたような心地よい気だるさにひたっていると、ジェンカがつぶやいた。

「もうすぐ期限だから」

「期限？」

「育成の。君の面倒を見る義務がなくなる」

仰向けに横たわっていたリオは首を回した。うつぶせのジェンカが枕を抱いて言った。

「君もぼちぼち使えるようになってきたし、ギルドも認めると思う。そうしたら君は自由の身だわ。自由っていうのも囚人みたいで変だけど、今後の選択ができるようになる」

「どんな選択？」

「どんな選択でもよ。君が望んでいたように、シップを手に入れて自分で飛ばしてもいい。他の型のシップに乗って経験を積むのもいい。それどころかショーカをやめてもいい。これは自由っていうより、今まで君を保護していたものを捨てることだけどね。ご両親とか学校とかギルドとか」

「そんなんに守られてねえよ」

「守られてたのよ。誰が未成年の君の行動に責任を持っていたと思うの？　私は教えただけ、責任はすべて、今言ったいろいろの人たちに行っていたのよ」

「……そうだったのか」

「でも、それも終わり」

ジェンカははっきりしない声で言った。

「君は君を守らなければいけなくなる。……大人として」

「大人」

リオはつぶやいた。

いつかなるものだと知っていた。いつなるのかは知らなかった。漠然と、ジェンカとの最初の夜がそうだったと思っていたが、そうではないことが今わかった。

今までは動かされていたのだろう。ならば自分から選ぼう。変化から逃げるためではなく、変化を自分で乗り越えるために。

「おれはジェンカの後席を続ける」

リオはきっぱりと言った。

「頼りたいからじゃない。あんたを守りたい。守る力がなかったら身につけたい。……これって立派な選択だよな？」

「……ええ」

ジェンカはこくりと首を動かし、ややあって、ほっとため息をついた。

「オルベッキアでのことを思い出したわ。ひょっとしたらいなくなるかもって」

「まさか。おれが続けると思ったから、あんたをくれたんだろ」

「続けないかも、と思ったからよ。ちょっとずるかった。……それでもいい？」

リオは少し驚いた。そのことでジェンカが弱気を見せたのは初めてだった。

それから、シーツに流れている黒髪を軽く引っ張った。

「寝てなかったら、あんたから離れたと思うか？」

「……そう。それは嬉しいな。ありがと……」

「どういたしまして、だ」

リオは笑い、もう一度ジェンカに触れようとした。

手を止めた。ジェンカは目を閉じて眠っていた。

毛布を引き上げ、静かに天井を見つめて、いつまでもこうしていたいと思った。


順調な狩りは半月ほど続いたが、さすがに永遠にツキがあるというわけでもないようだった。ここ二、三日、リオたちはかろうじて赤字にならない程度の戦果しか出せずにいた。

少数精鋭で行こう、と言い出したのはリオだった。それまでアリフ礁《リーフ》の狩りには五機以上のパックで出ていた。分け前は五分の一だ。人数が多ければ取り分は減る。

ジェンカは最初、乗り気でなかったが、リオが借金のことを持ち出したので気が変わった。トリンピアを出るときにあった九十万デルの借金と、マルモンに払う機銃代の上乗せが、先の希少体のエンペラーの分にもう少し足せば完済できそうだったのだ。

二人は二機で出かけることにした。仲間にはリンキーを選んだ。彼女の実力と評判は釣り合っているとは言いがたく、上級者には少々お荷物扱いされていたのだ。唯一、淡々と同行してくれるメルケンデンが狩りを休んだ日に、二人はリンキーを誘った。彼女はむしろ進んで乗ってきた。

「最近、メルケンデンに合わせる顔がないんです。アリフ礁ではヘマばかりしちゃって……」

「あなた、ここでショーカの訓練を受けたんじゃないの？　地元でしょ？」

「実は、ツェンデルに行く前はハラルファ潟《ラグーン》でしか狩ってません。ストレイフのときはたまたま調子がよかったみたいで……」

悲しげに訴えるリンキーを、ジェンカが慰めた。

「礁はさっぱりってわけね。いいわ、誰にでもスランプはあるし」

「おれたちもそうだし」

「よけいなことは言わなくていいの」

三人の乗った二機は出発した。一時間ほどをかけてアリフ礁に到着する。

南方のこの地域は太陽が高い。礁の中も上方ならば外と変わらないほど明るい。ケルプという障害物はあるが、植物の天蓋越しに光を浴びたケルプは、薄緑に透けて無数の紗《しゃ》を吊り重ねたような美しい光景を現す。それを見て三人はため息をつく。

「きれいだよな……」

「礁を怖がるばっかりの町の連中に見せてやりたいわね」

「『ディプロドーン』が完成したら、町の人も来れるようになるかもしれません」

「ディプロドーン？　なんだそれ」

「知らないの？　トリンピア出身のくせに」

リオが相手だとリンキーは負けん気が出る。お姉さんぶって説明する。

「トリンピアの南北自治府が共同で造ってる、超大型シップのことよ」

「自治府？　ギルドじゃなくて？」

「ギルドと仲の悪い人たちがいるんだって。その人たちが、ショーカの代わりになる狩りの手段として、そういうものを考え出したの。それが実現すれば、町の人間も気楽に礁に来られるんだって」

「……どっかで聞いたような話だな。リンキー、フォビアス兄弟って知ってるか？」

「二人とも、無駄話しない」

「はーい」「あいよ」

ジェンカにたしなめられて、二人は笑った。

幽玄の光景か、これまでのよすぎたツキのせいか、それとも場数を踏んだための自信からか。いや、それらすべてが重なったのだろう。リオは慢心した。

敵ではなく景色を見回していたリオがふと顔を上げると、手が届くほど近くを、トゲの塊のような緑の浮獣が飛んでいた。シップよりやや大きな植物型の浮獣、ランズークだ。

とっさに銃を構えつつも、自分の攻撃は間に合わないと悟っていた。背後に呼びかける。

「すぐ後ろにランズークだ！　一度避《よ》けてくれ！」

「すぐ後ろ？」

避ける前に、ジェンカが首をひねって確かめようとした。まさか三十ヤードの至近距離にいるとは思わなかったのだろう。

ぐうっとのしかかってきたランズークが、主翼の前縁をこすって行き過ぎた。パシッと乾いた音がする。桁材の一本をやられた程度だと判断して、リオはジェンカの動きに備えようとした。

だが、シップが曲がらない。様子がおかしかった。

「ジェンカ？」

「やられた……桁がはじけて……」

「やられた？　ジェンカ、おい大丈夫か！」

リオはジェンカの顔を見られない。リンキーを手招きして、前席を覗かせた。

翼を並べたリンキーが、緊張した声で言ってきた。

「頭よ、ジェンカは頭をやられてる！　額からすごい血が！」

「頭だって……リンキー、ランズークを頼む！」

言うのももどかしくベルトを外し、前席を覗き込む。

ジェンカの黒髪をべっとりと濡らし、ゴーグルの上に溜まっている赤いものを見て、リオは息が止まるほど驚いた。肩に手をかけて揺さぶる。

「しっかりしろ、ジェンカ！」

「うう……敵は？」

「リンキーが当たってる。大丈夫か？　飛べるか？」

「な、なんとか……でも、見えないわ」

「見えない……って、目か！」

リオの頭からすっと血の気が抜けた。それはエンジンが止まるより恐ろしいことだった。ジェンカがシップを操れなくなれば、不時着どころではない。減速もできないまま一気に重素海に突っ込んでしまうだろう。

パニックを起こしかけてリオは必死に自制した。ジェンカを守ると決めたのだ。操縦ができなくても、できる限りのことをしなくては。

喉に詰まる声を無理やり絞り出す。

「か、舵は握れるか。ペダルは？」

「動く……わ」

「よし、いいか、おれが周りのことを教える！　なんとかシップを飛ばしてくれ！」

「わかっ……た……」

「リンキー、ジェンカは目をやられた！　引き返すから、後ろを頼む！」

「了解！」

ランズークが遅い浮獣で、しかも群れからはぐれた個体だったのが、不幸中の幸いだった。リンキーが敵を引きつけている間にリオはシップを回させ、礁から出た。

ほどなくリンキーも追いついてくる。二人は忙しく話し合った。

「島まで飛べるかわからないわ。意識のあるうちに不時着させたら？」

「だめだ、頭をやられてるんだぞ。不時着してバージを待ってるひまなんかない。一秒でも早く医者に見せなきゃ」

「ジェンカ、聞こえますか？　島までもちますか？」

「もたせるわ……こんなところで、死ねない……」

「がんばれ！」

それはリオのこれまでの人生で、最も長い一時間だった。八十数ノットで進むシップが牛の歩みのように遅く感じられ、こんなときに限って眼下を航行するバージは一隻もないのだった。

何度も気を失いかけたジェンカを励まし、揺さぶり、とうとうリオはハラルファ島を目にした。しかしまだ安心はできない。最大の難事、着陸が残っているのだ。

これまでリオは、着陸の危険を意識したことすらほとんどなかった。ジェンカはいつもテーブルに皿を置くように気安くシップを降ろしていた。

今、リオの前に砂漠の発着路が近づいてくる。均《なら》されてはいるが、ところどころにくぼみやブッシュがある。目の見えるショーカならたやすく避けられる障害だ。しかし、今の二人にとってはそうではない。舵をほんの少し間違えれば、シップは転倒し、原形をとどめないほど破壊されるだろう。

着陸という行為が、高速のやすりの上にシップを乗せるにも等しいことなのだと、リオはまざまざと思い知った。

ジェンカの肩にきつく指を食い込ませて、無我夢中でリオは指示する。

「左右は大丈夫だ、進入角度も！　スロットルもそのままで！」

「仰角……仰角は？　失速……」

「だ、大丈夫、大丈夫だ！」

細かい計器まで読めるわけではない。並進するリンキーの合図だけが頼りだ。

じりじりと近づいてくる地上の景色が、急に速度感を増した。接地が近い。前方に障害物がないことだけ確かめて、リオは機の横に顔を出した。着陸直前のシップは機首を上げている。前など見えなくなるのだ。

地を滑る影に頼って高度を測った。雲のないハラルファの空に強く感謝する。

「百フィート！　九十、八十、七十――」

「エメリオル、失敗しても許してくれる？」

突然ジェンカが叫んだ。構わねえ、と言いかけてリオは言葉を変えた。

「ばかやろう、あんたが死んだら許さねえ！」

ざんっ！　と尾輪が地を削った。進路を前方に矯正する力が働き、やや横滑りしていた機体が正確に前を向く。当然の力学が奇跡のようにシップを助けた。

主輪がバウンドし、機が浮かんでは進み、沈んではまた跳ねる。そのたびに放り出されそうな衝撃が襲う。リオは座席枠にしがみついてこらえた。スロットルが開きっぱなしになっていることに気づいて、転落覚悟で体を伸ばし、手前いっぱいに引いた。

ブレーキはペダルで働くが、リオの足はそこまで届かない。長い疾走の果てに、シップはようやく停止した。リオは逆さまになってジェンカの顔を覗き込む。

「ジェンカ、着いたぞ！」

返事はない。ジェンカは気を失っていた。

緊急事態宣言はすでにすませてあり、パイロットハウスからわらわらとショーカたちが出てきた。よってたかってジェンカを引きずり降ろし、担架に乗せる。

「気を失ってるぞ！」「目も見えてない、ゴーグルの中が血だらけだ」「信じられん、どうやって降りてきたんだ」

「ぎゃあぎゃあうるせえよ、医者は来てないのか？」

「いま町に呼びにやってる。とりあえずハウスに運ぶぞ」

男たちが担架を持ち上げて走り出す。リオはそばにつき添って、ハウスの医務室に運び込まれるまで、ジェンカの手を握り締めていた。


ラウンジのテーブルで、ぼんやりと発着路を眺めた。置き去りにされたシップを、リンキーが格納庫に戻していた。

自分はあれを走らせることもできないのだ、とリオは唇を噛んだ。

誰かが後ろに立って、声をかけた。

「ジェンカ、目と骨は大丈夫だそうです。額が切れただけって」

「そうか」

「でも、脳みそまではわからないって。どこか落ち着けるところで、しばらく寝かせて様子を見ろってお医者さんが」

「病院か」

「できれば家がいいと思いますー」

リオは振り向いた。クーリャが遠慮がちな笑顔で立っていた。

「家？」

「ええ、ジェンカのおうちで」

「家……なんかあるのか」

「そりゃありますよー。ジェンカだって何もないところでひょいと生まれたわけじゃないんですから」

言われてみればあたりまえの話なのだが、リオにとっては意外だった。ジェンカは生まれたときからシップに乗っていたように思っていた。

いや、そうではない。十五のジェンカがいた。初めてのとき、かちんこちんになっていたジェンカが。彼女にも過去はある。自分がそれを避けていただけだと、リオは気づいた。

何も知らない。パートナーなのに。恥ずかしくなって、リオはつぶやいた。

「病院でいいだろ」

「だめですよ、万が一のことがあったらどう――」

「万が一ってなんだ、万が一って!」

リオはいきなり立ち上がってクーリャの胸倉をつかみ上げた。クーリャが目を丸くする。はっと我に返って、床に降ろした。

「い、いや……ごめん」

「心配なんですねー」

クーリャが優しく目を細めてリオの肩を押した。こんなときでもからかうような口調で、それが逆にありがたかった。真顔で言われたら泣いてすがってしまいそうだった。

「そりゃ……心配だよ」

「それならなおさらですよー。ちょっとでも早く治ってほしいでしょ？　おうちに送ってあげるべきですよー」

「そこまで言うなら、そうするか……」

「狩り場でのけがなので、ギルドもお見舞金出しますからー。ジェンヤンまでのコンテス型代ぐらいにはなりますよー」

オルベッキアのやや北にある島の名を聞いて、リオは聞き返した。

「ジェンヤン？　ジェンカの家、ジェンヤンなのか」

「え？　キアナ型造りのジェラルフォン氏族工房は、ジェンヤンでしょ？」

リオは沈黙した。

「ジェンカ・メム・ジェラルフォンって、そのまんまの名前じゃないですかー。お嬢さま扱いされるのがいやで他人には言わないそうですけどー。……って、あの、もしかして？」

「……うん、知らなかった」

「パートナーなのに？」

リオの胸に突き刺さる言葉だった。

第七章　失われた方位

格子《こうし》に薄紙を貼った奇妙な引き戸に、短刀を腰に差した侍女の立ち姿が透けている。武器を持った人間に見張られているだけでなく、建物に入るときに靴を脱がされた。そして茎材を織った不思議な敷物の上にベタ座りさせられている。リオは落ち着かなかった。

窓から外の港を眺めていたリンキーが言った。

「私たちみたいな庶民は、ほうきで掃き出されちゃいそうね」

「あんたの家はツェンデル島の名家だろ。でもおれは……」

言いかけて、首を振る。

「悪いな、つき合わせて」

「ううん、ジェンカがやられたのは、私にも責任があるし」

ジェンカのシップをコンテス型で曳航してくる際、リンキーは離陸と着陸のときの操縦をしてくれた。しかし本当はそのためではなく、自分とジェンカを心配してついて来てくれたのだとリオは気づいていた。

一緒に来てもらって正解だったと、窓の外を見たリオは思う。自分ひとりなら、すくんでしまっただろう。

二階の部屋から東の港が見える。プロペラを備えた気嚢船《バージ》にまざって、帆を立てた見慣れない形のバージもたくさん浮いている。

港と反対の西側は、この部屋と棟続きの工房だ。瓦屋根の広壮な建物で、発着場の格納庫よりも大きい。部屋に通される前に中を見たが、十機以上のキアナ型が建造されていた。

トリンピアより東に五百カイリ。ジェンヤン島、ジェラルフォン氏族工房。多島界屈指の建造師《クラフトマン》の本拠地を、二人は訪れていた。

リオは窓を離れてテーブルに戻る。取っ手のないカップを持ってやけに苦い茶をすすると、カップの受け皿に刻まれた紋章が目に入った。

四本の脚を張り出して真下を向く、奇怪な鳥。

向かいから覗き込んだリンキーが言った。

「『ジェン』よ。地上のあらゆる生き物を殺すと言われる猛毒をもった鳥。ある弓手《きゅうしゅ》に倒されるまでに国を一つ滅ぼしたって」

「見たことあるのか」

「本物を？　ああ、この紋章を？　ないけど、ジェラルフォン一門のことは教科書に出てたから」

「教科書に……」

改めてジェンカの実家の長い歴史を思い知る。

廊下に足音がして、引き戸に人影が映った。侍女の姿が消え、引き戸が開く。リオは思わず腰を浮かせた。

「ジェン……カ？」

現れたのは、ジェンカ本人と見まがうばかりの長身の女性だった。

ゆったりとした白の上衣とひだの多い臙脂《えんじ》のスカートは、いずれもボタンで留めず紐《ひも》で縛る形式だ。この島特有の衣装で、常のジェンカの姿とはかけ離れている。

しかし、後ろに縛った髪と瞳の色は彼女と同じだった。整った顔には四十に近いかと思われる齢《よわい》が表れていたが、伸ばした背筋とまっすぐな眼差しに凜とした雰囲気があった。

「ジャファ・ジェラルフォンだ」

短く言うと、女はスカートの裾《すそ》をさばいてテーブルの一辺に座った。リオはつぶやく。

「ジェンカの母さん……か？」

「エメリオル・エッダとリンキー・リンチェットだな。トリンピアの市民とツェンデル自治府議員の娘」

質問に対する返答がない。リオはもどかしく尋ねる。

「こっちの名前なんかどうでもいいだろう。ジェンカはどうした？　ちゃんと手当てしてやってるんだろうな」

「どうでもよくはない。君たちがジェンカを傷つけ、つき添いのふりをして当家に潜入した間者ではないという、保証がなかった」

二人は絶句する。ジャファは淡々と続ける。

「外に見張りを立てたのもそのためだ。保安が重要なのだ。当家には軍需工房としての側面もある。船を盗んで戦《いくさ》を起こそうとする輩《やから》がいないわけではない」

「軍需……なんだって？」

「しかし、翔窩協会《ショーカギルド》に問い合わせて君たちの身分については確認できた。礼を言おう。ジェンカを送り届けてくれて感謝する」

「か、感謝はいいけどよ……」

想像もしなかった対応に戸惑いながら、リオは言う。

「ジェンカにちゃんとした医者をつけてくれよ。頭をやられてるんだから」

「承知している。あれは私にとっても大事な娘だ。万全の手配をした」

「そうか……」

リオはひとまず胸を撫で下ろした。ジャファは数枚の封筒を取り出してテーブルに並べる。

「これは往復の船賃と、些少《さしょう》だが謝礼だ。エメリオルには、ジェンカが払うはずだった賃金も立て替えた。不服があれば当家の家令に申し出ろ。以上だ」

ジャファは立ち上がり、出ていこうとした。リンキーが声をかける。

「あの、それだけですか？」

「それだけとは？」

振り返ったものの、ジャファは席には戻らない。リンキーが叱られたように身をすくめて言う。

「ええと……連絡先とか、言ってませんけど。ジェンカが治ったらどこに伝えてもらうか」

「協会に伝えよう。では」

「待ってくれ！」

リオは立ち上がって言った。

「おれはジェンカのパートナーなんだ。できればつき添わせてくれ」

「つまり、君の手落ちでジェンカは傷ついたわけだ」

言葉を失うリオに、ジャファは冷ややかな言葉を投げつける。

「私は君たちを歓迎しているわけではない。あれは家出した娘だ。ここへ戻った以上はこのしきたりに従わせる。もう会うこともなかろう」

「おれはどうすればいいんだよ！」

「どうなりと。協会は君の訓練が修了したと言っていた。己《おの》が道を探せ」

それだけ言うと、長話をしたというように軽く首を振って、ジャファは出ていった。

入れ替わりに武装した侍女たちが現れ、慇懃《いんぎん》な態度で退出を求めた。

発着場へ着いても、まだリンキーは憤然と文句を並べ立てていた。

「まったく、馬鹿にしてるわ！　お金だけ渡してさよならだなんて、私たちをなんだと思ってるのかしら！　私たちとジェンカは、あのおばさんが想像もできないような苦労を一緒にくぐり抜けてきた仲間なのに。ねえ、リオ？」

「ああ」

「わかってないわよ！　ジェンカだって治ったらすぐ逃げ出してくるに決まってるわ。あんなお母さんだもの、きっと二度でも三度でも家出するわよ！　来なかったらこっちから乗り込んでさらっちゃうべきよ！」

「いや、もういいよ。怒ってくれてありがとな」

リンキーは口を閉じ、ばつが悪そうにリオを見た。

「見え透いてた？」

「まーな。あんた人の悪口言うような性格じゃないし」

「だって、リオが元気ないから……」

語気をゆるめたリンキーの肩を叩いて、リオはラウンジを見回した。

ジェンヤン発着場のパイロットハウスだ。ここのショーカたちが二十人ほどたむろっている。外は雨が降り出し、タワーの発航制限がかかっていた。少ない陽光を小さな窓がさらに減らし、ラウンジは沈んだ空気に包まれていた。

「若いの、ジェラルフォン氏族工房に行ってきたのかね」

リオの後ろにいた年配のショーカが声をかけてきた。顔を向けると、彼は頭をかいた。

「いや失礼、ジェンカの名前が出たからな。聞くともなく」

「……ああ、行ってきたよ。だからなんだ」

「取りつく島もなかったろう。それはな、六年前にあの男が工房を訪れたからだ」

男は小さな窓の上を指差した。そこには数枚の肖像画がかかっていた。すすけてはいたが顔はわかり、リオはその一つを見てつぶやいた。

「グライド……」

「ご存じか。六年前、あの男がキアナ型を手に入れるために工房の戸を叩いた。当時から肖像画を描かれるぐらい名の通ったショーカでな。工房側でもこの男ならと喜んでシップを造った。そりゃあもう、世界一速くて世界一強いキアナ型をだ」

トリンピアで見た美しい翼をリオは思い出す。男は続ける。

「ところが間違いが起きた。工房の一人娘がグライドに惚れちまったんだ。あそこは代々女が当主を務めるしきたりで、流れ者のショーカに懸想《けそう》するなんぞ、許されないことだった。しかし恋ってやつは、邪魔が入れば入るほど燃え上がるもんだって昔から決まってるからな」

「それでグライドも」

「ああ。シップと娘、両方さらって逃げた。素質を見抜いたんだろうな」

柔和な笑顔で話していた男が、かすかに口の端を曲げた。

「しかしその後、グライドは娘を捨てちまった。娘はめげずにショーカとして飛び続けとるみたいだが、あれっきり一度も帰って来ん。まあ、実家に合わせる顔がないんだろうなあ。当主も怒り狂っとったからなあ」

「……それ、とことんグライドが悪いってことじゃねえか」

「だな。でも、やつは見上げた図太さでな。並の男なら近寄れもしないはずの娘の故郷に、平然と舞い戻って狩りを続けた。工房じゃ、やつが落ちて代わりのシップをくれって頭を下げてくるのを心待ちにしてたが、いつまでたっても落ちやしねえ。そのうち六年がたって、やつは登録一番の座を手に入れた。もう、なんというか、たいした男だよ」

「それは、ジェンカが好きになるわけですね……」

思わずそう言ったリンキーが、あわてて口を押さえた。

男はこぽこぽとカップに茶を注ぐ。じっと肖像画をにらんだリオが言った。

「じーさん……その娘、もう一回さらっちまってもいいかな」

「そいつは犯罪だ、いいも悪いもないな。何かしろなんて大それたことも言わん。しかしまあ、あたりまえのことを一つだけ言おうか。誰かを手に入れたいなら、相手の望みをよぉく考えにゃな」

「相手の望み……」

男は茶をうまそうにすすった。考え込んだリオはふと男の日に焼けた顔を見て、おれのこと知ってんのか、と聞いた。男は笑い返しただけだった。

事務室からここのギルド員のフーリャが出てきて、ラウンジに向けて言った。

「夜行便の予約、締め切りますよー。皆さんいいですかー」

「あ、言ってこなくちゃ」

立ち上がったリンキーが、振り返る。

「私はシップがないからハラルファに戻るけど……リオも戻る?」

「いや」

リオは首を振って言った。

「トリンピアに行く」

「トリンピアに? どうして?」

「ジェンカはまだおれのすべてを認めてない。自分でもそう言ってたし、おれも仕方ないと思う。だから……」

「あきらめるの？」

「あいつが望むのは、今のおれじゃないと思うんだ」

リオは手を振った。

「行ってくれ。心配しなくていい」

「うん……」

リンキーが立ち去ると、リオはじっと小窓の外を見つめた。


目を覚ましたジェンカは、見慣れない部屋にいることに戸惑った。

見慣れないわけではなく忘れていただけだと気づいたのは、部屋の外を滑るひそやかな足音を聞いたときだった。女たちの足音、遠い昔に脱け出したはずの檻《おり》。

工房の自室だった。小簞笥《だんす》と鏡台、やや小さめの布団。今の自分には似つかわしくない。

起き上がろうとすると頭が割れるように痛み、目も開けていられなくなった。横たわって目を閉じる。しばらくすると引き戸が開く音がした。

「母さん……」

「まだ傷は癒《い》えていない。休め」

昔と同じ、厳然たる口調だった。ジェンカは声を絞り出す。

「エメリオルは？」

「来て、去った」

「顔が思い浮かぶわ。さぞかし悔しがったでしょうね」

「過去は聞かない、だが未来は忘れろ。おまえの居場所はここだ。ずっと」

「おとなしくしてると思う？」

「逃げてどこへ行く？　あの少年は家へ帰った」

「……トリンピアへ？　うそ！」

「疑うなら協会に確かめろ。私は何もしていない」

それだけ言えば十分だとばかりに、ジャファは立ち去った。

ジェンカは深々と息を吐く。リオならジャファに盾突いて、押し入ってくるぐらいのことはすると思っていた。たとえ無理でもやるはずだ。できるできないを考えるような少年ではない。

それなのに去ってしまった。なぜ。嫌われたとは思わない。なら、逆だ。

手が届かないと思われたのだ。

「馬鹿……せっかく本名黙ってたのに……」

ジェンカはむなしい気持ちで、布団を引き上げた。

夜行のコンテス型から降りたリオを、かすかに匂う朝の空気が迎えた。大きな町に溜まった煤煙《ばいえん》とほこり、人や食べ物などの放つアクの強い匂い。

それを嗅いだ途端、戸惑うほどの懐かしさが湧いた。

トリンピア。帰りたいと思ったこともない故郷。

荷物を詰め込んだ頭陀袋《ずだぶくろ》を背中にぶら下げて、発着路を歩き出す。ここには留まりたくなかった。レッソーラがいる。会えばジェンカのことを聞かれる。

「四、五……六カ月、半年ぶりか」

パイロットハウスの裏には、半年前に乗り捨てた自転車が盗まれもせずに置いてあった。それに乗って発着場を離れた。

路面動車の線路に揺さぶられて、坂を下る。港に面したトリンピアの町並みが見えてくる。家に帰るつもりはない。それはグライドに見捨てられたジェンカもしなかったことだ。しかし行く当てもない。

町に入り、しばらくゆっくりと走った。

広い中央通りには動車が行き交い、石と幹材を使った五階、六階もの高い建物がそびえている。路地に入ると朝市の露店が並び、物乞いの声と辻楽師の下手くそな音楽が流れている。人は多かったが、その顔にはどれも、何かをあきらめたような色があった。他の島を回った今では、トリンピアの特徴がよくわかった。それは活気と表裏一体になった沈滞だ。

朽ちた石壁に何十枚もの貼り紙が並んでいた。すべて同じ柄で、見たことのないシップの絵が描かれている。隣の露店で揚げ団子を買って、リオは聞いた。

「おっさん、そこの紙、なんだよ」

「書いてあるだろう。ディプロドーンだ」

「ああ、これが……」

リオは貼り紙を見つめ直した。ぶすっとした顔で団子を揚げている親父に言う。

「なんで貼り紙なんかするんだ？」

「自治府が税金で造ってるからだ。こんなに凄いものができますよっていう宣伝だ」

「あんまり嬉しそうじゃないね」

「浮獣なんかショーカに任せときゃいいんだ。町まで来るわけでもなし。でも――」

ふと顔を上げて、薄曇りの空を見つめる。

「そいつができれば、他の島の人間は驚くだろうな」

「怖がるかも」

「どっちにしてもトリンピアの力は強まるな。それなら、捨てたもんでもないかもしれん。輸入のケルピーが安くなるといい。近ごろ仕入れ相場が上がっちまって。それだ、それ」

リオがかじっている団子を串《くし》で指し示す。原料の浮獣のことだろう。

こんな露店の親父まで知っているシップのことが、リオは気になってきた。

「これ、どこで造ってるんだ」

「だから書いてあるだろうが。あっ、こらっ！」

「まけといてくれ！」

貼り紙をはがしたついでに団子をもう一つ失敬して、リオは自転車をこぎ出した。

貼り紙に書かれていた場所は、町を挟んで発着場と反対側の原野だった。そこへ向かうと、家々の間がくれに巨大な工場が見えてきた。近づくにつれてリオは唸った。発着場の格納庫の二倍はある。

「いったい、何機造ってんだ……？」

敷地の外からちらりと見られればいいと思っていたが、自分がショーカであることを思い出した。試しに柵の門のところで門番に名前と登録番号を告げてみると、拍子抜けするほどあっさりと通された。

門番は丁寧に言った。

「ショーカの方々にも知っていただきたいんです。いずれはこっちに乗り換えてもらうことになりますからね」

「乗りたがるかな」

「見に来る方は多いですよ。今日も、ほら」

工場の前に数台の動車や二輪車が停まっていた。

壁の外に造りつけられた階段を五階ほどの高さまで上り、見学者用の入り口から工場に入った。ひと目見て、リオはうめいた。

「で……でけー……」

一機だった。

奥行き百ヤードを超える工場に、無数の照明の光を浴びて、灰白色の雄大なシップが居座っていた。先端には、十人がいっぺんに入れそうな角ばったガラス張りの密閉式操縦席がそびえている。箱型の胴には二段の窓があり、長さは恐らく八十ヤード以上。高い天井を突き破りそうな鋭い垂直尾翼で終わっている。主翼は前後二組あり、前翼は幅六十ヤード、後翼は百ヤードに達していそうだった。しかも三葉、三枚重ねである。

前後幅——翼弦長だけで十五ヤードはありそうな後翼には、左右五機ずつのエンジンが載せられ、キアナ型の主翼を流用したかのような大直径のプロペラが取りつけられていた。大きさも出力も、コンテス型の倍以上の巨大シップだった。

朝も早いというのに、大勢の整備師《パッチワーカー》が蟻のように取りついて作業をしていた。よく見ると彼らは主に、機体各部に突き出したこぶのような場所に集まっている。砲座だった。見えている片弦と上部だけで十カ所以上ある。

「武器を取りつけてるってことは、完成間近だよな……」

リオがつぶやくと、近くにいた男が言った。

「試運転は半月後だ。それも公募で百人も乗せる。よほど落ちない自信があるんだな」

その声に振り向いたリオは、身を硬くした。

「グライド……」

「エメリオルだったたな。おはよう」

その大きな名声に比べて驚くほど小柄なショーカは、穏やかに微笑んだ。

「なんで、あんたがここに……」

「おまえと同じだ。こいつが気にならんショーカはいまい」

「パートナーは？　コーナとかいう」

「ハウスだ。おれは最近、毎朝一人でここへ来ている」

片肘を手すりに載せてディプロドーンを見下ろしながら、グライドは言った。体のどこにも力が入っていないが、どんな動きでもできるということを見る者に感じさせる。そういった完成された雰囲気はメルケンデンにもあったが、グライドは逆に人を拒む孤絶感がない。一度は脅えたリオでさえ、引き寄せられてしまいそうだった。
二、三歩近づく。
「ちょっと話していいか」

「ああ」

聞きたいことはたくさんあったが、思い出すには唐突すぎる対面だった。リオはあがっていた。恋人の前に立った少女のように。

「こいつを気に入ったのか？」

「ディプロドーン、最強のシップ。礁《リーフ》へ乗り込み、圧倒的な火力であらゆる浮獣を屈服させ、豊穣な収穫を町にもたらす。自治府の謳《うた》い文句だ。こいつが気に入らん」

「嫌いなのか」

「おまえはどうだ」

問い返されて、リオはシップを見下ろした。

「すごい……と思う。こいつなら絶対に落ちないんじゃないか。機関砲も二十ぐらい持ってるし。好きとか嫌いとか、そんな感情なんか通じない代物《しろもの》に思える」

「ふむ、絶対に落ちない、か。……それだけならたいしたことはない」

「なぜ？」

「おれも落ちたことはない」

おぼろげに、リオはグライドの心情に気づき始めた。何かに抗うように言う。

「火力が二十倍だぜ？」

「二十倍の敵が押し寄せれば役にも立とうが、そんな飽和群に自分から突っ込んでいくのは馬鹿なことだ。そうそうあることでもない。時間当たりの撃墜数はたいして伸びんだろう」

「こいつが弱いって言いたいのか？」

「違うな。おれのほうが強いというだけだ」

リオは耳を疑った。言うにことかいて、百ヤードの巨人機より自分のほうが強い？　自分はそれを比べることすら思いつかなかったのに。

「まあ、試してみるまではわからん」

グライドは平然と言う。

「気に入らんのは、まだ空に浮かびもせんうちから、自治府が最強を謳い、市民もそれを信じていることだ。そのうちに白黒はっきりさせてやる」

「あんた、なぜショーカになったんだ？」

たまりかねてリオは叫んだ。グライドは隠しもせず、本心に違いないことを言った。

「すべてに勝ちたかった。それだけだ」

傲岸不遜《ごうがんふそん》というほかなかった。彼以外の誰かが言ったならば。

今までそれを実現させてきた男は、手すりを離れて歩き出した。会話がわずらわしくなったという風でもない。行きたくなったから行く、と背中が言っていた。

置いていかれる前に、リオは叫んだ。

「なんでジェンカのことを聞かねえんだ！」

「興味ない」

それと軽く挙げた右手が返事だった。

リオは立ち尽くした。まぶしい光にくらんでいた目が元に戻ったように、自分の気持ちが見えてきた。そこにあったのは怒りと悔しさだった。

「なん……だよ、ちくしょう！　興味ない？　ふざけやがって、ちくしょう！」

手すりを何度も叩いた。骨材の手すりがびんびんと揺れた。

昂《たか》ぶった気持ちのままに、町への坂を全速力で駆け下りた。中央通りに入ると動車がけたたましいベルを鳴らし、あわてて避《よ》けた通行人が罵声《ばせい》を浴びせた。ろくに前も見ずにペダルをこいでいると、不意に瓶を山積みにした手押し車が角から出てきた。金髪の少女が声を張り上げている。

「鉱水いりませんかぁ、トゴル山の泉の天然鉱水——きゃっ⁉」

突っ込んだリオが手押し車をひっくり返し、数十本の瓶を路上にぶちまけた。

リオもごろごろと転がって横たわる。ぽかんとしていた少女が目をつり上げて怒鳴った。

「あんたどこ見てんのよ！　鉱水五十本二万デル今すぐこの場で払ってよ！」

「持ってけよ……」

ジャケットから財布を出して放り投げる。リスのように素早くそれを拾った少女が、手押し車を起こそうとして、こちらに目を留めた。

「……リオ？」

「ティラル……？」

半年前まで友達であった娘だった。寝転んだままのリオにおずおずと近づき、しゃがむ。

「やだ、ほんとにリオじゃん。何してんの？　ショーカになったんじゃないの？」

「ショーカだよ。おまえこそ、鉱水売り？　一本四百って客なめてねえ？」

「本物なら安いよぉ。実は向こうの井戸水詰めてるんだけど。学校放り出されてさ。ていうかリオこそ、なに暴走してんのよ」

「ティラル」

「え？」

リオはティラルの膝に這い上がり、声を殺して泣き始めた。肩をふるわせ、熱い滴《しずく》をしたたらせる。

「え、あのっ？　リオっ？　ちょっとちょっとこんなとこで！」

あわてて周りを見回すティラルを離さず、リオは嗚咽し続けた。

ティラルが乱暴な父親から逃げ出して隠れ住んだのは、港区の浮獣市場の屋上小屋だった。転がり込んできたリオを、汚いところだけどさ、と恥ずかしそうな顔で中に入れた。リオにしてみれば他に行くあてもないし、文句はなかった。それに、以前好きだった女の部屋に上げてもらえたということは、ちょっと自尊心をくすぐられた。——その嬉しさも三日程度しか持たなかったが。男も女も変わらない貧しい暮らしの生活感のせいで、わずかに残っていた初恋の幻想も、あっさり薄れて消えてしまった。

もっともそのおかげで頭が冷えた。三日目に先行きを考えたリオは、ある手立てを思いつき、ひとまず浮獣市場に出ていった。甲材を手に入れてから南発着場へ運び、不足している組み立て部品を自作してギルドの部品庫に納めるという手で、いくばくかの代金を——日雇いの何日分かに当たる金額を、得た。

その金を持って屋上小屋に戻り、宿代だと言ってティラルに渡した。その夜、ティラルが服を脱いだ。

「いや、待てよティラル」

浮獣市場の屋根から漏れ上がる光の筋が、同い年の少女のほの白い乳房を照らす。リオは最初の一瞬こそ驚いたが、すぐに苦笑して手を振った。

「そんなことはしなくっていいよ」

「なんでよ、リオ。あたしにお礼させてくれないの？」

少女が大きな瞳を悲しそうに細めて、体をすり寄せる。美しかった金髪は、今では汗じみてくすんでいるが、それがかえって彼女を身近に感じさせる。

「こんなこと誰にでもするわけじゃないよ。路地裏で絡んでくるおっさんなんかには絶対しない。あんたがいいやつだからしたいの。――お願い、させて？」

「待てって――こら！　おまえは本当にうまいな、こういうの」

ティラルの言い方には、思わずぐらりと来てしまいそうになる。リオは半ば自分に言い聞かせるつもりで、おまえとはやらない、と少女の肩を押し戻した。

「おれなんか口説いても何もいいことねーよ。さっきの金は、あれだけだ。そうそう何度も同じ方法では稼げねえ。飛びもせずに部品売りだけでうろうろしてるショーカは歓迎されねえからな。次の稼ぎを見つけるまでは、おれはただの文無しだ」

「なんだ、そうなの？」すり切れたブラウスの中にあっさりとおっぱいが消えた。「てっきりいい稼ぎ口を知ってると思ったのに」

「相変わらずいい性格してやがんな、ティラル！」

「えへへ♪　でもね、リオ。半年前のあんただったら見せてあげなかったよ」

底意のなさそうなふんわりとした笑みは、ついさっきの媚びた目つきよりもよほど可愛らしかった。

「あんた、振られたでしょ。ううん、取られたのかな？　とにかく、いま他に好きな人がいる。そういうリオを誘ったら、どうなるかなって」

「最悪じゃねーか……」

顔をしかめつつも、リオは問わず語りに、この島を出てから戻るまでのことを虚飾なく話した。ゴミ捨て場から拾ってきた染み付きのマットレスに並んで横たわったティラルは、へーえとかほーおとか感心の相槌《あいづち》を打ち、聞き終わると言った。

「どこまでほんとの話？」

「全部に決まってんだろ！」

「うそじゃん。下町の貧しい少年は美しく強いお姫様と出会い、大冒険の果てに結ばれました。けれどもお姫様は高貴な身ゆえ、お城へ帰ってしまいます。残された少年は町に戻ったものの、お姫様のことを忘れられずに今でも想ってるのです……なんだこれ、絵本かよ！　リオ似合わねーよ！」

「絵本ってほどにはめでたくねーな……」

「そーかー？　もうやられたり落ちたりする心配ないんでしょ？　いいじゃん、もう地面に戻ってもさ。そんで結婚しよ？　めっちゃえっちしよ？」

「はっはは、半年前だったらな。きっと飛びついてたよ、おれ」

「あんた手ごわくなったなー！」

「おまえこそ、っていうかおまえならもっといい彼氏できるだろ。なんで一人なんだよ」

「いたけど全部クズだった。家帰れないのは、前の彼氏にバレてるせいもあるんだ」

「……おまえも大変だな」

「あたし、夢があるの。リオには教えてあげる」

もともと物置だった小屋の隅に積まれた、押し込み強盗避《よ》けの棍棒だの雨水で洗いざらしただけの下着だのをかきわけて、ティラルは平たい箱を取り出した。一抱えほどの、重要な書類を納めたりする甲材製の頑丈な箱だ。

マットレスに置いて数合わせ錠を外し、そっと開けた。

「これ……どうかな」

似あわないほどおずおずと聞く。中には色付きの甲材を削ったブローチやペンダントが並んでいた。材料らしい板と鎖、それに数本のやすりもある。リオは少し驚く。

「自分で作ったのか」

「うん、市場で切れっぱし盗《と》ってきて。うまくできたやつは水と一緒に売ってる。そのうちお店持ちたいなって思って……まだ一個も売れたことないけど。はは、女の子みたいだよね？」

女の子のはずのティラルが、そう言って照れくさそうに髪をかき回す。リオは一つずつ手にとって見る。

さまざまな浮獣を模した造りだった。細長い波型はリグリング、羽根のある砲弾型はレイジィ。市場の屋上から、港に入るバージを見て形を覚えたのだろう。

形だけはわかったが、ありていに言ってどれも不恰好だった。彫刻など習っていないはずだから、無理もない。

ただ一つだけ、なんとか売り物になるかな、という程度のブローチがあった。それは白蠟《はくろう》のように透き通った上質の骨材製で、背に翼を持つ少女の形をしていた。やすり痕《あと》を布で潰し、なめらかに仕上げてある。ティラルがささやく。

「グリース」

「グリース？」

「絵本に出てた古い浮獣。今ではいないみたい。バージに引っ張られてるの、見たことない。でもなんとなく好きで、いっしょけんめ作った」

「ふうん……」

ためつすがめつそれを眺めたリオは、財布から残り少ない札を何枚か抜いて差し出した。

「買うよ」

「かっ、買ってくれるの？」

「わりといいできだから。もらっとく」

「ありがとう！　って――」顔を輝かせかけて、ティラルが真顔になった。「あげる、んだよね？　人に」

「ダメか？」

聞き返したとき、ティラルはリオの見たことのない表情をした。

しかし、それがなんなのか見定める間もなく少女は顔を背けた。

「包むよ、待って。ああ、保存用の油も落とさないと……」

飴の小箱を探し出して、ティラルはよく拭いたブローチを入れた。少し見つめてから、リオに差し出す。

「毎度ありっ」

「うん」

リオは受け取り、大事にポケットに収めた。

それからしばらく、リオは小屋で寝たり港を眺めたりして過ごした。何日目かに、ティラルの装飾品に使えそうな端材を探して港をうろついていたところ、回収師《レトリバー》のイグジナと再会した。捕まえた浮獣からちぎれたり剝がれたりした端材をくれないかと頼んだところ、どうせ捨てるものだからと快く承知してもらえた。

「ところであんた、いま一人なの？　ジェンカは？　実家？　ふーん、お休み中ってことね……仕事ないんならうちの気囊船《バージ》に乗る？」

懐の広い女回収師《レトリバー》に、そういう選択肢もあると教えられたのはありがたかったが、リオは丁重に辞退して、接岸中の船に荷下ろしや荷積みをする仕事に加わった。なぜか、トリンピア島を離れたくなかったのだ。

晴天が続き、港にはたくさんのバージが出入りしていた。小型の浮獣は甲板に積み込み、大型の浮獣は起重機で引きずってくる。こうして見ると、人間が殺して利用する浮獣の数は驚くほどだった。ここだけでも一日に二千匹を越えるのではないだろうか。

市場の人間にとって、浮獣とは死んで解体できるようになった塊だ。町の人間にとってはなおさらで、食べたり組み立てたりする原料でしかない。

盛大に、黙々と狩り続けられる浮獣。彼らの存在には資源としての価値しかないのだろうか。彼ら自身はどう思っているのだろう。

価値を問うなら、自分だって怪しいものだ。ティラルは三十の細工を失敗したが一つを完成させた。自分はなにか一つでも創り上げたのか。

自分は何のために。

誰もが迷うその問いも、リオにとっては初めてのものだった。昼間は男たちに混じって重い荷物や浮獣の死骸を運び、夜はティラルとふざけ合いつつ、心の片隅でリオはその問いを転がしていた。

十五日目に、屋上に寝そべっていたリオは見た。

悠然と頭上を横切る、空のすべてを隠してしまいそうな翼。十発のエンジンが立てる轟音に、建物と、体と、心を揺さぶられたとき、リオは思い出した。

あれに打ち勝つと豪語した、むかっ腹の立つ、こんちくしょうの、ふざけた大馬鹿野郎がいたことを。

リオは跳ね起きた。

頭陀袋を担いで外階段を駆け下りると、手押し車を押して帰ってきたティラルと鉢合《はちあ》わせした。荷台はほとんど空になっていた。

「お、売れたのか。よかったな」

「行っちゃうの？」

とっさに答えられず、リオは口をつぐんだ。ティラルは待っていた手紙が着いたように

ほっとした顔になった。

「なんかあったのね。朝と違う顔してる」

「……おまえには世話になったよ。感謝してる」

「いーよ感謝なんか。こっちこそ感謝だよ、イグジナさん紹介してくれて」

そう言うとティラルはリオの後ろに回って、ばん！　と思い切り背中を叩いた。

「行ってこい！　なにをどーすんのか知らないけど、その顔なら行ける！」

「いっつ、こっのやろ」

顔をしかめながらリオはその辺に倒してあった自転車に駆け寄って力いっぱいペダルを

踏んだ。

「またなティラル、がんばれよ！　今度来たらやらせてくれ！」

「だっ……誰がやらせるか、ばっかやろーー！」

後ろでティラルが、顔をくしゃくしゃにして絶叫した。

発着場の二番庫に入ると、おあつらえ向きに漆黒のシップが止まっていた。近くの整備台で話していた二人の男女に、リオは一歩一歩踏みしめるようにして近づいた。

「グライド、ちょっといいか」

「ああ、悪い。これから休むところ――」

「グライド！」

彼の言葉を遮るのは恐ろしく勇気がいることだったが、リオはそれをやってのけた。ふむ？と片眉を上げたグライドが、首だけこちらに向けて言う。

「用は？」

「おれを後席に乗せてくれ」

「なぜ？」

「あんたの実力が知りたい。おれはあんたを越えるつもりだ」

「おれにとっての利点は？」

「ない。でも、あんたはジェンカを悲しませた。おれはジェンカを喜ばせてやりたいから、あんたは敵だ。ここで断ったら、敵の挑戦から逃げた男だって言いふらしてやる」

「めちゃくちゃな理屈だな」

グライドはそう言ったが、じっとリオの顔を見つめ、とうとう体ごと向き直った。

「……何かあったな。目が強い」

「あんたに誉められても嬉しくねえ」

「誉めたわけじゃない。おまえもおれの嫌いな、手強い相手になりかけているということだ。つき合って成長の機会を与えてやるのは気が進まん」

「言いわけする気――」

「しかし」

リオは叫ぶ必要があったが、グライドは静かなつぶやきだけでこちらの言葉を遮った。

「今はともかく、将来のライバルは必要だな。でないと最強を証明しようがなくなる。コーナ、悪いが昼飯はひとりで食ってくれ」

「了解しました」

銀髪のパートナーがうなずき、リオに薄い笑いを向けた。

「死ぬかもしれません。冗談でなく」

「上等だ」

言い返してリオは走った。すでにグライドはシップに向かっている。

彼に続いて後席に乗り込み、ジャケットの前を閉じ、ゴーグルをかけた。タワーと交信していたグライドが言う。

「さっきディプロドーンを見に一度飛んだ。ビブリウムが褪《あ》せているから、飛ぶのは近場だ。ガズンでいいな」

「トリンピアの北の礁だな？」

「初めてなのか。今までに見た最強の浮獣は？」

「ストレイフ。リンキーが落としたとき、ジェンカと的役をやった」

「なら、すくみはせんか」

馬鹿にしているのも同然の言葉だったが、怒りは腹に溜めた。トリンピア島の北九十カイリにあるガズン礁は他の礁と違い、広さと敵の数はたいしたことがないものの、種類だけは異様に多彩だ。最弱のプチフェザーから、リオがまだ会ったことのないグンツァートのハイフットまで、およそ多島界の浮獣という浮獣が棲息している。後席の腕が悪ければもろともに落とされる。技量の確認は必要なことだった。

発着路に出て、発航許可を取る。

「一番、火矢のグライド、ガズンに出る」

「行ってらっしゃい。今日はガズン行きが多いですよ。仲良くしてくださいねー」

「それは無理だ」

ソーリャの能天気な声に言い返して、グライドがシップを走らせ始めた。

すぐにリオは感じる。加速からしてジェンカ機とは違う。体が置いていかれそうで、ベルトが伸びている。続いて激しい重みが加わり、大地が落下し始めたように地上の景色が遠ざかる。信じられないほどの上昇力。

機首を北に向けると、グライドが言った。

「袋は持ってきたか？」

「吐いたりしねえよ」

「吐くのはわかっている。本番の前に出しておくんだ」

いきなりシップが横転した。一回ではない。三回、五回、十回、十五回。

「く、こ、の、や……ろぉ……」

二十回目を逆さまで止めて、なんと上昇を始めた。並みのシップなら失速か空中分解のどちらかに陥ってしまう、順面上昇宙返りだ。体中の血が頭に殺到し、胃袋が中身ごと喉元にせり上がってきた。リオは口を手で塞いで、吐瀉物《としゃ》を押さえ込む。

グライドは無言でシップを振り回した。三回の宙返りの後に五回のバレルロール。垂直上昇で静止して、錐もみ降下。錐もみは、シップを飛ばすのではなく、ほとんど落とすのに等しい技だ。リオの頭の上で、トリンピア島と大空が区別がつかないほど激しく回転する。

「……ぐ……」

突然シップは、今までの荒技が嘘のように水平飛行に移った。錐もみからの姿勢回復はそれ自体が高等技術だ。それを少しの当て舵もなしに一度で決めた。

「吐いたか？」

グライドが確かめるように聞く。リオは答えなかった。

五分近くも黙り続けて、やっと言った。

「……吐いてねえ」

「感心せんな。意地を張るより、吐いて気分をよくすることのほうが大事な場合もある」

「今はそうじゃねえ！」

「それもそうか」

意外にもとぼけた返事が来た。和《なご》んでたまるか、とリオはだんまりを決め込む。

トリンピア島を飛び越えてガズンに向かう一時間半あまりの飛行は、憎らしいほど快適だった。横風がないわけではないのに、席の枠に立てた弾丸が倒れないほど完璧に、グライドは揺れを封じた。一度だけ、弾むぞと言われ、二秒後にその通りに機がガクンと跳ねた。目に見えない突風まで彼はわかるらしかった。

やがてグライドは言った。

「ガズンだ。背を当てろ」

身長の低さを感じさせないがっしりした背中が押しつけられた。リオは踏ん張り返す。

グライドは事務的に言う。

「好きなように撃ってくれ。標識は必要ない。後方の敵だけ教えろ。コーナは五カイリ先まで見る」

「防御は任せるってことか」

「いらんのだ。そんな危険な領域にまで踏み込む気はない」

危険を完全に見切ることができるという意味の台詞だった。もう、その程度でリオは驚かない。この男なら後席なしでも後ろに対処できそうに思えた。

右手を最初のケルプが通り過ぎ、シップは礁に入った。

ガズンは奇妙な礁だった。もうなじみになったプチフェザーの群れがふわふわと眼下を流れていくかと思えば、鎌《かま》を持ったアクスポップが高みをくるくると回っている。規則正しく上下するデュルンの壺のような姿も見え隠れする。どれも、襲いも襲われもせず穏やかに共存しているようだ。嫌戦性の雑魚なので、リオは位置だけグライドに告げて見送ったが、そもそも嫌戦性の浮獣が好戦性の浮獣の多い礁で生き延びていられるのが不思議だった。ここには、人間に感じ取れないルールのようなものがあるらしかった。

好戦性の浮獣に備えて油断なく周囲を警戒していると、無線機から切迫した叫び声が飛び出した。

「緊急事態！　こちら一六五八番セラム、機体損傷につき不時着！　位置は北一六五西九、機種はバトラ型、同乗者一、敵浮獣不明！」

「グライド、行くか？」

「ああ、近い」

機は滑らかに旋回し、快速で進む。いくらも行かないうちに別の声が次々と叫んだ。

「緊急事態、こちら九四〇番シャウラーニ、不時着するわ。北一六五西八、機種はクリューザ型、同乗者なし、敵浮獣不明」

「緊急事態だ！　こちら二七〇一番サーグ、不時着する！　位置、北一六五西八、機種、カティル型！　同乗者一、敵浮獣不明！」

「……なんだ？　こいつら」

「パックが襲われている。しかし妙だな、全員が敵を識別できんとは……」

そう言ったグライドが、あと四カイリだとつぶやいた。リオは神経を研《と》ぎ澄ませて接敵に備える。

四人目の声が言った。

「緊急事態、七二番ハーボーだ。操舵不能につき不時着する。位置、北一六五西八、機種、キアナ型、同乗者一、敵浮獣はグリース。オーデル・グリースだ！」

「ハーボー？　あのハーボーまでやられて——うわっ！」

ツェンデルで組んだことのある男の名に驚いていると、いきなりエンジン音が高まり、ベルトが食い込んだ。シップが急加速している。

「どうした、グライド！」

「見つけた」

「え？」

「おれの獲物だ。半年間ずっと探していた」

はっ、とリオは気づいた。グリース、それはティラルに聞いた古い浮獣のことだ。そしてメルケンデンも言っていた。二つ名だ！

シップは矢のように翔ける。エンジンが甲高い音を上げ、翼はきしんでいる。速度計は百二十ノットを指している。尋常の速度ではない。リオは大声を上げる。

「どうなってるんだ、シップがぶっ壊れちまうぞ！」

「吸気口の酸素缶を割った。十分間この速度だ。黙って耐えろ」

「た、耐えろだって？」

「おまえが何か役に立つ相手じゃない！」

鞭打つようなひと言に、リオは口をつぐんだ。

邪魔なケルプを突き破らんばかりの勢いで翔けたシップが、開けた空間に飛び出した。グライドはぐいと機を倒してその空間を一周する進路を取る。そこで繰り広げられる光景に、リオは思わずうめいた。

「こ、これだけのショーカが？」

「……間違いない」

そこでは十機に上るシップが、空中に無数の円を描いて激しい動きを見せていた。その群舞の中心に、そいつはいた。

翼ある銀髪の少女。

体長は二ヤード、細身の胴に四肢と頭。翼は四枚で、長い前翼をピンと張り出し、後翼を凄まじい速度ではばたかせている。走り、回るたびに、水を含んだような豊かな銀髪がするすると軌跡を描く。

翔け昇ったそいつは両腕を天に振り上げた。青白い光の球が手のひらに生まれる。放り投げられたその球は空間を裂き、一機のカティル型の主翼を紙のように貫いた。

誰もその後ろを取れない。恐るべき強さだった。

――いや、そうではない。

「みんな、何してるんだ！　連携しろよ！」

リオは見抜いた。グリースの動きは完全無欠ではない。光球を放つ直前は単純な垂直上昇をするし、数回の旋回を繰り返すくせもあるようだ。しかし、ショーカたちがその隙をとらえていない。

動き回る敵を撃つには後方の最適な位置に入る必要がある。その位置を複数の機体が狙っているため、かえって接触の危険が生まれ、追いきれないのだ。

グライドも敵の隙に気づいた。周回をやめて空間の中心に機首を向ける。

「あの動きならここに来るはず……むっ！」

狙い通り、グリースは光球を撃つために目の前に飛び出してきた。だが、直前でグライドは機を横滑りさせる。機銃弾が翼をかすめて昇っていった。下方からグリースを狙ったクリューザ型の流れ弾だ。

グリースはふっと微笑を浮かべ、差し上げた両手を横殴りに振った。光球が襲いかかる。グライドは人間離れした素早さで機を半横転させたが、避けきれず右翼端をかすられた。そのままシップと浮獣は至近距離で交差した。

「場が混みすぎだ、これでは撃てん！」

「グライド、真上！」

リオの叫びを聞いて、グライドは舵とペダルを逆に切った。機が斜めに滑り、側面に風を受けて急減速する。鼻先を光球が落ちていった。

頭上はるかに二人目の少女が滞空し、こちらを見下ろしていた。

「も、もう一匹湧いたぞ！」

「出直しだ」

あきれるほどの潔さでグライドが進路を変えた。乱戦の場から離脱する。リオは驚いて尋ねる。

「あんたともあろう人が逃げるのか？」

「逃げずに今まで生き延びられたと思うのか。あの強さでしかも複数では後席が不可欠だ。おまえじゃ話にならん」

「おれがだめでも、みんなと協力すればいけるだろう！　あの調子ならもっと集まってくるぞ！」

「狩るのは、おれだ」

「ど……どこまで傲慢なんだあんたは！」

憤然と叫んだとき、リオは視界の端に奇妙なものを見た。

手。

右舷の枠に、細い指を備えた手がかけられていた。

手はぎゅっと枠を握り、体を引き上げた。機の横腹を這い上がってきた少女が、風に髪をなびかせ、白目のない大きな瞳でじっと見つめた。

リオは凍りつく。

「グリー……ス……」

「どうした、エメリオル」

言葉が喉を塞いで出てこない。

そして少女が口を開いた。硬く、澄んだ、挑戦するような声で言った。

「翼を連ねろ」

「……」

「百の翼を、千の翼を。比翼の鳥となり、わたしに挑め」

「おまえ……は」

「わたしはオーデル、脅やかす雲。グリースを率いて空を染める」

弄《いら》うようなかすかな笑みを浮かべてそう語ると、トンと機体を押して少女は離れ、流れるケルプの陰に消えた。呪縛が解け、リオは腹の底から息を吐いた。

グライドが強い口調で言う。

「エメリオル、返事をしろ。何があった」

「……見てなかったのか？」

「何をだ？」

リオは言えなかった。何を言うのだ。浮獣が話しかけた相手はグライドではない。自分なのだ。

心の深いところから疑問が湧き上がった。オーデルとは、グリースとは何者だ？　浮獣は本当に人間の獲物でしかない生物なのか？

「礁を出るぞ。後ろをつけられてはいないな？」

グライドに言われて尾翼の向こうを見つめ直した。そのとき、ごぉんと重く硬い音が下方から立ち昇ってきた。見下ろしたリオは息を呑んだ。

礁の底に静かにたゆたっていた白い重素が、丘のように持ち上がった。大きく、高く。数十ヤードまで。その頂から、薄暮の夜空を思わせる美しい紺青の島が顔を出す。

いや、島ではない。それは上昇する。濃密な煙の滝のように流れ落ちた重素が、津波となって周囲のケルプを押しひしぐ。そうして生まれた空間に、どこからともなくグリースたちが飛びきたる。舞い狂う少女たちに囲まれて悠然と浮かぶそれは、差し渡し八十ヤードはあろうかという両のひれで、膨大な大気を叩き下ろす。

ごぉん……

強大なはばたきを受けた空気は、岩のように硬い音を響かせた。

リオに任せていられず、ベルトを外して振り向いたグライドが、ほお、とつぶやいた。

「出たか……オーデル」

「オーデル？」

「グリースの主、最大最古の浮獣だ。エメリオル、最後にいいものを見られたな」

リオを降ろしてコーナを乗せるために、グライドはトリンピアへと急ぐ。

しかしリオは、もはやグライドとの勝負のことなど考えていなかった。

トリンピア南発着場は騒然としていた。帰り着くまでの一時間あまりで、オーデル・グリース出現の報は他のショーカによって無線で知らされていて、二つ名狙いの腕利きたちが我先にと発航準備を進めていた。

グライドもリオを降ろすが早いか再出撃しようとしたが、グリースの光球を受けた右翼エルロンが損傷していた。避けられる危険はすべて避けることによって、今まで勝ち続けてきた男である。常人なら気が急《せ》くあまり出撃してしまうところで忍耐を見せ、シップを整備師に預けた。

そんな騒ぎの中、リオは十番庫へ向かった。目当ての人物はすぐに見つかった。誰かのシップの尾翼を調整していた彼女に、リオは駆け寄った。

「レッソーラ！」

「リオ？　あなた、なぜここに？　ジェンカは？」

「ジェンカはけがをして実家に帰った。おれは今あいつから離れてる」

「実家？　どうして――」

「そんなことより教えてくれ、オーデル・グリースってなんなんだ？」

「知らせを聞いたのね。でも、聞いてどうするの。ジェンカがいないなら狩りには行けないじゃない」

「違う、たった今グライドの後席に乗って見てきたんだ。おれ、あいつに――グリースに、話しかけられたんだ」

それを聞くとレッソーラは手を止め、脚立から降りてきた。リオを手招きして壁際のべンチに腰掛ける。懐かしそうにリオを見て言った。

「その話、どうして私に？」

「どうしてって……」

意外な問いにリオは戸惑い、首を振った。

「わからねえ、でも、グライドには話したくなかった。ううん、話しても無駄な気がした」

「なんて言われたの？　その、グリースに」

「わたしに挑めって。翼を連ねて、ヒヨクノトリになって挑めって。なんのことだ」

「比翼の鳥というのは、翼が重なるほど仲良く飛ぶ二羽の鳥のことよ。そう、たとえばあなたとジェンカみたいな」

「おれとジェンカ？」

聞き返したリオに、レッソーラはあの優しい笑顔を見せた。

「ここを出てからずっと手紙が来てるわ。ハラルファであなたと結ばれたことも、それはそれは楽しそうに書いてよこした。元パートナーとしては妬《や》けるやら嬉しいやら」

「てっ……あいつ、いつの間に」

「最近音沙汰がないと思ったら、家に帰ってたのね。そりゃ手紙も来ないわけだ」

冷や汗を流して縮こまるリオに、レッソーラは言う。

「オーデル・グリースは古文書に書かれているだけで、居場所すら知られていなかった幻の浮獣よ。それが人の言葉を話すなんて初耳だけど、グリースは姿だけ、オーデルにいたっては姿もわかっていなかったから、まあ未知のことが起こっても不思議じゃない。で、それが話しかける相手にあなたを選んだ理由は、私の考えでは一つだけ心当たりがある」

「どんな？」

「あなたがジェンカのパートナーだから。——私とジェンカは、一度グリースに会っているのよ」

「ほんとかよ？」

「本当よ。私たち、あいつに落とされたんだもの」

リオは目を見張った。レッソーラは右腕に残る薄い傷痕を撫でる。

「ガズンで会ったわ。まさか出るとは思わなかったから、そのときは二人とも正体がわからなかった。あとで人に聞いたりして、やっとグリースだとわかったの。わかってからは誰にも言わないことにしたけど、噂ってどうやっても広まるものよね。——グライドは、それを聞きつけてトリンピアに来た」

「あんたたちは話しかけられた？」

「ううん、攻撃されただけ。でも一対一で、顔も声もわかるほど近づいた。きっとグリースは、どうやってか知らないけど、あなたがジェンカと関わりのある人間だと気づいたのね」

「そうか……ジェンカのおかげで……」

リオは頬杖をついて考え込む。レッソーラがその頬をつついた。

「で、あなたが一人でこんなところにいるわけ、そろそろ聞いてもいいかしら」

「ん……たいしたことじゃねえよ。おれじゃ、あいつの背中を守れないって気づいたから……」

「じゃあケンカしたわけじゃないのね」

「するかよ！……してねえよ。でも、おれはあいつに釣り合う男になりたいんだ」

「ははん、それでグライドに噛みついてきた、と」

「なんでわかるんだ？」

顔をしかめたリオに、レッソーラはからかうような顔を見せる。

「私にだってそれなりの経験はあるからね。聞きたい？」

「え？」

レッソーラは、ジェンカとはまた違う意味で魅力的な女だ。その過去には興味が湧いたが――差し当たり、今聞くのはやめようとリオは思い留まった。

「グライドは確かに凄い。だけど、あいつにも足りないものはあると思う」

「何が？」

「まだはっきりとわからねえ。でも、グリースはおれに話しかけた。グライドだってジェンカとのつながりはあったのに。おれに向かって挑めって言った。つまり、つまり――」

「ケンカを売ってきた」

「うん」

二人はしばらく黙り込んだ。扉の外の発着路を、ひっきりなしにシップが走っていった。

リオがぽつりと言った。

「古文書に書かれてるって言ったな」

「ええ。ギルドが保管している『大洪雲』以前の書物に」

「それ、どこに行けば見られる？」

「見てどうするの？」

「グリースを倒すのに役立つかもしれないだろ」

「そうすればグライドに勝つことになるから？」

「あいつに勝つことは、たぶん、そんなに大事じゃないんだ」

リオは両の拳をぐっと突き合わせた。

「強いやつに勝って一番になるってやり方はあいつと同じだ。それだと、コーナのほうが役に立つって理由でジェンカを捨てたあいつと同じ道を歩くことになる。そんなのはいやだ。おれはもっと別の理由で――浮獣の正体を知るために、戦ってやるんだ」

「サンブリニクよ」

レッソーラが立ち上がり、壁の伝声管に近づいた。

「古文書はサンブリニク島のショーカギルド本部にある。行くなら今から手配をしてあげるわ」

「ええと……おれの今の理屈、わかってくれたのか？」

「全然」

レッソーラは笑って首を振ったが、馬鹿にした様子は少しもなかった。

「でも、今のあなたに必要なのは、納得いくまで自分で動くことだと思うから。行くわね？」

伝声管でパイロットハウスと話をしたレッソーラが、やがて振り向いた。

「ちょうどよかったわ、三十分後にサンブリニク行きのコンテス型が出るって。行ってらっしゃい。何かつかめるといいわね」

「ありがとう！」

リオは勢いよく走り去った。

手を振って見送ったレッソーラは、やがて、こめかみを掻いてつぶやいた。

「可愛いなあ、必死で。……何やってんのよジェンカは。さっさと来なさいっての」

真っ暗な工房内を通用口からうかがったジェンカは、足音を消して大扉に歩み寄った。

額にゴーグルをかけ、ジャケットとパンツを身につけた、狩りのいでたちだ。

鍵を外して重い大扉を押し開ける。表は夜の闇に沈んだ、浮獣市場に続く大通りだ。そして工房内には建造中のキアナ型が並んでいる。

大扉をシップの幅だけ開けると、ジェンカは一番手前のキアナ型に駆け寄って調べた。その青い機体はほとんどの調整がすんでいて、明日客に引き渡されるはずだった。エンジンヘッドを覗くとビブリウムのやや褪せた緑色が見えたが、灰色にまでなってはいない。トリンピアまでは五百カイリ、ぎりぎり渡れるだろう。

それを確かめて乗り込もうとすると、工房の明かりがすべて点《つ》けられた。

「傷が癒えたからそろそろかと思ったら、やはりな」

ジャファと、杖を持った八人ほどの侍女が建造中のシップの陰から現れ、半円を描くようにジェンカを取り囲んだ。腕をかざして光を避《よ》けたジェンカが言う。

「トリンピアからの知らせを聞いたわ。オーデル・グリースが現れたのよ」

「おまえにはもはや関係ない」

「エメリオルはきっと狩りに出る。放っておけない」

「彼は役に立つまい。腕の立つ翔窩《ショーカ》が多島界中から集まっている。それにディプロドーンも出撃すると聞いた。古き浮獣は落とされるだろう」

ジェンカの母は歩を進め、片手を差し出した。

「狩りに貢献したいならキアナ型を造れ。それが、ジェラルフォン当主を縛る禁戦の掟だ」

「禁戦の……なんですって?」

「十四で家を出たおまえは知るまいが……」

ジャファはシップの主翼を通り過ぎ、尾翼へと近づいた。四つ脚の鳥のエンブレムに目をやって言う。

「戦闘機は、もとはと言えば戦の道具だ。それはかつて同じ人間を大勢殺した。だが今の世に戦はなく、戦闘機も人を襲いはしない。なぜかわかるか」

「当然じゃない。浮獣狩りの道具として使われているんだもの」

「少し違う。私たちが狩りの道具にしたからだ」

ジャファは目を閉じて言う。

「狩りの道具に限定し、し続けている。昔と比べて今の戦闘機の最大の違いは、爆弾という兵器を決して装備しないことだ。爆弾は人を殺《あや》めるもの、浮獣狩りには使えないものだからな。当家のジェンの紋は、城邑《じょうゆう》を灰燼《かいじん》に帰したかつての恐るべき行いの戒《いまし》めだ。そのように、ジェラルフォンの者は——当家だけでなく歴史ある建造師はすべて、戦闘機が戦に使われることがないよう、密かに、頑《かたく》なに、翔窩の動きを監視している」

目を開き、振り向いた。

「おまえの仕事は狩りではない。狩りを制限することだ」

「……母さん、あなたは狩りのもう一つの意味に気づいていないわ」

「もう一つの意味？」

「人を結びつける力」

ジェンカはまっすぐに母の目を見つめ返す。

「浮獣という強力な敵が存在することで、私たちショーカも強い仲間意識を持つようになった。助け合わなければ生き残れないから。私はその連帯感が好き。共に飛び、共に戦うことが好き。それを、自分の名誉をあきらめてまで示してくれたエメリオルが好き。だから私は行く。監視するためではなくて、触れ合うために」

「世迷い言を。私たちが務めを放棄すれば、多島界《アルタウス》は再び戦火に覆われるかもしれんのだぞ」

「放棄しなくても、よ。ディプロドーンを見過ごしていいの？」

ジェンカは口の端に笑いを閃《ひらめ》かせる。

「あなたの論法だと、あれは殺戮兵器の萌芽だわ。蘇った死神よ。あなたはそれを制する方法を何か持っているの？」

「……おまえにはそれがあるのか」

「私にあるわけじゃない。でも、きっとみんなが、エメリオルが見せてくれる。私はその場にいたいの」

「どうやら、あの少年はグライドよりも悪い虫のようだな」

ジャファが片手を挙げた。侍女たちが包囲の輪を縮め、一礼して長い杖の先をジェンカに向ける。

「ジェンカ小嬢、ご無礼お許し願います」

ジェンカはポケットに手を入れ、勢いよくスイングスコープを振り出した。

「結局は実力行使だなんて、笑止だわ！」

言うが早いか手近の一人に飛びかかり、スコープで杖を跳ね上げて側頭部を打った。陣形を乱した侍女たちに素早く近づき、杖を使えない近い間合いで、次々とスコープを叩きつけた。

四人を倒し、五人目の杖をスコープで受けると鏡胴がへし折れた。涼しげな音とともにレンズが砕け散る。一瞬だけ、ジェンカは動きを止めた。

「……いいわ、もういらない！」

それをくれた男の思い出ごとスコープを投げ捨てて、キアナ型の操縦席に飛び乗った。エンジンはクランクのひと回しで始動してくれた。爆音とともに突風が起き、胴に近づこうとした侍女たちを吹き倒した。

前に回り込んだジャファに怒鳴る。

「止めないわよ、どいて！」

言葉通り、ジェンカはブレーキを解除してシップを前進させた。つかの間、猛烈に回転するプロペラを挟んで親子はにらみ合った。

ジェンカがブレーキを踏むのと、ジャファが伏せたのは同時だった。すかさずジェンカはもう一度ブレーキを離し、青いキアナ型にジャファをまたがせて工房から出た。大通りに機首を向け、そのまま加速して、ジェンヤンの夜空に舞い上がった。

爆音が遠ざかり、ジャファは侍女たちに助け起こされた。

「ジャファ大嬢、ご無事ですか？」

「一度、止めたな」

「え？」

「六年さすらって、なおあれほど甘いか……いや、それもあの少年のせいか」

つぶやくと、ジャファは整備師でもある侍女の一人を振り返った。

「あれが持ち込んだ機体、吟味はすんでいるな」

「はい、発着場から運び込み、重量寸法から操縦索の一本まで調べ上げてあります」

「諸元を出せ」

侍女がジェンカの黒いキアナ型の図面を持ってくると、それをめくってジャファはひとりごちた。

「ふむ、改造箇所は回転翼、胴部、機関、機銃か。……操縦索が市販の腱材？　これはなんのまじないだ」

「代替品でしょう。資金のかけ方に工夫が見られました。対費用効果の高い改造箇所が多いようです」

「驢馬《ろば》だな」

ジャファは言い捨てた。

「駿馬《しゅんめ》ではない。せいぜい毛づやのよい驢馬だ。何より翼が最悪だ。おそらくはこの骨格、協会《ギルド》下請けの無名の者が組んだものだ」

「しかし大嬢、翔窩《ショーカ》は高価な既製品よりも、手をかけた自作品を好みます」

「知っている。あれが今乗り出したのは駿馬だが他人向けだ。操り切れまい。上古の化け物を狩るには、少々つらかろう」

「では、まさか……お許しになるのですか」

殴り倒された侍女が起き上がって尋ねる。彼女たちは皆、手加減されていた。その顔には言葉にならない懇願の色がある。

ジャファはジェンカのシップの側面図に目を落とす。そこには律儀に、エンブレムまで描かれている。

「三連弓はジェンを討った弓手の紋。……見せかけだけだ、あれは親も轢《ひ》けぬ」

侍女を見る。

「この驢馬の主翼と機関を、六番の機体と取り替えろ。その他の艤装《ぎそう》も刷新だ。しかし操縦感覚は殺すな。一刻以内にやれるか」

「かしこまりました！」

ジャファは顔を上げ、工房中に響く声で言った。

「ジェラルフォンの娘がキアナ型で落ちたとあっては当家の名折れだ。あれが見下した建造師の誇り、思い知らせるぞ！」

第八章　比翼の鳥

オーデル・グリース出現の報はその日のうちに多島界全域へと伝わり、驚きで迎えられた。それは誰も遭ったことのない浮獣だったが、ショーカなら誰でも知っている浮獣だった。仲間に自慢話を聞かされると、彼らはこう言い返すのだから。

「わかったわかった、おまえはたいしたやつだよ。しかしオーデル・グリースを落とすほどじゃあるまい？」

あるいは、九死に一生を得て帰ってきた仲間をこう慰めた。

「そいつは災難だったね。でもオーデル・グリースに出くわすよりはましじゃない？」

そのたとえを確かめるチャンスが来たのだった。反応は夜半から始まった。タウリ、オルベッキア、ジェンヤン、ツェンデル、ハラルファ、そしてサンブリニク。六つの島でおびただしいショーカがコンテス型を雇い、あるいは増槽を装備して、続々とトリンピア島へ飛び立った。

そしてガズンに現れたオーデルは、翌朝、前代未聞の行動を開始した。礁《リーフ》に生まれながら礁を出て、南へ進み始めたのだ。

わずか九十カイリ先にトリンピア北の町がある。しかし、市民たちはまだそれほど動揺していなかった。彼らの多くは浮獣を見たことがない。地震や火山の噴火と同じように、知ってはいるがそうそう襲いくるものではない災難、と彼らは思っていた。

オーデルは日の出とともに三十ノットの低速で悠然と進み始めた。それを阻止するべく先陣のショーカたちが出撃した。その数およそ八十。夜のうちにトリンピア島内にいたショーカのうち、二つ名を狩れるだけの経験を持つ者たちである。トリンピア北航区に集まった彼らは朝焼けの空に飛び立ち、監視役を買って出た気嚢船《バージ》に導かれて北へ向かった。

そこで、見た。

重素海面に長く影を落として低空を飛行する、ひしゃく形の物体。

近づくにつれ、その周囲にきらきらと光る砂粒のようなものが見え始める。物体は徐々に大きくなる。砂粒も輪郭を持ち始める。砂粒が人の姿をしたものだと理解したとき、突如としてひしゃく形の大きさに気づく。――その長さは人の背丈の二百倍以上に及んでいる。

オーデルはいかなる浮獣よりも醜悪で、奇怪で、巨大な怪物だった。それには体長の半分を占める、鉄の塊のような丸い頭部がある。残り半分は徐々に細くなる痩せた尾だ。頭部からは左右に後退した長いひれが伸びる。太い骨格の間を薄い皮膜が埋めるコウモリの翼のようなひれだ。手や足らしきものはない。そして紺青色の全身に、一本一本が樹木に匹敵する大きさのとげが、数知れず生えている。

「冗談みたいな大きさだ。……しかし、あれなら動きも鈍そうだな」

上空から見下ろしてそうつぶやいたショーカは、オーデルの周囲を飛び交っていた人型が動きを変えたことに気づく。隊列を組み、数条の流れとなって上昇してくる。

降下して攻撃を開始したショーカの群れを突っ切り、グリースたちは高く高く昇った。明け染まる紅《くれない》の空に嬉しげに翼を広げると、いっせいに光球を放つ。飛び道具を持つ浮獣も希《まれ》だった。慣れていないショーカが光球を発見することもできず、次々に撃墜される。

それに気づいたショーカたちは、いったんオーデルから離れて、遠距離からの攻撃を行おうとした。しかし、グリースはそれを逃さなかった。

オーデルが鈍重な怪物なら、グリースは旋風の化身だった。駆け巡るグリースたちはキアナ型以上、クリューザ型に近い運動性を持ち、しかし大きさは四分の一だった。必死に舵を切り、銃弾を放つショーカたちは、体をひねって優雅に舞うグリースをとらえることができず、一機また一機と落とされていった。

ごく少数のショーカはオーデルこそ本命とにらみ、グリースの光球をかいくぐって決死の突撃を行った。しかし、クリューザ型やバトラ型の軽い銃弾は金属のような艶《つや》を持つオーデルの外皮にかすり傷しかつけられず、重い火炎弾を備えたカティル型は近寄る前に落とされた。

強力な機銃で一撃離脱を行ったキアナ型だけが、跳弾せず打撃を与えることに成功した。するとオーデルのとげの一つが、ぶるっと震えた。

次の瞬間、勢いよくとげが撃ち出された。長さ五ヤードのとげは、旋回して離れようとするキアナ型の尾翼を、破城槌《はじょうつい》のようにもぎとった。

重素海に突っ込み、シップを捨てて浮き袋に這い上がったショーカが叫ぶ。

「くそっ、だめだ！　あんな化け物倒せるわけがねえ！」

見上げると、オーデルの丸い頭部の先端で、シャンデリアのような複眼がちらりと彼を見返した。

オーデルと百を超えるグリースは、逃げなかったショーカをすべて空から追放した。

バージからその知らせを伝えられたトリンピア北の町では、このとき初めて、上を下への大騒ぎが起こった。潟《ラグーン》に住む小物ならいざ知らず、礁に生きる好戦性の浮獣が町へやって来た例は皆無である。どんなつもりなのか、何が起こるのか、誰にもわからない。家財をまとめて避難したり、丈夫な建物に立てこもったり、酒を飲んで危機から目を背けたりと行動は様々だったが、その気持ちは共通していた。未知への恐怖である。

二時間後、避難民でごった返す町の上空に彼らは現れた。

路上から、屋上から、窓から、無数の目が見上げる空を、雲霞《うんか》のような銀の翼をまとわりつかせて、巨大な影が横切っていく。町は静まり返った。声を出せば見つかるとでもいうように。

オーデル・グリースはしかし、町には何の興味も示さなかった。彼らが向かったのは、トリンピア北発着場だった。

発着路の上空に、高度わずか五百フィートの低空で進入したオーデルは、腹面のとげを続けざまに落下させた。地響きとともに大地にとげが突き立ち、平坦だった発着路が林のような有様になった。格納庫の天井が貫かれ、待機中だったシップが粉々に破壊された。数匹のグリースがタワーを覗き、ギルド会員たちが悲鳴を上げて逃げ出すと、上空から光球を雨のように降らせて、発着場で一番高かったタワーを、標高たった二ヤードの瓦礫の山に変えた。

ものの十五分あまりで、発着場は廃墟と化した。

それから一時間ほど浮獣たちは静かに滞空していたが、やがて進路を南西へ向け、海岸線を進み出した。真南にはトリンピア最高峰のトゴル山がある。それを避けたようだった。

取り残された北町の人々は、安堵のため息を漏らすとともに、オーデル・グリースの思惑をまざまざと感じ取った。浮獣たちはバージを許しているのと同じように、地上ゆかりのものを襲わなかった。

彼らは空を征服しに来たのだ。

トリンピアの東北東五百カイリにあるサンブリニク島にリオの乗ったコンテス型が到着したのは、出発した日の深夜だった。ショーカギルド本部はすでに閉まっていて、リオははやる気持ちを朝まで抑えなければならなかった。

翌朝、夜明かししたハウスで朝食をとるのももどかしく、リオは本部に向かった。

サンブリニクはトリンピアの十分の一ほどしかない小さな島で、町並みも小ぢんまりとしていた。動車もほとんど走っていない石畳の通りを番地を数えて歩いていくと、色とりどりの花が咲き誇る花壇に囲まれた尖塔つきの建物があった。公会堂かと思ったが、入り口の青銅のアーチを見上げると、確かにショーカギルド本部と彫られていた。

いぶかしみながらアーチをくぐり、建物の扉の前でふと花壇のほうを見たリオは、ぎょっとした。ひと抱えほどの白い綿毛がころころと転がっている。

浮獣のプチフェザーだった。

思わず追った。小走りに建物を回り込んで裏庭に入ると、プチフェザーは花壇の手入れをしていた女にぶつかり、動きを止めた。女が振り向く。

「あら、もういらしたんですかー？」

その間延びしたしゃべり方と、紺のエプロンドレスを身につけた小柄な姿に心当たりがあった。リオは指を突き出し、女と浮獣を交互に指差した。

「あんた、ギルドの、それは、浮獣」

「この子はプチスノウです。プチフェザーの地上型亜種。皆さんびっくりなさるんですよねー」

「あんたは？」

「アルーリャっていいます。ここの主人です」

「てことは……ショーカギルドの」

アルーリャは白い歯を見せて笑った。

「はい、会長やってますー」

リオが勢い込んで話を始めようとすると、片手で制止された。アルーリャはリオを庭に面したテラスにいざない、テーブルに用意してあったお茶を勧めて、ようやく本題に入った。

「あなたのことはレッソーラから聞いてます。向学心に目覚めた若いのが行くから相手してくれって」

「若いって、あんたが言うかな」

「私の年齢はギルドの最高機密なのでー」

冗談だか本気だかわからないことを言って、アルーリャは鋳物《いもの》の椅子から幅二フィートもあるような革張りの本を持ち上げた。ふーっと息をかけると吹雪のようにほこりが散る。

「これが例の古文書ですけど、あなた昔の字読めます?」

「ほっとけよ、練学校中退だ」

「じゃ、代わりにお話ししますね。私は以前読んだので、なんでも聞いてくださいな」

リオは尋ねた。浮獣はなんのためにいるのか。オーデル・グリースとは何者なのか。あの言葉の意味は。

アルーリャは膝に乗せたプチスノウをこちょこちょくすぐりながら、黙って聞いていた。

リオが言葉を切ってもしばらくそうしていた。

それからぽつりと言った。

「昔の人はこの子の代わりに、たとえば猫を可愛がってたみたいです」

「猫? ——猫なら今でもいるけど」

「でも浮獣はいなかった。浮獣ってどこから来たかわかります?」

「さあ」

リオは首を振る。アルーリャは晴れた空に目を向けた。

「大洪雲が起きて、地上は重素海に沈みました。あの白いもくもく、どこから出てきたんだと思います?」

「……さあ」

「あれは昔の人が造ったんです。重素は重元素の雲。放射性物質や有機重合金があふれかえってどこにも捨て場がなくなっちゃったんで、がんばって安定した気体化合物にしたんですねー。体積だけは膨れ上がって、逆に住む場所を追い立てられちゃったのが間抜けですけど」

「ジュウゲン……なんだって？」

「ま、それはいいんです。島の周りでたぷたぷしてるだけだから。でももう一つの造られたものは、無視できない存在になって今も人間と関わってます。……それが浮獣」

「……造られた？」

「はい。人間に」

アルーリャは顔を向け、寂しそうに言った。

「高いところに追い立てられちゃった人間に必要な資源として。そして、人間に負け続けるものとして」

「負け続ける……」

「リオ、浮獣を狩るのは楽しいですか？」

「それは……」

してはいけない返事のように思えたが、リオは素直に答えた。

「楽しい。わくわくする。生きてるって実感するよ」

「でしょうね。闘争本能は人間の基本的な性質の一つ。世界がひっくり返ってもなくなるものじゃないです。だけど、それを野放しにした大洪雲前の世界では、戦争がたくさん起きました」

ぽふ、とプチスノウを抱きしめる。浮獣は暴れて逃げようとする。

「この子たちは、雲の下に今でも残る有益な資源を、雲の上まで汲み上げてくれる、言わば生きているポンプ。でも、それだけじゃありません。この子たちは……人間の心の犠牲でもあるんです」

「心の……」

リオは徐々に理解し始めた。

「人間同士が争わないように、力のぶつけどころとして……？」

「はい。そして今の世界の仕組みも、乱暴な人間はショーカにして力を発散させるようになってます」

「じゃ、おれをショーカにしたのは！」

リオは立ち上がった。アルーリャがうなずく。

「はい、ギルドです。ショーカの素質は、裏を返せば乱暴者の証なんです」

「くそ……なんだよそれ、大人がよってたかっておれを邪魔者扱いしたってことか」

「怒っちゃいます？」

リオはテーブルに手をついてアルーリャをにらんだが、何度か深呼吸して、再び腰を下ろした。

「いや……やめとく。成り行きはともかく、ショーカになったことを後悔はしてないから」

「そうですか。よかったー」

アルーリャはほっとため息をつく。プチスノウがぴょんと跳ね、逃げていった。

「あ、行っちゃった。やっぱり人間嫌いなんですよねー」

「それで？　オーデル・グリースも生贄なのか。とびきり手強い生贄？」

「あれは違います。あれは言ってみれば、浮獣の切り札」

「切り札？」

「人間が再び戦争を起こしそうになったとき、実力でそれを止めるために現れる、最後の手段なんです」

「戦争を……？　そんな話、聞いたことないぞ」

「ディプロドーン」

アルーリャのつぶやきに、リオはぴくりと肩をふるわせた。

「あれが造られたからです。あれはもう、狩りの道具なんてものじゃないです。その気になれば他の島を攻め落とすこともできる軍用機。造るな造るなって、私たち口をすっぱくして言ったんですけどね」

「自治府とギルドの仲が悪いって、そういうことか」

うなずいたリオは、ふと眉根を寄せた。

「自治府だって馬鹿の集まりじゃないんだろ？　話せばいいじゃないか。その、浮獣はただの獲物じゃなくて、人間をおとなしくさせるものだって」

「また質問ですけど、リオ、射的はやったことあります？」

「射的？　遊技場の？　そりゃあるよ。名人だぜ」

「リオがいらいらしてるとき、射的の的をぽんと置かれて、さあこれでいらいらを発散しろって言われたら、納得します？」

「……なるほどな」

リオは深くうなずいた。

「お仕着せの的だってことをバラしちまうと、嫌がるやつらが出てくるのか。浮獣はあくまでも、正体のわからない手強い怪物じゃなきゃいけない……」

「その通りです。わかってもらえてよかった」

微笑んだアルーリャはぐいと顔を寄せ、真面目くさって言った。

「というわけで今のいろいろは、秘密ですからね？」

「わかったよ」

リオはうなずいたものの、また首を傾げた。

「そうすると、グリースのあの言葉はなんだったんだ。生贄のくせに撃ってくれなんて、おかしくないか。普通いやがるだろ？」

「さあ？　リオも聞いたと思いますけど、古文書にも詳しいことは載ってないんです。今の説明はギルドの言い伝えで」

「あれはどう見ても、おとなしく退治されてやるって感じじゃなかったけどな……」

「えーっとですね」

顎に指を当てて考えたアルーリャが言った。

「繰り返しますけど、浮獣は基本的に人間の敵じゃないんです。人間を滅ぼそうなんてことはしません。だから別の意味があるんじゃないかと」

「別の意味……」

「比翼の鳥でしたっけ？　力を合わせて、全力でかかってこいって言ったんでしょ。その通りにしてみたらどうですか？」

「力を合わせて、ね。そんなこと絶対しねえやつが一人いるんだけど、どうしたもんか……」

「あ、ちょっと失礼」

部屋の中でちりんちりんとベルの音がした。入っていったアルーリャが、すぐに顔を出す。

「大変です、トリンピア北の発着場が、オーデル・グリースにぼっこぼこにやられちゃったって」

「な……なんだって！　あいつら島まで来たのか⁉」

リオは愕然として立ち上がった。アルーリャはどこまでも緊張感のない顔でほっぺたをかく。

「あの子たちの目当てはディプロドーンですから、そりゃ待ってるよりお出かけしてきたほうが確実ですよね。しまったなー、うっかりしてました♪」

「今ごろトリンピアは大騒ぎだよな？　ちっ、こんなところでもたもたしてられねえ。急いで戻らなけりゃ」

駆け出そうとしたリオは、足を止めて振り返った。

「いいのか？」

「え？」

「ショーカがあいつらを落としちまって、あんたはそれでいいのか？」

それを聞くと、アルーリャは困ったような顔で微笑んだ。

「いいも悪いも、人間が生きるためには殺すしかありませんし。……浮獣だけじゃなくて、たくさんの動物や草木を」

「……あんた、本当はつらいんだろ？」

「そう見えます？」

アルーリャは無邪気な笑顔に戻る。さすがにソーリャやポーリャたちの上に立つ者だけあって、なかなか本心を見せなかった。

「それより、あなたこそここへ来た甲斐はありました？」

そう聞かれると、リオは大きくうなずいた。

「もちろんさ。ありがとな、アルーリャ。それじゃ！」

「あ、待って。コンテスト型じゃ遅いでしょ？　ギルドのカティル型で送らせます」

「助かるぜ！」

庭を出る前に一度振り向くと、プチスノウがどこからか仲間を連れてアルーリャの元に戻り、抱っこをせがむようにぴょんぴょんと飛び上がっていた。

通りに出たリオは走り出す。アルーリャは目を開かせてくれた。浮獣が最初から的として造られたものならば、彼らと戦うショーカは相手の手のひらで踊っているだけだ。それと戦うことは誇るようなことではない。たとえグライドのように負け知らずでも。

勝ちがあるとすれば、それは浮獣を倒すことそのものではなく、倒すために団結することだ。自分たち人間が、もはやいがみ合うだけの存在ではないと証明してみせれば、そこに勝利に等しい輝きが生まれるだろう。

そのときこそ自分は、グライドに一片の負い目もなく彼女の前に立てる。

石畳を、リオは飛ぶように駆けた。

昼を回ったころ、トリンピア南発着場は大混乱に陥っていた。他島からのショーカが前夜から続々と到着していたところへ、北発着場の壊滅で帰る場所をなくした北航区のショーカたちが押し寄せ、さらにオーデル・グリース南進の知らせが入ったためである。最前線の軍事基地さながらの有様になっていた。

東西千五百ヤード、南北二千五百ヤードの発着路では、降りるシップと上がるシップが縦横無尽に走り回り、タワーでは毎分十機を超える発着機に加えて、地上移動機、場周旋回機、それに不時着機の面倒まで見る羽目になったギルド員たちが、大騒ぎして無線をさばいていた。

「五九二番、進入は二十秒後、二十秒後に一六六五番の後ですってば、勝手に入っちゃ、あっ二七四九番向きが反対反対ー！」

「一三番メルケンデン、位置は？　え、もう降りた？　じゃあ今、南の灯台の上にいるのは、あれー？」

「トリンピア南対空、こちら場周待機の三五〇番だが、いったい何十分待たせやがるんだ？」

「もうちょっと待ってくださいね、なにしろいっぺんに三百機もさばくなんて初めてで、こら一八〇八番！　そこは移動路ですってば、飛んじゃだめーー！」

格納庫も例外ではなく、補給と修理のシップが隙間なく詰め込まれ、それどころか表にまであふれ出してずらりと並び、ショーカと整備師《パッチワーカー》たちが水を飲むひまもなく働いていた。

十番庫担当のレッソーラも、白いエプロンを油で真っ黒にして、レンチを握った腕を振り回し、怒鳴っていた。

「うらー、エンジン載せ終わったらちゃっちゃと櫓どけて！　ここにあと一機押し込むんだから！」

「本職顔負けね、レッソーラ」

「もう本職よ！　――ジ、ジェンカ？」

「ハイ」

後ろに立ったジェンカが片手を挙げ、振り向いたレッソーラは目を見張った。レンチを持ったまま駆け寄り、抱きしめる。

「よく戻ってきたわね、ジェンヤンで捕まってたんでしょ。どうやって来たの？　それにけがはもういいの？　ああ、もう久しぶり！」

「久しぶりね。けがは治ったわ。心配してくれてありがと」

ジェンカは一度強く抱き返してから離し、レッソーラの顔を覗いた。

「どうしてけがのことを？」

「リオに聞いたわ。あの子も心配してたわよ」

「そう……で、彼は？」

「残念ながらここにはいないわ」

「いない？」

聞き返したジェンカが、顔を曇らせる。

「まさか、もう他のショーカと一緒に狩りに……？」

「安心して、そうじゃないわ。あの子はサンブリニクに行ったの」

手紙ではその時々の気持ちを知らされていたが、レッソーラがジェンカの顔を見るのは半年ぶりだ。リオのことを知りたがるジェンカの表情は、半年前の冷たい素振りからは考えられないほど熱っぽい。その変わりようが面白くて笑い出しそうになったが、我慢してレッソーラは話した。

彼なりに悩んで、懸命にあがいていたリオの様子を聞くと、ジェンカは深々とため息をついた。

「そうだったの……私、ちょっと子供扱いしすぎてたわ。てっきり、うちの母に追い払われて、あきらめて帰ったんだと思ってた……」

「だから手を差し伸べるためにここへ来た？　それはお門違いよ、あの子はお情けなんかこれっぽっちも望んでない。まるっきり反対。あなたを実力で手に入れようとしてるんだから」

「う……考えを改めなきゃいけないわね」

ジェンカは真剣な顔で腕組みする。おい弾詰まりだ直してくれ！　と近くのショーカが叫んだ。レッソーラは振り返る。

「今行くわ！　ね、ジェンカ。いろいろ話したいけど見ての通りてんてこまいなの。リオが戻るまで、少し休んでいてくれる？」

そう言って離れようとしたレッソーラの手を、ジェンカがつかんだ。

「待てないわ」

「待てないって言っても……迎えに行くわけにもいかないでしょう。今は旅客のコンテス型なんか出てないもの」

「シップはある。私の乗ってきたキアナ型が。でも、迎えに行きたいわけじゃないわ」

強く手を引いて、ジェンカは訴えた。

「もしエメリオルと連絡がついたとしたら、彼はなんて言うと思う？　迎えに来いなんて言わないわよね？　たぶんこうだわ。——とっとと狩りに出て浮獣の面《つら》を拝んでこい！おれも後から行く！」

レッソーラは瞬《まばた》きし、こらえていた笑いを弾けさせた。

「あはは、やっぱりあなたのほうがあの子をわかってるわ。お熱いわね」

「からかわないで！　……からかわないでよ、ついさっきまではもっと子供だと思っていたんだから」

「今のあなたの想像は当たってると思うわ。あなたがナイト気取りで迎えに行ったら、あのお姫様は馬鹿にするなって怒り狂うでしょうね」

「彼が大人になったのなら、私も余裕を見せておかなきゃ。……狩りに出るわ」

「キアナ型で？　一人じゃ危ないわよ。ああ、今行くってば！」

後ろのショーカに呼ばれて手を挙げたレッソーラは、ジェンカのつぶやきを耳にして驚いた。

「乗って、レッソーラ」

「……私が？　後ろに？」

「一度捨てておいて今さらだけど。あなたに来てほしい」

「捨てたなんて。あなたのせいじゃないわ、この腕の……」

レッソーラは右腕を見下ろす。レンチは持てる。だが後方銃の強大な反動にはとても耐えられない。

ジェンカはその腕をそっと撫でた。

「防御がほしいんじゃないの。一人で飛びたくない。……もう、一人じゃ飛べない」

「わかったわ」

レッソーラはしっかりとうなずいた。左手でジェンカの手を包む。

「そういうことなら、喜んで」

「頼むわ！」

歩き出そうとすると、待ちくたびれたショーカが叫んだ。

「おい、おれの機銃は？」

「そんなのこれで一発よ！」

シップに寄り道したレッソーラが、カバーが外された機銃をレンチでがん！と叩いた。送弾レバーを軽くひと引き。

「ほら直った」

「あれ？　ほ、本当だ」

ジェンカがくすりと笑う。

「もう本職ね。まだ飛べる？」

「あたりまえよ。私はずっとあなたのパートナーよ」

二人は肩を並べて走り出した。

キアナ型で上がり、北西に進路を取る。オーデル・グリースはトリンピア島の西岸に沿って、刻々と南進してきている。海岸線沿いにはギルドに属さない個人や商人の小規模な発着場があったが、それらも軒並み潰された。今のところ、浮獣たちが痛手を受けた様子はない。

だが、北発着場が壊滅してからは、ショーカたちもまとまった数での攻撃をしていなかった。ジェンカたちが飛び立ったのは、南発着場から最初の大規模な集団が出発した少し後だった。

そして、時を同じくしてあの巨大なシップも狩りに向かっていた。無線に飛び込んできた怒声に、二人は耳をそば立てる。

「そこのデクノボウへ、こちら一四六六番ギョーム！　うすらでかい図体でふらふらしてんじゃねえ、編隊の邪魔だ！」

「一四六六番および在空各機へ。こちらはディプロドーン機長ランザム・ランドーだ。本機はトリンピア南北自治府の正式命令に基づいてオーデル・グリース討伐に向かっている。本機の進行を優先されよ」

どうやらショーカの群れとディプロドーンが、ちょうど並走しているらしかった。

「討伐だ？　手柄を独り占めしようたってそうはいかねえぞ、あれはおれたちの獲物だ！」

「ただの浮獣狩りに行くわけではない。本件は自治府からショーカギルドへ、害獣災害として扱うよう要請が行っているはずだ。あれはショーカだけではなく一般市民にも危害を加えかねない。本機は市民と君たちの安全を守るために、討伐に向かう」

「誰よ、この屁理屈屋は」

眉をひそめたジェンカに、レッソーラが答える。

「南市の治安官隊長だわ。自治府はショーカ以外で一番こわもての人種を選んだのね」

「守ってやるからおとなしくしてろだなんて、ショーカが聞くわけないじゃない……」

ジェンカのつぶやきは見事に的を射て、しばらくの間、無線はショーカたちの罵声で埋め尽くされた。それが途切れたのは、一人のショーカが叫んだときだった。

「みんな黙りな、獲物だ。やつらが来たよ！」

ただちに十数機の先制宣言が重なった。そこから先は怒声と悲鳴の交錯でわけがわからなくなった。攻撃の雄たけび、援護の要請、悔しげな被弾の声、敵の位置を求める問いかけ。先ほどのギョームかそれとも他の誰かが、殺気走った声で叫ぶ。

「ディプロドーン、砲撃をやめろ！　射線が危なくて敵に近寄れない！」

「君たちこそ早く立ち退け！　こちらは運動性が低いから接近攻撃はできんのだ！」

「何をやってるのよ、この連中は！」

たまらずジェンカが叫ぶ。レッソーラがむなしげに言う。

「最悪の展開ね。もろいショーカたちが先に相手にぶつかって、装甲の塊みたいなディプロドーンは後ろでもたもた……これで勝てたら笑っちゃうわよ」

「見えた！」

ジェンカは前方に目を凝《こ》らして叫ぶ。荒れ果てた岩だらけの海岸の上空で、二つの塊と、無数の点が動いていた。

オーデルとディプロドーンは、ちょうど反航戦の形で戦っているようだった。一カイリほどの距離をおいて互いに逆方向に進んでいる。その間の空を、双方合わせて二百を超えるショーカとグリースが飛びかっている。ジェンカは接近をためらった。獲物を定められないどころか、仲間に撃墜されかねない混乱ぶりだ。

高度を取って近づくと、詳しい状況が見えてきた。

グリースたちは見事だった。仲のいい姉妹のように斜めの横隊を組んだ四匹が、編隊を保ってひらりひらりと旋回する。ショーカが食いつくと二匹ずつに分かれ、片方の二匹が相手を引っ張っている間に残りの二匹が背後に回り、光球を撃ち込む。

それならばとショーカが四機のパックを組むと、四匹はさっと散開し、ばらばらの動きでショーカの編隊を崩してから、魔法のように鮮やかに四匹横隊に戻り、間断ない光球のつるべ撃ちでショーカを一機ずつ落としていった。

数はほぼ互角である。しかもグリースが飛びながら放つ光球はかなり小さい。十分な強さの光球を放つためには数秒間の静止が必要で、この乱戦ではそれができないようだった。

それなのにショーカが押されているのは、やはり連携が悪いせいだった。グリースは自分たち四匹の相手を追いながら周囲の状況も見ていて、仲間が危ないと気づくとすかさず弱めの光球を放ち、離れた相手を牽制していた。ショーカはせいぜい自分のパックの仲間しか助けない。ショーカが数十のパックの集まりならば、グリースは全体が一つのパックだった。

さらに悪いことに、双方の背後にいるオーデルとディプロドーンの差があった。オーデルはとげを放つ攻撃をほとんどしなかったが、するときは確実に数機のショーカが重なる瞬間を狙い、一機は確実に落とした。対してディプロドーンはそもそもグリースを狙わず、ひたすらオーデルを撃っている。距離が遠いこともあり、それはろくな成果を挙げていないようだった。

ジェンカは歯ぎしりする。

「見ていられないわ……」

「ジェンカ、こっちにも来た！　七時に二匹！」

反射的にジェンカは回避運動を始める。しゅうっ、しゅうっ、と袋から吹き出す空気のような音を立てて、拳ほどの光球が左右を追い抜いていく。今までの観察でグリースの戦法は見抜いている。後ろに二匹ならもう二匹がどこかにいるはずだ。

機の横腹に首を伸ばして、真下にその二匹を発見した。旋回する自機の外側を、より大きな円を描いて回っている。二匹が同時にこちらを見上げた。広げた両手の先に光を溜め、さっと横転して体ごとこちらを向き、揃えた手をこちらに向ける。

「食らうもんですか！」

スロットルをアイドリングまで引いて、無理やりシップを横転させた。二つの光球がプロペラの前を通過し、旋回をやめたジェンカ機は二匹の軌道の外に転がり出る。後ろを取る形になり、すかさず発砲。並んだ二匹の硬質の前翼をまとめて弾き折った。

撃墜を確かめもせずスロットルを押し込んで、回避を続けようとした。後ろの二匹に絶好のチャンスを与えてしまったはずだ。だが、シップが回らない。再加速の立ち上がりが遅く、横転のための速度が手に入らない。

撃たれる！

そう覚悟した瞬間、背後から重い銃声がした。立て続けに数発、そして押し殺したうめき声。

「レッソーラ、撃ったの⁉」

「撃つしかないじゃない……真後ろ取られたんだから」

「大丈夫？　体は？」

「骨にひび程度で、すんだかな。二匹落とせたからもうけものよ。あっつつ……」

「ごめん……！」

悔しさに唇を噛んだ。自分がもっとうまく避《よ》ければ——そしてシップが乗り慣れた愛機なら！

下手に戦闘するとレッソーラを傷つけてしまう。ジェンカは上昇し、高度を取って乱戦を見守った。

主戦場を形作っているオーデルとディプロドーンは、互いの尾を追いかける動物のように左旋回しつつ、ゆっくりと南へ移動していた。多くのショーカが傷ついて海上に逃げ、不時着していたが、グリースはほとんど減っていなかった。いつの間にか、地平線上にトリンピア南の町が見えていた。

「このままだと町になだれ込んでしまう……どうしたらいいのよ」

もどかしくつぶやいていると、レッソーラが緊張した声を上げた。

「ジェンカ、真下！」

「真下？」

ぐるりと機を横転させると、まっすぐに昇ってきた一匹のグリースが目に入った。また狙われたかと回避しようとして、ためらう。振り回すとレッソーラに負担をかけてしまう。

その一瞬の隙に、グリースが高速で近づいてきた。なぜか光球を撃たず、巧みな動きでシップにからみつき、ふと気づくと姿を消していた。ジェンカはあわてて周りを見回す。

「どこ！　どこへ行ったの！」

「一度会ったな」

驚愕しながら顔を上げると、逆さまになった銀髪の少女と目が合った。主翼に乗り、前縁にしがみついている！

声も出せずに硬直していると、グリースは目を細めて微笑んだ。

「二度か。ストレイフもおまえを見た」

「おまえは……誰？」

「わたしはオーデル、すべての浮獣とつながるもの。ストレイフの悲しみも受け止めた」

「ストレイフの悲しみ……」

「ジェンカ！　どうした、の――」

ベルトを外して振り向いたレッソーラも、目の前で翼に寝そべっているグリースを見て息を呑む。

ジェンカは落ち着きを取り戻そうと深呼吸して、尋ねた。

「悲しみとはなんのこと？」

「わたしたち浮獣は人に服《まつろ》うもの。その定めに逆らったストレイフは、自らの同胞に食い尽くされた。彼は愛する同胞を救えなかったと悲しんでいた」

「あの浮獣が……」

それはジェンカも感じたことだ。オーデルの言葉が真実であることを直感する。

「わたしも定めからは逃れられない。わたしは人の住処《すみか》を侵せない」

「……だから町には手を出さない？」

「そのように造られた。逃げることもかなわない。わたしは、わたしを倒すために人が力を振り絞るよう、人を脅かす。人はわたしを憎むだろう」

「憎まれると知っていて……」

ジェンカは相手の心を垣間見たように思う。

「それなら……あなたも悲しんでいるのね」

「しかしわたしは同胞たちとは違う。わたしには一つのことが許された。それは、人を脅かすものへの挑戦」

グリースが表情を変えた。唇をつり上げ、激しい闘志をむき出しにして笑う。

「わたしは人の翼を折る。人を脅かす翼を人のために折る」

「それも、定めなの？」

「定めであるとともに、定めへの抗いだ。わたしにのみ与えられた知恵の、わたしにのみできる用い方だ」

「オーデル！」

ジェンカはやりきれなくなって叫んだ。

「なぜ私にそんなことを話すの！　そんなことを言われたら、私、私──」

「だからだ。わたしをもっとも解する者、もっとも悲しむ者だからだ」

嘲笑そのものの口調でグリースは言い、ぐいと顔を突き出した。

「わたしは、わたしを造り知恵を与えた者への怒りを込めて、人を空から逐《お》う！」

高らかに言い放つとともに、グリースは両手を振り上げた。風が腹に入り、少女をシップから引きはがす。後退しながら少女は体よりも大きな光球を作り上げ、力いっぱい投げつけた。

後ろ上方から飛来した光球が回転するプロペラの上端をかすめた。床に水をぶちまけたようなバシャッという音とともに、プロペラの円の直径が半分になった。

推力が急減し、シップは滑空に近い状態になる。負荷が減って暴走しかけたエンジンの回転を落とし、ジェンカは気が抜けたように操縦桿に覆いかぶさる。

「どうしてそんなこと教えるのよ……どうしろって言うのよ！」

「ジェンカ、しっかりして！　悩んでる場合じゃないわ！」

後ろからレッソーラが肩を揺さぶる。

「彼らが町に着いてしまう。町が流れ弾でめちゃくちゃになる前に、せめて海のほうに移動させないと！」

「それは本心なの？」

ジェンカが顔をゆがめて振り向く。

「ショーカを嫌ってる市民や、あのランザム機長みたいな人や、ばらばらのみんなを、本当に守りたいと思ってる？　それが彼を倒す理由になると思う？」

「ジェンカ……」

「オーデルは浮獣たちの無念を晴らすために挑んでいるのよ。それも、町を攻撃できないハンディを承知で。私たちに、彼を倒す資格があるの!?」

「人間と浮獣を天秤にかける気? 目を覚まして、ジェンカ。たとえ卑怯だろうと身勝手だろうと私たちは浮獣を倒さなきゃいけないのよ!」

「でも、それでも! 私……こんな気持ちじゃ撃てない!」

ジェンカは顔を伏せる。

そのとき、混乱した声を流し続けていた無線機から、張りのある声が飛び出した。

「みんな、聞いてくれ!」

ジェンカはふと顔を上げる。レッソーラも驚いて耳を澄ませる。

「聞いてくれ、おれはショーカのリオだ! 今サンブリニクのギルド本部から戻ってきた。アルーリャ会長に聞いた大事な話がある!」

「……エメリオル?」

「オーデル・グリースはただの浮獣じゃない。やつらには人間並みの賢さがある。その知恵で悪だくみをしているんだ!」

「悪だくみ? 知恵はあるけど何もたくらんでなんかいないじゃない。彼、いったい、何を言って――」

「待って、ジェンカ」

マイクを持とうとしたジェンカを、レッソーラが押さえた。

「聞きましょう。何か考えがあるのかも」

「……わかったわ」

ジェンカはマイクを下ろして、リオの言葉を待った。

「やつらは浮獣の親玉だ。仲間が狩られてばっかりだから、一か八かの大逆転をするために出てきたんだ。でも知恵があるから、ただ出てきただけじゃやられてしまうって知ってた。それで、作戦を練った。

やつらが目をつけたのはディプロドーンだ。あれの完成を待って出ていけば、自治府とショーカの間できっとケンカが起こるって考えたんだ。その隙を突けば両方倒せるだろうって。現に今その通りになってるだろ？　それこそやつらの思う壺だ。

みんな考え直してくれよ！　いま仲間割れなんかしてたら勝てる戦いも勝てないだろう！　ショーカって仲間と協力するから強いんじゃねーか！　ショーカだけじゃねえ、ディプロドーンに乗ってるやつ！　聞こえてるだろ？　聞こえてたら力を貸してくれ！　浮獣の狙い通りなんて悔しいだろ？　自力で倒したいのはわかるけどさ、おれもそうだけど、ちょっとだけ我慢してくれよ！　ショーカのみんなもだ！　あんな強い敵を一人で倒してもギルドが懸賞金払いきれねーし、名誉を手に入れても他のやつに恨まれるって！　みんなで分け合うんだ。な？　そうしてくれよ！」

リオの声は、トリンピア南の周辺十カイリの空に響き渡った。

「リ、リオがなんで？」「率直だな。彼らしい」

格納庫で、黄色と青銅色のクリューザ型のそばに立った男女が顔を見合わせた。

「あの小僧、いいとこ持っていきやがって」「おれたちだって思ってたよなあ」

場周を回っていた白いバトラ型で、二人の大男が毒づいた。

「あんな下手な演説に従ったと思われるのもねえ……」「しかし指摘は正しいですよ、兄さん」

島の南三カイリ、今まさにコンテス型から離脱した赤いカティル型で、兄弟が苦笑した。

「あれ本当かしらー？」「あっ、本当本当！　会長から連絡ー！」「みんなもー！」

タワーの少女たちが電話機をつかみ、海上を指差して、小鳥のようにさえずり合う。

「……」「虚偽ですね。浮獣に知恵があるなら各個撃破を狙うはず」

発着路を飛び立つ黒いキアナ型で、女だけがつぶやいた。

「みんな、わかってくれたか？　おい、返事をしてくれよ！」

リオはシップの後席に体を突っ込んで呼ばわったが、返事の代わりにタワーからの声が入った。

「リオ、ソーリャですー！　話はいいけど周波数空けてくださいな、みんなの戦闘交信ができませんー！」

「そ、そうか……」

リオはひとまず無線を切った。すると前席にいた黒髪の女が珍しいものを見るような目で見つめた。

「いきなりやって来るから私に話があるのかと思えば……無礼だと思わんのか、君は」

ジャファだった。彼女がシップを降ろすとほとんど同時に彼が駆け寄ってきて、発着路のど真ん中で無線で話し始めたのだ。リオがにらみ返す。

「仕方ねえだろ。乗ってきたシップ、おれを放り出して狩りに行っちまったんだから。手近にあんたしかいなかったんだよ」

「君は本当に、そんな呼びかけに効果があると思っているのか」

「あるに決まってんだろ。ショーカはあんたが思ってるようなろくでなしの集まりじゃねえからな」

「その割りに誰も返事をせんな」

「うるせえな、戦闘で忙しいんだろ！」

無線機からは相変わらず緊迫した戦闘交信が流れ出している。しかし、呼びかけに応える声は一つもなかった。リオは落胆し、腹立ちまぎれに言う。

「あんた、何しに来たんだよ。狩りか？」

「私は狩りなどできんし、やらん。この機を運んできただけだ」

「へっ、こんなときに売り込みか。商売熱心だな」

「そう言うところを見ると、あれとはまだ会っておらんのだな」

「あれ？　って……おい、まさか！」

「ジェンカがここへ来たはずだ」

　ジャファは機首に這い登り、主翼に手をついて周囲を見回す。リオもあわてて機体の上に登った。二人で四周の空を眺めつつ、顔も合わせずに言う。

「ショーカはやらせないんじゃなかったのか」

「君こそあれのことはあきらめたと思っていたが」

「誰が。修行してたんだよ、おれは。あんたからジェンカを取り返すために」

「その成果が今のほら話というわけか」

「ほらじゃねえ！　ほらじゃ……ねえよ、まあ、全部は」

「うむ、大筋は合っていた。やつらは策略など使わんが」

「知ってんのか!?」

　仰天してジャファを見上げる。西の空を見ながらジャファはうなずく。

「あの協会《ギルド》のたぬき女が知っていてジェラルフォンが知らんことなどない」

「……たぬきってなんだよ」

「それもまた失われたいにしえの知識だ。来たぞ、ジェンカだ」

はっとリオは西の空を見た。青いキアナ型がどことなく頼りない飛び方で降下してきた。その原因に気づいてリオは緊張する。プロペラが二枚とも半分に縮められ、ほとんど推力が出ていないのだ。着陸の難しさを思い出してリオは手に汗を握る。しかしそのシップはなんとか滑空着陸をしてみせた。

向こうからもこちらが見えていたらしい。シップはまっすぐにこちらへ滑走してきた。リオは飛び降りて、五十ヤードほど先で止まったシップに駆け寄る。

「ジェンカか？」

「エメリオル……」

二人は顔を合わせ、しばらく見つめ合った。話したいことはたくさんあったが、それが多すぎて、何を最初に言うべきなのか思いつかなかった。

そこへジャファがやって来て、常と変わらぬ切り口上で言った。

「ジェンカ、おまえの元の機に乗れ。ジェラルフォンが手を加えた。その代わり落ちることは許さん」

「母さん？　そんな、いきなりどうしたっていうの」

「いきなりではない。つい今しがたまではあの機に乗せて連れ帰ることも考えていたが、思い直した」

「なぜ？」

「この少年、グライドよりしぶとい」

思いがけない言葉をかけられて、リオはぽかんと口を開けた。

「え？　おれが？　しぶといって……なんでだよ？」

「あの男の最大にして唯一の弱点は、何よりも自分の矜持《きょうじ》を優先させることだ。強さにこだわるあまり危地に陥ることもあるだろう。この少年ならそのような心配はない」

「おれに誇りがないみたいな言い方じゃねえか」

「先ほどの呼びかけは、まさに誇りを捨てて他力を頼んだものだったが、自分で言っておいて、気づいておらんのか？」

「……」

沈黙したリオからジェンカに視線を移して、ジャファは腹立たしげに言った。

「無論、おまえが考えを変えてジェンヤンに戻ることが最善だ。いま人々が手を結び合ったとしても、将来にわたってそうするという保証はない。おまえが生きることと同じほど、おまえが務めを果たすことは重要だ。わかっているか？」

「……いいえ、私は戻らない。エメリオルと飛ぶわ」

「愚か者が……よい、行け」

ジャファはため息をつき、見放したように腕を振った。

ジェンカは席に立ち上がり、振り返る。レッソーラが微笑んでいた。

「ほら、お母さんの許可も出たじゃない。行きなさい」

「それはいいんだけど、あの……」

「よくないと思うけど、ああ、私のこと？」

レッソーラは右腕を押さえて、わざとらしく顔をしかめた。

「いたた、もう動かせないわ。私じゃやっぱりだめよ」

「ごめん、都合よく使っちゃったみたいで……」

「ええ、腹が立ったらないわ。あなた、私のときとはすっかりくせが変わってるんだもの。乗れって言われても乗りたくないわよ！」

「……ふふ、いつかまた乗せてやるわ」

差し出された左手をぱんと叩いて、ジェンカはシップから飛び降りた。様子を見ていたリオの肩を押す。

「エメリオル、行こう」

「あ、ああ」

黒いキアナ型に駆け寄る。それは手塩にかけた愛機だったが、少し印象が変わっていた。主翼が交換されているのだ。以前よりも長く、厚く、強く後退している。塗装も黒一色ではなく中央前縁から翼端後方へと銀のラインが入っていた。他の機体のものを流用したらしい。

以前よりかなり大きくなったにもかかわらず、鈍重さは少しも感じられなかった。まるで仮の翼を本来のものに戻したような自然な調和があった。

席に乗り込み、準備を整える。二人とも口を開かず、背中を合わせようともしなかった。会わない間に多くのできごとがありすぎた。相手が前と同じように受け止めてくれるという確信がなかった。

レッソーラとジャファに見守られて走り始める。大地を離れるのは異様に遅かったが、いったん地を蹴ると空に吸い込まれるように上昇した。ジェンカはタワーに尋ねる。

「トリンピア南対空、オーデル・グリースの位置は？」

「市街西方一カイリ、ここからは五カイリ！　もうすぐ来ちゃいますよー！」

「了解、八九九九番、三連弓のジェンカ、これより向かう」

シップが短い巡航に入ると、ようやくジェンカは言った。

「エメリオル、久しぶり……ってほどでもないかな」

「そうか？　おれはすごく長い間会わなかったような気がするけどな」

「そうなの。実は私も」

「いろいろあったんだぜ、いろいろ。……一番すごいのは、グリースと話をしたことかな」

「そうなの？　実は私も」

「……なんだよ、それ？　いつ話したんだ？」

「ついさっきよ。内容は――君も話したなら、わかるでしょう。さっきの呼びかけは、嘘ね？」

「ああ、嘘だ」

悪びれずにリオは認めた。

「本当はやつらは人間の敵じゃない。いや、敵だけど、悪い敵じゃないんだ。人間を仲間割れさせるどころか団結させるために来た。団結して挑めって言ってきやがった。だからおれたちも全力で戦ってやろうぜ」

「全力で、ね……」

彼は強くなった、とジェンカは思う。そう、彼だ。いつから心の中でそう呼びかけるようになっていたのだろう。レッソーラから話を聞いたときか。この子はたくさんの迷いを経て、それに立ち向かう方法を見つけ出し、彼になった。

しかし自分は――まだ迷いを残している。エメリオルも知らない、オーデルの本心を聞いてしまったから。彼に話したら力づけてくれるだろうか？　逆に迷わせることになってしまうだろうか？

それ自体が新たな迷いになった。考えを改めようと思いながら、ジェンカはまだリオを信じきれていなかった。ハラルファで意識を失うまでと同じように。

心の不安定さは、両腕を介して直接シップに伝わっていた。リオが鋭い声で言った。

「どうしたんだよ、全然張りがないぞ！」

「――張りがない？」

「飛び方だよ！　まるで放り投げた石みたいだ。こんなやる気のない飛び方じゃすぐに落とされちまうぞ！」

「そ、そんなこと言われても……」

知らず知らずのうちにうつむいていた顔を、戸惑いがちに上げたとき、恐ろしいものが目に入った。

シップはすでに市街の真上にいた。その前方に一匹のグリースがいた。彼女はまるで人を馬鹿にしたようにぴたりと静止して両腕を挙げ、まばゆい光球を蓄えていた。

一閃、それを投げつける！

回避することも忘れてジェンカが体を強ばらせたとき、信じられないことが起こった。

数発の火炎弾が目の前で立て続けに炸裂《さくれつ》し、光球を吹き飛ばした。いつのまにか左右の至近距離に近づいて退路を塞いでいた二匹のグリースが、機銃弾を受けて悲鳴を上げた。

前方できょとんと浮かんでいたグリースを、腹から落ちてきた武骨な白いシップが潰し落とした。

ジェンカはかすれた声を上げる。

「え……だ、誰？」

「弾の無駄遣いをさせないでくださいよ、まったく」

うんざりしたような声とともに赤いカティル型が背後から降下してきて、上についた。

「いい的になっていたぞ。どうした？」「ジェンカ、しっかりしてください！」

青銅色と黄色のクリューザ型が左右に接近して並んだ。

「失速体当たりがどんなにヤバい技か、わかってんだろうな。ああん？」

白いバトラ型が眼下から浮上してきて、前下方に陣取った。

リオが歓声を上げる。

「フォロン！　メルケンデン！　リンキー！　それにウォーゼン！」

その前方に、今度は四匹の編隊を組んだグリースが旋回してくる。誰が引き金を引くよりも早く、後方から豪雨のようなすさまじい弾幕が襲いかかり、四匹を追い散らした。

「コンテス型……？」

リオの声に、ジェンカは背後を振り返る。そこにはなんと、四発エンジンの大型機が三機も並んでいた。

天まで届くような甲高い声が無線機から飛び出す。

「こちらはトリンピア南対空のソーリャです、特別緊急事態における会長命令によりー、ショーカギルドはただいまから直接介入を開始します！　イーリャ、ポーリャ、クーリャ、やっちゃってー！」

「あ、もう撃っちゃってますー♪」

回り込もうとした四匹のグリースたちに、再びコンテス型が発砲した。耳を聾《ろう》する轟音とともに、三機合わせて十二門の機関砲が空一面にぱっと弾幕を広げ、次々にグリースを撃墜した。

「ギ、ギルドまで……」

驚きを通り越してあきれ果て、ジェンカは絶句した。リオが興奮した声で言う。

「なんだよみんな、助けてくれるならくれるって、さっさと言ってくれよ！」

「馬鹿野郎、おまえみたいな小僧の話に素直に乗れるかよ」

ウォーゼンがぶっきらぼうに言う。

「おれたちだけ手を挙げて後に誰も続かなかったら、とんだ間抜けじゃねえか……なあ、みんなそうだよな？」

ウォーゼンの後席のドネルが、ちょいちょいと頭上を指差している。見上げたジェンカは声を詰まらせた。

「うあ、こんなに……！」

そこには誰も見たことのない光景があった。ジェンカ機を基準にして集まり、翼に翼を重ねて編隊を組んでいく、三百のシップ！

無線で連携できる数ではない。統制が取れずに接触墜落が続発してもおかしくはない。しかし並みの三百機ではなかった。多島界中のベテランが集結しているのだ。指信号と翼端灯の合図だけで巧みに位置を教え合い、みるみるうちに一糸乱れぬ陣形を築き上げる。

異変を察知したのか、グリースたちも遠巻きに見守るだけだ。わずかに数匹が妨害に来たが、たちまち数十の旋回機銃が弾幕を張り、苦もなく追い払う。

リオが呆然と、そして感極まったようにつぶやく。

「みんな、すげえ、すげえよ……なんだよ、できるんじゃねえか！」

「ショーカギルドよりディプロドーンへ、ランザム、聞いてますー？」

再びソーリャの声。ディプロドーンは二カイリほど前方で、オーデル・グリースと多対一の巴《ともえ》戦を行っている。グリースを引きつけるショーカたちがいなくなったので、かなり苦戦しているようだ。

「ランザムだ、なんの用だ！」

「交換条件といきません？　オーデルはディプロドーンに動きを合わせています。だから引っ張って海上に連れ出してくださいー。グリースはショーカが片づけます」

「落としてもいいんだな？」

「とげ食らうことになりますけどー」

「望むところだ、本機の装甲の厚さを見せてやる！　直援頼《ちょくえん》んだ！」

「ふむ、これで態勢が整ったな」

つぶやいたメルケンデンが、面白そうに言った。

「ジェンカ、リオ、聞いた通りだ。乾杯の音頭はおまえたちに任せよう」

ジェンカは目頭を拭って前方を見晴るかす。グリースたちがディプロドーンそこのけで新しい動きを示している。四匹が菱形に並び、菱形が横一線に並び、その横隊が何重にも重なっていく。列はオーデルを背にして空中静止した。美しい幾何学模様の長大な城壁が現れる。挑んでこい、と彼の声が聞こえるようだ。

迷いは晴れた。彼がか弱い浮獣たちの代弁者であるなら、我も同じ。人は群れを成して初めて完成する卑小な生き物。生まれついての不完全さは何も浮獣に限ったことではない。これは対等な存在同士の勝負だ。同情など必要ない。

「エメリオル」

「ん」

「いけるわ。みんなが――みんなを結びつけてくれた君がいるから」

「おれは、あんたに追いつきたかっただけだったよ」

「そう」

足を踏ん張り、背筋を伸ばした。力強い背中がしっかりと支えてくれた。

無線機に叫んだ。

「それじゃあ……ショーカたち、宴会を始めるわよ!」

銃火と光球が堰《せき》を切ったように放たれた。

ウォーゼンの白いバトラ型が銃弾をまき散らして前進する。

続けて、それを頂点とする傘《かさ》型の陣形を組んだ二十機のバトラ型も。行く手のグリース

が雨あられと撃ってくる光球が、二十機のプロペラを、翼を叩いて焼き焦がすが、進路だ

けは変えない。

バトラ型に隠れて進んだ二十機のカティル型が、いっせいに火炎弾を放つ。推進煙の滝

を曳《ひ》いて走った火炎弾が、グリースの城壁で爆発する。爆炎にはじかれて数匹が落下し、

他のグリースは移動を始める。しかしバトラ型の銃火が速やかな移動を阻む。ただでさえ

硬いバトラ型が密集したその群れは、グリースが攻撃できない移動砲台となって付近に居

座り続ける。

バトラ型群を足がかりとして、二十のクリューザ型がグリースの編隊に切り込む。素早

い旋回で避けようとするグリースを、クリューザ型は思う存分追い立てる。背後の危険は

もはやない。バトラ型群が、そして高速で周回するキアナ型群が、グリースの動きを牽制

している。

それでも被弾する機は出る。背後を取ったグリースに追われながらその機は逃げる。突然、両者の前にコンテス型が立ち塞がる。濃密な弾雨に突っ込んだグリースは蜂の巣になり、傷ついたシップはコンテス型のそばを通り抜けて発着場へと帰っていく。

銀のラインのキアナ型が翔ける。最大速度、最大旋回率。操縦桿を全力で抱え込んだジェンカは声も出せない。背後のリオが撃ちまくりながら叫ぶ。

「二匹食いついてる、弾が垂れて当たらねえ！」

「なん……とか……なるわよ！」

「ジェンカ、いきます！」

後方のグリースの後ろに、リンキーが滑り込んだ。すると、すかさずその後ろにもグリースが食いついた。その後ろにメルケンデンが、さらに後ろにもグリースが。

シップと浮獣が翼を垂直に立てて全力で旋回し、前方の敵を追い続ける。どちらも知っている。遠心力に負けて少しでも円を緩めたらその途端に撃たれてしまう。

歯を食いしばって操縦桿を引いていたジェンカは、目の前に背を向けたグリースが躍り出してきたので驚いた。よく見ればそいつは的になりに来たわけではない。前方のキアナ型を追っているのだ。その前にもグリース、その前にもクリューザ型——空に生まれた首飾りのような華麗な大円が、巡りめぐって自分の後ろにまで続いている！

「あははっ、とんでもない鬼ごっこね！」

笑い出しながら引き金を引いた。グリースのはるか前方に向けて放たれた銃弾が遠心力で急激に下がり、背中の真ん中に命中した。彼女が落下していくとその前のクリューザ型も機銃を撃った。

空中の円がねずみ花火のようにパッと火花を散らした。落ちていくのはすべてグリースだ。機体をひねって旋回から脱け出しながら、ジェンカは言う。

「あの子たち、これが弱点ね」

「何が?」

「あらゆる方向に自在に光球を放てるけれど、極限の旋回の最中は撃つことができない。クリューザ型が有利になるわ」

「おれたちは不利か?」

「まさか!」

ジェンカは勢いよく機体を三横転させる。

「悔しいけど、すごいわよこの機体! 速い、それにとても靭《つよ》い!」

待ち構える八匹のグリースのただ中にシップを飛び込ませる。襲いかかる光球の軌道を読んで力ずくで機体をひねる。以前の翼なら間違いなく折れてしまうほどの横転・逆転に、銀線の翼はしなやかに反り返って耐える。操縦桿のずっしりした手ごたえにジェンカが嬉しげな悲鳴を上げる。

「おっもーい！　索がきしんでる、なんで切れないの！」

「こっちもすげえぜ！」

頭をこすりそうな光球に首をすくめつつ、リオが引き金を引く。

「銃が替わってる！　反動いってるだろ？」

「来てる、揺れてる！」

一発の光球もかすらせることなく、グリースの網を突っ切った。リオの攻撃で二匹が落ちている。

空を見回し、少なくとも三方向からの銃火がこちらを援護していたことに気づく。だからグリースの狙いが甘かったのだ。下方に追われているカティル型を見て、すぐさま助けに降りていく。ジェンカはつぶやく。

「死角が全然ない！　こんなに楽しい狩り、初めてだわ！」

南市の浮獣市場では、大勢の人々が埠頭《ふとう》に鈴なりになって見上げていた。彼らにとっても初めて見るショーカの戦い、そして二度と見られないであろう壮大なショウだった。

追い回し合いながら海上へ出ていく巨大なオーデルとディプロドーンを中心に、数知れぬ翼が、あるいはひと塊になって流れ、あるいは細い筋となってからみ合っている。事情を知らない人々にも、そこに交響曲の楽譜のような美しい秩序があることが感じられた。

すべての流れが他の流れと関わり合い、灯火と銃火で呼びかけ合っていた。

気嚢船《バージ》の屋根に這い登って見上げていた少女が、ぽかんと口を開けてこぼす。

「うっはぁ……お祭り騒ぎだ……」

「あのキアナ型、楽しそうだねえ。きっとジェンカだね」

「え、ジェンカ？　どれどれ？」

デッキに立った回収師《レトリバー》の女が空を指差す。

「あの黒と銀のだよ。ほら、カティル型を助けに行った……ああ、何あのめちゃくちゃな突っ込みは。単機なら絶対やられてる」

「あ、あ、追いつかれる追いつかれる！」

キアナ型の後ろに浮獣が迫る。撃ち落とされるかと見えたが、まるきり別の方向を向いていたバトラ型の後席から銃火が飛んできて、浮獣がわずかに避けた。とたんにキアナ型はひらりと螺旋を描き、浮獣を先にやって背後に回り込んだ。銃火一閃、叩き落す。

「キアナ型でひねり込むかあ？　ぶっ壊れるわよ。アホだわね、あいつ」

「なんだか知んないけど、あれに乗ってるんでしょ？　リオ、やっつけろー！」

つぶやいた女の横で、少女が拳を振り回す。彼女だけではない。数千人の市民が飛び上がって、声の限りに叫んでいた。

「行け、そこだ！」「撃て撃て、よし撃ったあ！」「化け物を叩き落とせ！」

守り、守られながら自在に飛び回っていたジェンカが、ある瞬間、ふっと動きを止めた。

リオがすばやく尋ねる。

「どうした、食らったか？」

「彼だわ。三時」

そちらを見たリオは、乱戦からかなり離れた海上を進む黒い機影を見い出した。明らかにショーカたちの群舞に参加していない。

「あいつ、あんなところに！　日和《ひよ》ってやがるな？」

「周りを見て。戦況はどう？」

リオは視線を巡らした。グリースはもはや完全にショーカたちに押さえ込まれていたが、最大の一匹と一機が決着をつけられずにいた。

両者はわずか六百ヤードあまりの距離で死闘していた。武器の狙いをつける必要もない至近距離だ。三段の雄大な翼をわずかに傾けた巨人機が、機上、舷側、底面、尾部の十数門の機関砲から絶え間なく火線を吐き、オーデルの硬質の外皮に、遠くからでもわかるほどの弾痕《だんこん》の畝《うね》を刻みつけている。

オーデルも反撃していて、数秒に一度、とげを撃ち出した。唸りとともに飛来するとげが機上や翼面をかすめると、ディプロドーンは驚異的な防御力ではじき飛ばしたが、舷側を直撃するとげまでは防げなかった。操縦席のすぐ後ろと胴体中央部に、五ヤードのとげが半ばまで突き刺さっている。

今しもオーデルがひれの根元から撃ち出したとげが、ディプロドーンの後尾すれすれに向かった。もとより回避は行わない。十発エンジンの外側三機が直撃を受け、破片をまき散らして消滅した。

「エンジンをやられた！　ジェンカ、あれはやばいぞ！」

「そろそろ親玉に挑む頃合ね。――みんな、ジェンカよ！　オーデルに攻撃を集中して！」

「やつの外皮は浸鍛甲《しんたんこう》なみだ！」

ランザムの悔しげな声が無線に流れる。

「五〇口径じゃこたえない。七〇口径でぶち抜いてるが、それでも痛がりもせん！　誰か弱点を見つけていないか？」

「弱点かどうか知らんが、やつには目がある」

誰かが答える。

「先端中央、複眼だ。ただし小さいぞ。直径は一ヤードあるかないかだ！」

「先端ですって？　ということは正対しなければ撃てないじゃない」

「つまり、狙ったら一発で気づかれるってことだな。それでもやるやつは？」

「やるわよ！」

ジェンカが機を翻した。

「私が行くわ！　物好きはついてきて！」

「くそっ、本機に正対する機動性があればな」

「あなたたちは役に立ってるわよ、やつを引っ張って！」

ディプロドーンが直線飛行を始め、オーデルが、大気をひれで叩いてそれを追った。どちらも六十ノット程度の低速だ。ジェンカが矢のような加速でそれを追い抜くと、十数機のキアナ型がついてきた。他の機種は追いつけない。

そして、別の二者もこの流れに加わった。生き残った二十四近くのグリースと、グライドのキアナ型だ。

同方向に向かう敵と味方が、銃火と光球を激しく交錯させた。被弾したキアナ型とグリースが次々に重素海に突っ込む。海上を疾駆する一団は、彗星《すいせい》のように輝きながら砕けていく。十分距離を取ったと見るや、ジェンカは水平旋回に入る。宙返りなどで速度を失ったら即座に撃たれてしまう。

それをやったのがグライドだった。彼はただ一機上昇旋転をし、寄ってきたグリースを後席の射撃で引きはがした。落下に移って再び加速し、集団より一歩早くオーデルへの突撃を始める。わずかに遅れて、ジェンカたちも彼を追った。

プロペラの向こうの黒いキアナ型をジェンカは見つめる。いつも背中ばかり見ていた。たぶん、別れる前も。彼が顔を見せてくれたことは一度もなかったような気がする。それでもいいと思っていた。

「グライド」

リオが無線に言った。しばらく声が途切れる。リオは必死に撃っている。

後方の仲間たちと追いすがるグリースたちを見つめ、手をかざし光を溜めたものから着実に銃弾を浴びせながら、リオはまた言う。

「あんた、一番になりたいんだよな」

「……ああ」

「オーデルを倒すことでそうなれると思うか？」

「あれは最強の浮獣だ」

グライド機がわずかにホップ、その下からディプロドーンが顔を出す。続いてジェンカもその上を駆け抜ける。百二十五ノット。翼が大気に削られるほどの高速だ。

大きくひれを広げ、山のようにそびえるオーデルが近づいてくる。

「じゃあ聞くけどな、グライド。今おれたち全員があんたの後ろから離れてもいいか？」

「……」

「みんなを犠牲にして奪う一番って、本当に一番か？　わかるだろ、あんたなら」

光球がリオの左右をかすめる。グリースたちは列の先頭に狙いを絞ってきた。もはや落としきれない。

「後ろに乗ってしみじみ感じた。あんたは本当にすごい人だと思う。きっと実力は本当に一番だ。だから……誇り高さも一番だって示してくれ」

「……」

「グライド！」

ジェンカはグライドの顔を見た。

それはゆっくりと右手を後退していった。ゴーグル越しの視線がこちらを向いていた。

初めて彼のほうから視線をくれたと思った。

多島界最高のショーカは、指を揃えた左手を軽く挙げ、淡々と言った。

「礼を言う。あやうく堕《お》ちるところだった」

「……グライド！」

ジェンカとリオ、二人同時の叫びを受けて、キアナ型は悠然と上昇していった。

「やっぱりすごい人だよな。おれならたぶん……」

「同じことをしたわよ」

ジェンカは前に目を戻す。紺青につや光るオーデルの先端、砂粒のような複眼を見つめる。

「だって、君はそういう人でしょう？」

「……へっ、あんたは知ってたっけな」

「知ってるわ。誰よりも」

ジェンカは撃った。機銃の炸裂音が二人を包んだ。

同時に他の六機のキアナ型が撃っていた。オーデルの複眼にきらびやかな火花が散る。

一瞬後、ショーカたちは岩に打ちつけた波のように上昇散開した。

「効いた⁉」

ゴーグルを押し上げて二人はオーデルを見下ろした。しばらくの間、何も変化がないように見えた。

無線にランザムの声が入る。

「こちらディプロドーン、グリースにエンジンを全部やられた！　くそっ、ここまで来て……不時着する！」

その叫びの数秒後だった。

示し合わせたように、ディプロドーンとオーデルはゆっくりと高度を下げていった。巨体が重素海を打ち、白い津波が湧き起こった。徐々に沈没していくディプロドーンからは乗組員が浮き袋を放り出して次々に乗り移ったが、オーデルはなんの痕跡も残さず、静かに姿を消した。

生き残りのグリースたちがいっせいに上昇を始め、揃って進路を変えた。北へ——ガズン礁の方角へと。

無線機が大声に振動した。

「落とした!」「オーデルが沈んだ!」「やった、やったぞ!」

空は歓声と光に満ちた。すべてのショーカが叫び、すべてのシップが灯火をでたらめに明滅させていた。港には、地面そのものが動いているような市民たちの大騒ぎも見えた。

ただ二人だけは、知っていた。

「エメリオル、あれは」

「ああ、帰ったんだ。ディプロドーンを沈めたから」

「だとすると、私たちの負け……?」

「馬鹿言うなよ」

くい、と肘で突いてリオは穏やかにため息をついた。

「こんなに嬉しい負けってあるか?」

「……そうね」

もう押しつけなくてもいい。ただ温かみを感じるために背中を合わせた。

そうだ、とリオがごそごそ身動きし、頭越しに小箱を差し出した。受け取ったジェンカは中を見て首を傾げる。

「グリース?」

「たいしたもんじゃないけど」

「ふふ、物もらうの、初めてね」

「き、気に入らなかったら捨ててくれ」

「つけるわ」

ジェンカはそのブローチを胸に留めた。それから機首を返した。

発着路は数百のシップで埋まっていた。中央にただ一筋、左右に整列したシップが形作る幅の広い道があった。六機のキアナ型はきれいに並んでそこに舞い降りた。

待ちかねていた人々がどっと押し寄せた。先に降りたショーカたちだけではなく、町からやってきた市民たちも大勢いた。その中に小柄な金髪の少女もいた。同行の回収師《レトリバー》の女の袖をぐいぐい引く。

「どれ、リオはどれに乗ってるの?」

「焦らなくても逃げないって。ほれ、あの先頭の」

「あ……ほんとだ。リオーっ! リ、オ……」

言葉半ばで少女は足を止める。先にシップから飛び降りたリオに手を預け、ジェンカが降りてくる。その胸で、翼を備えた白いブローチが光っていた。

ティラルは足を止める。その背中を押そうとしたイグジナが、どうした? と顔を覗きこむ。

「あれ……あの人の胸」

「ん？」

「あたしがリオにあげたやつ」

遠目にも輝いて見える白い工芸品を眺めたイグジナが、ははあ……とうなずいた。

「そっか。じゃあ、ここまでか」

「うん」

「なんていうか、慰めにならんかもしれんけど……あれ、すごくいい出来だね」

「ありがと」

「みんな、お似合いだって言うと思うよ」

それを聞いたティラルは、とうとう泣き出してしまった。あちゃあ、とイグジナが頭をかく。

「言い方が悪かったね。まあ元気出せ！　あたしもそういうことはあった！」

年上の女にハンカチを渡された少女は、盛大に音を立てて鼻をかんだ。

シップのそばでは、英雄をひと目見ようと押し寄せた人々にもみくちゃにされて、リオが周囲を見回していた。ジェンカがちらりと見る。

「何か探してるの？」

「いや、声が聞こえたような……」

「誰の？」

ジェンカを見て、リオは照れくさそうに鼻の頭をかいた。

「恩人だよ」

「ちゃんとお礼言っときなさい。うわっと！」

「ジェンカ、おめでとうございます！」

群集をかき分けて現れたリンキーがジェンカに飛びついた。リオにも目をやる。

「二人ともすごいです！　よくあんな怪物を落とせましたね！」

「私たちだけじゃないって。七機みんなで当てたんだから。エメリオル、行きましょ！」

まだあたりを探していたリオは、呼ばれて振り返る。さっきのは間違いなく彼女の声だった。だが、会ってもかけるべき言葉が思いつかない。自分はジェンカを選んだのだから。

「……ありがとな」

口の中だけでつぶやいて、歩き出した。先を行くジェンカに並ぶ。

「ジェンカ」

「ん？」

「改めて頼むよ。おれと組んでくれるか？」

「あ、ラブコール！　よく言うなあ、人前で」

からかうリンキーにいたずらっぽい笑みを向けると、リオは言った。

「ラブコールってのは、こういうのを言うんじゃないか？」

腕を伸ばしてジェンカの頭を引き寄せ、しっかりと口づけした。

リンキーが固まる。周りの人間が静まり返る。ジェンカも三秒ほど目を丸くしたが、ん、と顔を押しつけてから離した。

「やってくれたわね。断れないじゃない」

「断る気もないだろ？」

「もちろん！」

上気した笑顔でジェンカがうなずく。リオはその腕を強くつかむ。歓声と口笛がはじけた。

「行こうぜ、宴会だろ？」

「あ、そ、そうよ。全部ギルドのおごりだって」

「そりゃいいわね。それぐらいの役得がなくちゃ！」

真っ赤な顔で走っていくリンキーについて、二人はパイロットハウスへと歩き出す。これから、ショーカの最大の報酬が待っているのだ。

とびきりの仲間たちと過ごす、とびきりの夜が。


——おわり——

早川書房版のためのあとがき

二〇〇三年に書いたソノラマ文庫版あとがきでは、しらばっくれて何も書いてませんが、今になったので素直に言いますと、この話は剣と魔法のMMORPGの話です。いや実際には剣と魔法は出てこなくて、架空航空世界モノの店構えにしてあるんだけど、中身は完全に、酒場で仲間とPT組んでひと狩り行こうぜっていう話です。そのつもりで入っていただけると違和感が少ないかと思います。PTチャットで連携しながらダンジョン入ってレアドロ狙ってボスモンスターに挑む某ゲームを、「まるごと一次大戦期のプロペラ飛行機でやったらどうなるかな!?」って、目をキラキラさせながら書いてみたら一冊できてしまったのがこれでした。

でもあまり伝わっていた気がしない。迂闊にも、ものすごく後になってから気づいたんですが、MMOやってない人がこの本を読んでどう思うかを、当時は考えていませんでした。相当奇妙な飛行機ものに思えたと思う。まあ「タンク職の飛行機が前衛として敵を引きつけ、長距離狙撃職・高速機動職・火力爆撃職の飛行機が攻撃を担当する。それらを支援・輸送職の飛行機が現場で直接手助けする」なんて、リアルにはもちろんないし、ゲームでもないですからね。しかし、じゃあなんでこの話を書けたんだと言われたら、そりゃまあキアナ型に乗るのが楽しかったから……。乗り物を動かすシーンを書くのが好きだからでした。

終盤になって、人間と浮獣の関係が取り沙汰されてくるところは、なかなか難しいですね。人間と自然について、人間と戦いについて、それにフィクションの中で見せるべき態度についてなど、私の考え方もこの十六年のあいだにだいぶ変わりました。もし今この話を書いたら、最後の戦いはこのようなかたちにはしないかもしれません。オーデル・グリースはどうなるべきだという観点からではなく、作劇の仕方としての話ですが……。

ともあれ、いっぷう変わった航空ものとしてはお楽しみいただけると思います。

また本作は、今回の復刊に当たって原稿用紙四十枚に及ぶ修正を施しました。作者としては復刊するに足る品質を与えたつもりでいますので、よろしくお願いします。

二〇一九年七月　　小川一水

助言、あるいは余計なお節介

笹本祐一

なんせ昔のことなんで記憶が不確実なんだが、小川一水に最初に会ったのはまだ銀座に朝日ソノラマの編集部があった頃じゃないかと思う。作家稼業を開始して十年以上になる先輩作家からなにか言葉が欲しいという新人に、笹本は誰にでも言ってることを言った。

「とにかくいっぱい書け」

作家業は、作り続けることを求められる職業である。そして、創作という仕事は、日常とかけはなれた作品世界に浸り込んで舞台とキャラと展開を作るという作業を毎日続ける特殊な職業である。

笹本も今年で作家業三五年目。これだけ長くやっていると、同業者から訊かれることがある。

「作家を長く続けるコツはなんですか?」

若い頃はてきとーなことをいろいろ言ってましたが、これだけ長く続けるともう答えはひとつしかない。『運』である。

書いた作品が当たるか当たらないかももちろん運だが、作家はそれ以外にもさまざまな運に翻弄される。

次作が書けるか。出せるか。さらにその次の作品を書けるか。書き続けることが出来るか。書きたいという意欲を持ち続けることが出来るか。

当たるか当たらないかだけじゃない。大当たりしなくたって、次回作を書かせてもらえるくらい売れるか、シリーズを打ち切られて新シリーズの開始を提案されるかそれとも見捨てられるか。

注文が途切れず来るか。それに応じ続けることが出来るか。

題材に興味を持ち続けられるか。好きでいられるか。

好きなジャンルが当たって売れれば、幸福に仕事を続けられる。自分の好きなジャンルが世間で売れ線と呼ばれ、需要があるかどうか。この辺りになると運といってもだいぶ難しくなる。しかしまあ、手がないわけではない。手を替え品を替え、自分の好きなジャンルが続けられるように少しずつ好きな要素を作品に入れ込み、付き合ってくれる読者を開拓していく。

そして、作家に必要な運はそれだけではない。

創作に集中する精神状態を保つためには、毎日元気に原稿書けるくらいの体力と健康と安定が必要になる。

健康維持のために毎年の健康診断を当たり前に受けていても、病を得たり交通事故に遭ったりする可能性は排除できない。

精神的安定をもたらしてくれる家族に恵まれるかどうか、家族が健康でいてくれるかどうかも運の一部とも言えるけど、個人の努力ではどうしようもない部分も大きいので本稿では省く。

創作中の作家は、神経を研ぎ澄まして自分の作品に対峙する。気付いていない伏線を見逃さないように、読者からの無用な突っ込みを避けるために、神経を張りつめて原稿を書く。そんな作家には、さまざまな感情が襲いかかる。

完成した作品が受けなければダメージ喰らうし、受けたら受けたで次回作に対するプレッシャーを感じるのが作家というめんどくさい生物の繊細な精神である。受けなかったら次は受けるものを、受けたら受けたでその次はもっと受けるものを要求されるしやりたくなるのが作家という職業である。

受けるか受けないかは、作家としての実力よりも努力よりもなにより『運』に左右されるところが大きい。今自分が面白いと思うことを読者も同じように面白いと思ってくれるか、楽しんでくれる読者をいっぱい増やすことが出来るか。自分が時代に合うか、時代が自分に合わせてくれるか。

だから、新作が当たるかどうかというのは、作家は毎回ギャンブルをやってるようなものなのである。

だから、作家業を長く続けるには『運』が必要になる。

最低限、次回作を出せるくらいの実績を出版社から勝ち得なければ、次回作を買ってもらえるくらいの信用を読者から得られなければ、作家業は先細りになってしまう。

というわけで、作家生活をするに当たって出会うであろう障害をいろいろ考えていくと、結局、長年作家を続けるのに一番必要なものは『運』であるというあんまり役に立たない結論に到達してしまう訳である。

ではどうすればいいか。運なんてもの相手に対するべき策はあるのか。

これがあるんだな。

古人曰く、「下手な鉄砲も数打ちゃ当たる」。

当たるかどうかわからない作品を当てるには、作品をいっぱい書けばいい。自分一人だけしかいないようなジャンルでも、最低限次回作が出せるような売れ行きがあれば続けられるし、とりあえず二冊あれば本屋にそのジャンルの本棚が出来ることも期待できる。

また、いっぱい書けば実績も積み上がるし創作力も上がることが期待できる。

実際のところ、自分の創作態勢を冷静に見てみると、作家業を長年続けて上がっていくのは創造力などという高尚なものではない。身に付くのは、なんとかして話を続けていく持久力とかなんとかしてキャラと付き合う忍耐力とかなんとかしてとっ散らかった話をまとめ上げる整合性をどこかから見つけ出すあるいはでっち上げる計算力くらいなもので、それも体力低下に伴って年々低下していく可能性大である。

それでも、作家業を続けるには書き続けるしかない。作家業を長く続けるにはいっぱい書くしかない。

だから、新しくこの業界に入ってくる新人にはいちばん一般的な解として、今でもこう言っている。

「とにかくいっぱい書け」

いっぱい書けば、生存率の低いこの業界で生き延びることが出来るかも知れない。数年後の生存率は低いが、だいたい一〇年生き延びればその後の生存率は高いんだ。

と、まあ、大昔にソノラマで仕事をはじめた頃の小川一水に言ったか伝えたかした言葉は、生存戦略に最適化したつもりの言葉だったのだが。

それまでだって寡作じゃなかったのに、まさかここまでいっぱい書くとはなあ。

では、かれこれ二〇年以上経って次の言葉を贈ろう。

作家を長く続けるのに、運ともうひとつ必要なのは体力だ。健康も体力も、歳取ればほっておくだけで減っていく。意識して維持して、出来れば増強するように。健康も体力も、どこにでも持って行けるし忘れる心配もないし、いつでも役に立つぞ。

本書は、二〇〇四年二月にソノラマ文庫より刊行された作品に、加筆修正して再文庫化したものです。

疾走！　千マイル急行（上・下）

小川一水

名門中等院に通うテオは、文明国エイヴァリーの粋を集めた寝台列車・千マイル急行で旅に出た。父親と「本物の友達を作る」約束を交わして——だが途中、ルテニア軍の襲撃を受ける。装甲列車の活躍により危機を脱するも、祖国はすでに占領されていた。テオたちは救援を求め東大陸の采陽《サイヨー》を目指す決意をするが、苦難の旅程は始まったばかりだった。小川一水の描く「陸」の名作。　**解説／鈴木力**

ハヤカワ文庫

コロロギ岳から木星トロヤへ

小川一水

西暦二二三一年、木星前方トロヤ群の小惑星アキレス。戦争に敗れたトロヤ人たちは、ヴェスタ人の支配下で屈辱的な生活を送っていた。そんなある日、終戦広場に放置された宇宙戦艦に忍び込んだ少年リュセージとワランキは信じられないものを目にする。いっぽう二〇一四年、北アルプス・コロロギ岳の山頂観測所。太陽観測に従事する天文学者、岳樺《だけかんば》百葉《ももは》のもとを訪れたのは……異色の時間SF長篇

ハヤカワ文庫

小川一水作品

第六大陸1

二〇二五年、御鳥羽総建が受注したのは、工期十年、予算千五百億での月基地建設だった

第六大陸2

国際条約の障壁、衛星軌道上の大事故により危機に瀕した計画の命運は……。二部作完結

復活の地 I

惑星帝国レンカを襲った巨大災害。絶望の中帝都復興を目指す青年官僚と王女だったが…

復活の地 II

復興院総裁セイオと摂政スミルの前に、植民地の叛乱と列強諸国の干渉がたちふさがる。

復活の地 III

迫りくる二次災害と国家転覆の大難に、セイオとスミルが下した決断とは？　全三巻完結

ハヤカワ文庫

小川一水作品

老ヴォールの惑星

SFマガジン読者賞受賞の表題作、星雲賞受賞の「漂った男」など、全四篇収録の作品集

時砂の王

時間線を遡行し人類の殲滅を狙う謎の存在。撤退戦の末、男は三世紀の倭国に辿りつく。

フリーランチの時代

あっけなさすぎるファーストコンタクトから宇宙開発時代ニートの日常まで、全五篇収録

天涯の砦

大事故により真空を漂流するステーション。気密区画の生存者を待つ苛酷な運命とは？

青い星まで飛んでいけ

閉塞感を抱く少年少女の冒険から、人類の希望を受け継ぐ宇宙船の旅路まで、全六篇収録

ハヤカワ文庫

著者略歴　1975年岐阜県生，作家
著書『第六大陸』『復活の地』『老ヴォールの惑星』『時砂の王』『天涯の砦』『フリーランチの時代』〈天冥の標〉シリーズ（以上早川書房刊）他多数

HM=Hayakawa Mystery
SF=Science Fiction
JA=Japanese Author
NV=Novel
NF=Nonfiction
FT=Fantasy

ハイウイング・ストロール

〈JA1390〉

二〇一九年八月二十日　印刷
二〇一九年八月二十五日　発行

（定価はカバーに表示してあります）

著者　小《お》川《がわ》一《いっ》水《すい》
発行者　早川浩
印刷者　大柴正明
発行所　株式会社 早川書房

郵便番号　一〇一 - 〇〇四六
東京都千代田区神田多町二ノ二
電話　〇三 - 三二五二 - 三一一一
振替　〇〇一六〇 - 三 - 四七七九九
https://www.hayakawa-online.co.jp

乱丁・落丁本は小社制作部宛お送り下さい。
送料小社負担にてお取りかえいたします。

印刷・株式会社亨有堂印刷所　製本・株式会社フォーネット社
©2019 Issui Ogawa　Printed and bound in Japan
ISBN978-4-15-031390-6 C0193

本書のコピー、スキャン、デジタル化等の無断複製は著作権法上の例外を除き禁じられています。

本書は活字が大きく読みやすい〈トールサイズ〉です。